Confusión

B. A. Paris

CONFUSIÓN

Traducido del inglés por Pilar de la Peña Minguell

AdN Alianza de Novelas

Título original: *The Break Down*

Diseño de colección: Estudio Pep Carrió

© Bernadette MacDougall, 2017
© de la traducción: Pilar de la Peña Minguell, 2018
© AdN Alianza de Novelas (Alianza Editorial, S. A.)
Madrid, 2018
Calle Juan Ignacio Luca de Tena, 15
28027 Madrid
www.AdNovelas.com

ISBN: 978-4-9104-988-3
Depósito legal: M. 30.011-2017
Printed in Spain

A mis padres

Viernes 17 de julio

Estamos despidiéndonos hasta después del verano cuando empieza a tronar. Un fuerte estallido retumba en el suelo y sobresalta a Connie. John ríe. El aire es denso y caliente.

—¡Venga, no os entretengáis! —grita.

Digo adiós deprisa con la mano y corro al coche. Cuando estoy a punto de subir, oigo el tono sordo del móvil en el bolso. Por la melodía, sé que es Matthew.

—Voy para allí —le digo, buscando a tientas la manilla de la puerta en la oscuridad—. Cojo el coche ahora mismo.

—¿Ya? —lo oigo decir al otro lado—. ¿No ibas ahora a casa de Connie?

—Iba, pero imaginarte esperándome es demasiado tentador —bromeo, y caigo en la cuenta de que está algo apagado—. ¿Va todo bien? —pregunto.

—Sí, es que tengo una jaqueca espantosa. Me ha dado hace como una hora y está empeorando. Por eso te llamo. ¿Te importa que me vaya a la cama?

Me noto el aire denso en la piel y pienso en la tormenta que se avecina; aún no ha llovido, pero tengo la impresión de que no tardará en empezar.

—Claro que no. ¿Te has tomado algo?

—Sí, pero no me ha hecho efecto. Pensaba acostarme en el cuarto de invitados, así, si consigo dormirme, no me despertarás cuando llegues.

—Buena idea.

—No me hace gracia irme a la cama sin saber si has llegado bien.

Sonrío.

—No me va a pasar nada, estoy allí en cuarenta minutos. Salvo que ataje por Blackwater Lane, por el bosque.

—¡Ni se te ocurra! —Casi noto la punzada que ha debido de sentir al gritar—. Ay, qué dolor —dice, y yo pongo cara de pena. Baja la voz a un nivel más tolerable—. Cass, prométeme que no vas a volver por ahí. No me gusta que cruces el bosque sola de noche. Además, va a haber tormenta.

—Vale, no lo haré —digo enseguida, a la vez que me instalo en el asiento del conductor y dejo el bolso en el del copiloto.

—¿Me lo prometes?

—Te lo prometo.

Giro la llave de contacto y meto la marcha, con el teléfono caliente pegado a la oreja y apoyado en el hombro.

—Conduce con cuidado —me pide.

—Lo haré. Te quiero.

—Yo te quiero más.

Guardo el móvil en el bolso y sonrío ante su insistencia. Mientras hago la maniobra para salir de la plaza donde he aparcado, unas gotas de lluvia gordas empiezan a salpicar el parabrisas. «Ahí viene», me digo.

Cuando me incorporo a la autovía, cae ya con bastante fuerza. Mis limpiaparabrisas no son rival para el agua que sueltan las ruedas del camión que me precede. Según empiezo a adelantar, estalla un rayo en el cielo y, siguiendo la costumbre de mi infancia, cuento despacio, mentalmente. El trueno llega en el cuatro. A lo mejor tendría que haber ido a casa de Connie con los demás. Podría haber esperado allí a que pasara la tormenta, entretenida con los chistes y las anécdotas de

John. Me siento un poco culpable al recordar la cara que ha puesto cuando he dicho que no me iba con ellos. Ha sido una torpeza por mi parte mencionar a Matthew. Podía haber dicho que estaba cansada, como Mary, nuestra directora.

Comienza a llover a mares y los coches del carril rápido aminoran la marcha en consecuencia. Sintiéndome de pronto acorralada en mi pequeño Mini, vuelvo al carril lento. Me inclino hacia delante, escudriño el panorama a través del cristal y pienso que ojalá mis limpiaparabrisas fueran más rápidos. Un camión me adelanta como una bala, luego otro y, cuando este último se interpone sin previo aviso entre el vehículo que llevo delante y el mío, obligándome a frenar bruscamente, decido que es muy arriesgado ir por esta carretera. Estallan más rayos en el cielo e iluminan de pronto el rótulo de Nook's Corner, la pequeña población en la que resido. Las letras negras sobre fondo blanco, resaltadas por las luces del coche y refulgiendo como un faro en la oscuridad, resultan tan tentadoras que, en el último minuto, cuando ya casi es demasiado tarde, giro y tomo el atajo que Matthew no quería que tomara. Un claxon resuena furioso a mi espalda y su eco, que me persigue por la vía oscura como la boca de un lobo que conduce al bosque, me resulta premonitorio.

Aun con las luces a tope, apenas veo por dónde voy y lamento de inmediato haber abandonado la autovía perfectamente iluminada. Aunque esta carretera es preciosa de día, porque atraviesa un bosque de jacintos, sus cambios de rasante y sus curvas escondidas la hacen peligrosa en una noche así. La angustia de pensar en el trayecto que me espera me hace un nudo en el estómago. Pero estoy a solo quince minutos de casa. Si mantengo la calma y no me precipito, no tardaré en llegar. Pese a todo, acelero un poco.

Una súbita ráfaga de viento sacude los árboles y bambolea mi cochecito y, cuando intento enderezarlo, pillo de pronto un cambio de rasante. Por unos segundos aterradores, las ruedas se despegan del suelo y el estómago se me sube a la boca, produciéndome una desagradable sensación de montaña rusa. Cuando vuelvo a tocar tierra, me salpica el agua por el lateral y cae en cascada por el parabrisas, lo que me impide ver momentáneamente.

—¡No! —lloriqueo cuando el coche se detiene en el charco de agua y empieza a vibrar.

El miedo a quedarme atrapada en el bosque me dispara la adrenalina y me pone en movimiento. Cambio de marcha con un fuerte chasquido y piso el acelerador. El motor protesta, pero el coche avanza y, cruzando el charco, sube la pendiente. El corazón, que lleva un rato siguiendo el ritmo frenético de los limpiaparabrisas, me late tan fuerte que necesito unos segundos para recobrar el aliento. Pero no me atrevo a aparcar por si luego se niega a arrancar otra vez, así que sigo conduciendo, con más cuidado ahora.

Un par de minutos más tarde, un trueno me asusta tanto que suelto de pronto el volante. El coche se tuerce peligrosamente hacia la izquierda y, mientras lo enderezo, con las manos temblorosas, me empieza a angustiar la posibilidad de no llegar a casa de una pieza. Procuro calmarme, pero me siento asediada, no solo por los elementos, sino también por los árboles, que se retuercen adelante y atrás en una macabra danza, dispuestos a arrancar mi cochecito de la calzada y arrojarlo a la tormenta en cualquier momento. Con el tamborileo constante de la lluvia en el techo, el traqueteo del viento en las ventanillas y el estrépito de los limpiaparabrisas, me cuesta concentrarme.

Como vienen curvas, me echo hacia delante y agarro fuerte el volante. La carretera está desierta y, mientras tomo una curva tras otra, rezo para que aparezcan delante de mí las luces traseras de algún vehículo al que pueda seguir el resto del camino por el bosque. Quiero llamar a Matthew, solo para oír su voz, para asegurarme de que no soy la única superviviente del planeta, porque esa es la sensación que tengo, pero no quiero despertarlo, menos aún si tiene jaqueca. Además, se pondría furioso si supiera dónde estoy.

Cuando empiezo a pensar que la pesadilla no terminará jamás, tomo una curva y veo las luces traseras de un coche a unos cien metros de mí. Suelto un agitado suspiro de alivio y acelero un poco. Decidida a darle alcance, hasta que no estoy casi encima no veo que no se mueve, que está aparcado de mala manera en una pequeña área de descanso. Como no me lo esperaba, tengo que esquivarlo bruscamente, casi rozando la parte derecha de su parachoques y, al ponerme a su nivel, me vuelvo furibunda hacia el conductor, dispuesta a gritarle por no encender las luces de emergencia. Me devuelve la mirada una mujer con el rostro desdibujado por la lluvia torrencial.

Pensando que se le ha averiado el coche, me detengo un poco más adelante y dejo el mío en marcha. Me da pena que tenga que bajarse con la que está cayendo y, mientras la observo por el retrovisor, perversamente satisfecha de no ser la única boba que ha atajado por el bosque en plena tormenta, la imagino buscando a tientas un paraguas. Tardo diez segundos largos en darme cuenta de que no va a bajar y no puedo evitar indignarme porque ¿no querrá que vaya yo hasta ella en pleno diluvio? Salvo que no baje del coche por alguna razón, en cuyo caso ¿no me daría las luces o tocaría el claxon para indicarme que necesita ayuda? Pero eso no pasa, así que me desabrocho el cinturón de seguridad sin apartar la vista del retrovisor. Aunque no la veo bien, hay algo raro en la forma en que está ahí sentada, con las luces encendidas, y de pronto recuerdo las historias que Rachel solía contarme cuando éramos jóvenes: de personas que paran a socorrer a alguien que ha tenido una avería y descubren que hay un cómplice preparado para robarles el coche; de conductores que bajan de sus vehículos para atender a un ciervo herido en medio de la carretera y son brutalmente atacados, víctimas de un montaje... Vuelvo a ponerme el cinturón rápidamente. No he visto a nadie más al pasar, pero eso no significa que no haya alguien ahí, escondido en el asiento de atrás, listo para bajar de un salto.

Otro relámpago cruza el cielo y se pierde en el bosque. El viento sopla aún más fuerte y las ramas de los árboles arañan la ventanilla del copiloto, como si alguien quisiera subirse al coche. Un escalofrío me recorre la espalda. Me siento tan vulnerable que suelto el freno de mano y desplazo un poco el vehículo hacia delante para que parezca que me voy, a ver si esa mujer hace algo, lo que sea, por impedírmelo. Pero nada. A regañadientes, vuelvo a detenerme: no me parece bien marcharme y dejarla ahí. Aunque tampoco quiero ponerme en peligro. Pensándolo bien, no me ha parecido angustiada cuando he pasado por delante; no me ha hecho ninguna seña desesperada, ni me ha dado a entender que necesitase ayuda, así que a lo mejor ya está esperando a alguien, a su marido, o a la grúa. Si yo tuviera una avería, recurriría primero a Matthew, no a un desconocido de un coche.

Mientras estoy ahí sentada, sin saber qué hacer, la lluvia arrecia y tamborilea con urgencia en el techo. «Vete, vete, vete.» Toma la decisión por mí. Suelto de nuevo el freno y me alejo lo más despacio que puedo para darle una última oportunidad de pedirme ayuda. Pero no lo hace.

Un par de minutos más tarde he salido del bosque y me dirijo a mi casa, una preciosa vivienda rural antigua con rosales trepadores por encima de la puerta de entrada y un frondoso jardín en la parte de atrás. Me suena el teléfono, indicio de que he recuperado la cobertura. Algo más de un kilómetro después, entro en nuestra finca y aparco lo más cerca posible del edificio, contenta de estar por fin en casa, sana y salva. No se me va de la cabeza la mujer del coche y me pregunto si debería llamar a la policía o a la grúa para que sepan que está ahí. Entonces me acuerdo del mensaje que me ha entrado al salir del bosque y saco el móvil del bolso para leerlo. Es de Rachel.

Hola, ¿qué tal esta noche? Me voy a dormir. He ido a trabajar desde el aeropuerto y tengo un desfase horario brutal. ¿Has comprado el regalo de Susie? Hablamos mañana. Besos.

Cuando llego al final de la pista de tierra que lleva a mi casa, me sorprendo frunciendo el ceño: ¿por qué querrá saber Rachel si le he comprado el regalo a Susie? No lo he hecho, aún no, porque he estado demasiado ocupada con el fin de curso. De todas formas, la fiesta es mañana por la noche y tenía pensado comprarle algo por la mañana. Releo el mensaje y veo que dice «el regalo», no «un regalo», lo que me asombra, porque parece que espera que compre algo por las dos.

Me retrotraigo a la última vez que nos vimos. Fue hace unas dos semanas, la víspera del día en que se iba a Nueva York. Es consultora en la división británica de una enorme asesoría estadounidense, Finchlakers, y viaja a menudo a Estados Unidos por trabajo. Esa noche fuimos al cine juntas y luego a tomar una copa. A lo mejor fue entonces cuando me pidió que comprase algo para Susie. Me devano los sesos intentando recordar qué decidimos comprarle. Podría ser cualquier cosa: un perfume, una joya, un libro... Pero no me suena nada de eso. ¿Lo habré olvidado? Se me llena la cabeza de incómodos recuerdos de mi madre y procuro deshacerme de ellos enseguida. «No es igual —me digo—. A mí no me pasa lo mismo. Seguro que para mañana ya me habré acordado.»

Guardo el móvil en el bolso. Matthew tiene razón: necesito un descanso. Si pudiera relajarme un par de semanas en alguna playa, me iría de maravilla. También él lo necesita. No tuvimos luna de miel porque estábamos liados con la reforma de la casa, así que la última vez que disfruté de unas vacaciones en condiciones, de esas en las que no haces nada en todo el día más que estar tirada al sol, fue antes de que muriera mi padre, hace dieciocho años. Luego andaba algo justa de dinero para hacer nada, sobre todo después de tener que dejar mi trabajo de profesora para cuidar de mamá. Por eso, cuando al poco de su muerte descubrí que no era una viuda arruinada, sino adinerada, me quedé pasmada. No entendía cómo había podido vivir con lo justo cuando podía haberlo hecho con holgura. Me sorprendió tanto que apenas oía lo que me decía el abogado, de forma que, cuando al fin supe cuánto dinero había, me lo quedé mirando con cara de incredulidad. Pensaba que mi padre nos había dejado en la ruina.

Un relámpago, más lejano ya, me devuelve al presente. Miro por la ventanilla y me pregunto si podré bajar del coche y refugiarme bajo el porche sin empaparme. Me pego el bolso al pecho, abro la puerta y salgo corriendo, con la llave en la mano.

En el vestíbulo, me quito los zapatos con los pies y subo las escaleras de puntillas. La puerta del cuarto de invitados está cerrada y me veo tentada de abrirla un poquitín para ver si Matthew está dormido. Pero no quiero arriesgarme a despertarlo, así que, en su lugar, me preparo para acostarme y, en cuanto apoyo la cabeza en la almohada, me quedo dormida.

Sábado 18 de julio

Cuando despierto a la mañana siguiente, me encuentro a Matthew sentado al borde de la cama, con una taza de té en la mano.

—¿Qué hora es? —murmuro, esforzándome por abrir los ojos a pesar del sol que entra a raudales por la ventana.

—Las nueve en punto. Llevo levantado desde las siete.

—¿Qué tal la jaqueca?

—Ya no tengo.

A la luz del sol, su pelo rubio parece dorado; alargo la mano y se lo acaricio, disfrutando de su abundancia.

—¿Eso es para mí? —pregunto, mirando la taza, esperanzada.

—Claro.

Reptando, me incorporo y hundo la cabeza en las almohadas. Abajo, suena en la radio *Lovely Day,* mi canción facilona favorita, y al pensar en las seis semanas de vacaciones que tengo por delante, la vida me parece maravillosa.

—Gracias —digo, y cojo la taza—. ¿Has podido dormir?

—Sí, como un tronco. Siento no haberte esperado despierto. ¿Qué tal la vuelta?

—Bien. Aunque con muchos truenos y relámpagos. Y lluvia.

—Por lo menos esta mañana ha vuelto a salir el sol. Hazme sitio —dice, y me empuja un poco. Con cuidado de no derramar el té, le hago sitio y se mete en la cama a mi lado. Levanta el brazo y me instalo en él, con la cabeza apoyada en su hombro—. Han encontrado muerta a una mujer no muy lejos de aquí —me cuenta, tan bajito que casi no lo oigo—. Lo acaban de decir en las noticias.

—Qué horror. —Dejo la taza en la mesilla de noche y me vuelvo a mirarlo—. Cuando dices «no muy lejos de aquí», ¿a qué te refieres? ¿A Browbury?

Me retira un mechón de pelo de la cara, sus dedos me acarician la piel.

—Más cerca, en la carretera que cruza el bosque, entre Castle Wells y nuestra casa.

—¿Qué carretera?

—Ya sabes, Blackwater Lane.

Se inclina para besarme, pero me aparto.

—Para, Matthew.

Lo miro, con el corazón tan alborotado como un pajarillo atrapado en una jaula, esperando a que me sonría, a que me diga que sabe que anoche volví por ese camino y que me está tomando el pelo. Pero él se limita a fruncir el ceño.

—Lo sé, es horrible, ¿verdad?

Clavo los ojos en él, estupefacta.

—¿Lo dices en serio?

—Sí —responde asombrado—. No me inventaría algo así.

—Pero... —Siento náuseas de repente—. ¿Cómo ha muerto? ¿Han dado algún detalle?

Niega con la cabeza.

—No, solo que estaba en su coche.

Miro a otro lado para que no me vea la cara. «No será la misma mujer —me digo—. No puede ser.»

—Voy a levantarme —me excuso cuando vuelve a rodearme con sus brazos—. Tengo que ir de compras.

—¿Qué vas a comprar?

—El regalo de Susie. Aún no tengo nada y la fiesta es esta noche.

Saco las piernas de la cama y me pongo de pie.

—No hay prisa, ¿no? —protesta, pero yo ya me he ido, y me llevo el móvil.

En el baño, cierro la puerta con pestillo y abro la ducha para acallar la voz de mi conciencia, que me dice que la mujer a la que han encontrado muerta es la misma que vi desde mi coche ayer. Temblando como una hoja, me siento al borde de la bañera, abro el navegador en el móvil y busco información. Es noticia de última hora en la BBC, pero no dan detalles. Solo dicen que la han encontrado muerta en su coche cerca de Browbury, en Sussex. La han encontrado muerta. ¿Significa que se suicidó? La idea me parece espantosa.

La cabeza me va a mil, intentando procesar lo sucedido. Si es la misma mujer, a lo mejor no tuvo una avería, a lo mejor paró en el área de descanso a propósito porque allí estaba sola y nadie iba a molestarla. Eso explicaría que no me diera las luces, que no me pidiera ayuda, que, al mirarme por la ventanilla, no me hiciera ninguna seña para que parase, como seguramente habría hecho si hubiera tenido una avería. Los nervios me revuelven el estómago. Ahora que ya es de día y el sol entra en abundancia por la ventana del baño, me parece increíble no haberme acercado a ver si estaba bien. De haberlo hecho, quizá las cosas habrían terminado de otro modo. Quizá ella me habría dicho que estaba bien, habría fingido que había tenido una avería y que alguien iba a ir a ayudarla. Pero, si lo hubiera hecho, yo me habría ofrecido a esperar con ella hasta que llegaran. Y, si hubiera insistido en que me fuese, habría sospechado y la habría hecho hablar, y quizá aún seguiría viva. Además, ¿no debería haberle comentado a alguien que la había visto? Sin embargo, distraída por el mensaje de Rachel y por el regalo que debía haberle comprado a Susie, me olvidé por completo de la mujer del coche.

—¿Vas a tardar mucho, cariño? —oigo a Matthew al otro lado de la puerta.

—¡Salgo en un minuto! —contesto por encima del estrépito del agua que se va inútilmente por el desagüe.

—Voy a preparar el desayuno, entonces.

Me quito el pijama y entro en la ducha. El agua está caliente, pero no lo bastante para borrar el sentimiento de culpa que me atormenta. Me froto el cuerpo con brío e intento no imaginar a esa mujer abriendo un frasco de pastillas, echándoselas en la mano, llevándoselas a la boca y tragándoselas con agua. ¿Qué horrores habría tenido que soportar para querer quitarse la vida? Estando ya moribunda, ¿lamentaría en algún momento haberlo hecho? Detesto adonde me conducen mis pensamientos, así que cierro el agua y salgo de la ducha. El súbito silencio me perturba y abro la radio en el móvil con la esperanza de oír alguna canción alegre y esperanzadora, cantada a pleno pulmón, algo que me ayude a olvidar.

«... se ha encontrado muerta a una mujer en su coche, en Blackwater Lane, a primera hora de hoy. Su muerte se considera sospechosa. De momento, se desconocen los detalles, pero la policía pide a los vecinos de la zona que estén alerta.»

La conmoción me deja sin aliento. «Su muerte se considera sospechosa.» Las palabras resuenan por todo el baño. ¿No es eso lo que dice la policía cuando asesinan a alguien? De pronto me siento aterrada. Yo estuve allí, en el mismo sitio. ¿Estaría también el asesino, oculto entre los arbustos, esperando la ocasión para matar? Me mareo solo de pensar que podría haber sido yo, que podría haberme matado a mí. Busco a tientas el toallero y me obligo a respirar hondo. ¿Cómo se me ocurrió coger esa carretera anoche?

En el dormitorio, me pongo deprisa un vestido negro de algodón que cojo de entre la ropa amontonada en la silla. Abajo, el olor a salchichas a la plancha me revuelve el estómago antes de que abra siquiera la puerta de la cocina.

—He pensado que podríamos celebrar que ya estamos de vacaciones con un desayuno de aúpa —dice Matthew, tan feliz que me obligo a sonreír para no estropearle el momento.

—Genial.

Quiero contarle lo de anoche, decirle que podrían haberme asesinado, compartir mi horror con él, porque me parece demasiado para guardármelo, pero, si le digo que volví por el bosque, sobre todo después de que me advirtiera expresamente de que no lo hiciese, se pondrá furioso. Dará igual que yo esté aquí, sentada en la cocina, sana y salva, y no asesinada en el coche. Se sentirá como si lo estuviera, aterrado por lo que podría haber ocurrido, espantado de pensar en el peligro en que me he puesto.

—¿A qué hora te vas de compras? —me pregunta.

Viste camiseta gris y pantalones cortos, finos, de algodón, y en cualquier otro momento, habría pensado lo afortunada que soy de tenerlo. Pero no puedo ni mirar hacia donde está. Es como si llevara mi secreto grabado a fuego en la piel.

—En cuanto termine de desayunar.

Miro por la ventana que da al jardín e intento centrarme en lo bonito que está, pero no puedo dejar de pensar en lo de anoche, no paro de recordar el momento en que decidí marcharme. Cuando me fui, esa mujer aún vivía.

—¿Vas con Rachel? —Matthew interrumpe mis pensamientos.

—No. —De pronto me parece la mejor idea del mundo porque igual podría contarle a ella lo que pasó anoche, compartir con ella la desolación que siento—. Aunque no es mala idea. La llamo y le pregunto.

—No tardes —dice—, esto está casi listo.

—Será un minuto.

Salgo al vestíbulo, cojo el fijo (en casa, solo hay cobertura móvil en la planta de arriba) y marco el número de Rachel. No contesta enseguida y, cuando lo hace, le noto voz de sueño.

—Te he despertado —digo, arrepentida al recordar que llegó de Nueva York ayer.

—Tengo la sensación de que aún es tempranísimo —gruñe—. ¿Qué hora es?

—Las nueve y media.

—Vamos, tempranísimo. ¿Viste el mensaje que te mandé anoche?

La pregunta me desconcierta y me quedo pensando. Me está empezando a doler la cabeza, por detrás de los ojos.

—Sí, pero aún no le he comprado nada a Susie.

—Ah.

—He tenido mucho jaleo —digo, recordando que, por alguna razón, Rachel piensa que vamos a comprarle algo juntas—. He preferido esperar a hoy por si cambiábamos de opinión —añado, con la esperanza de que me diga qué habíamos decidido comprarle.

—¿Y por qué íbamos a hacerlo? A todo el mundo le encantó tu idea. Además, ¡la fiesta es esta noche, Cass!

La expresión «a todo el mundo» me deja muda.

—Bueno, nunca se sabe —digo, disimulando—. No querrás venir conmigo, ¿no?

—Me encantaría, pero tengo un desfase horario brutal...

—¿Y si te invito a comer?

Una pausa.

—¿En Costello's?

—Hecho. Nos vemos en el centro comercial a las once, y te invito a un café también.

La oigo bostezar y luego un murmullo de ropa de cama.

—¿Me lo puedo pensar?

—No, no puedes —digo con firmeza—. Venga, sal de la cama. Nos vemos allí.

Cuando cuelgo, me siento algo mejor, aliviada de quitarme el regalo de Susie de la cabeza. Comparado con la noticia de esta mañana, parece una nimiedad.

Vuelvo a la cocina y me siento a la mesa.

—¿Qué te parece? —me pregunta Matthew, plantándome delante un plato de salchichas, beicon y huevos.

Me parece que no voy a poder comerme eso en la vida, pero sonrío con entusiasmo.

—¡Genial! Gracias.

Se sienta a mi lado y coge el tenedor y el cuchillo.

—¿Cómo está Rachel?

—Bien. Va a venir conmigo. —Miro mi plato y me pregunto cómo voy a hacerle los honores. Como un par de bocados, pero se me revuelve el estómago, así que toqueteo un poco el resto y me doy por vencida—. Lo siento mucho —le digo, soltando los cubiertos—. Aún estoy llena de la cena de ayer.

Acerca su tenedor a mi plato y pincha una salchicha.

—Es una pena desperdiciarlo —dice, sonriente.

—Sírvete.

Sus ojos azules me sostienen la mirada, sin dejarme apartarla.

—¿Estás bien? Te veo un poco callada.

Pestañeo rápidamente un par de veces para deshacerme de las lágrimas que amenazan con inundarme los ojos.

—No dejo de pensar en esa mujer —le digo. Me alivia tanto poder hablar de ello que las palabras me brotan sin control—. He oído en la radio que la policía considera sospechosa su muerte.

Come un trozo de salchicha.

—Eso es que la han asesinado.

—¿Sí? —pregunto, aunque sé que es así.

—Es lo que suelen decir hasta que tienen los resultados de la autopsia. Dios, qué espanto. No entiendo por qué se puso en peligro de ese modo, cogiendo esa carretera por la noche. Ya sé que no podía saber que iban a asesinarla, pero aun así.

—A lo mejor tuvo una avería —digo, cruzando las manos debajo de la mesa.

—Sería eso. Si no, ¿por qué iba alguien a parar en una carretera tan solitaria? Pobrecilla, tuvo que pasarlo fatal. No hay cobertura en el bosque, estaría rezando por que llegara alguien a ayudarla, y fíjate cómo terminó.

Inspiro hondo para disimular un aspaviento. Es como si me hubieran tirado encima un jarro de agua fría que me hubiera despertado, que me hubiera obligado a ver la enormidad de lo que hice. Me dije que ya habría llamado para pedir ayuda, pero sabía que no había cobertura en el bosque. ¿Por qué lo hice? ¿Porque se me olvidó? ¿O porque así podía irme con la conciencia tranquila? Pues ahora no la tengo tranquila. La abandoné a su suerte, dejé que la asesinaran.

Me aparto de la mesa.

—Más vale que me vaya —le digo, y recojo las tazas vacías, rezando para que no vuelva a preguntarme si estoy bien—. No quiero hacer esperar a Rachel.

—¿Por qué, a qué hora habéis quedado?

—A las once, pero ya sabes cómo se pone el centro los sábados.

—Me ha parecido oír que ibais a comer juntas...

—Sí. —Lo beso deprisa en la mejilla, deseando marcharme—. Luego te veo.

Voy a por el bolso y cojo las llaves del coche de la mesa del vestíbulo. Matthew me sigue a la puerta con una tostada en la mano.

—¿Podrías recoger mi chaqueta de la tintorería? Así me la pongo esta noche.

—Claro, ¿tienes el resguardo?

—Sí, espera. —Coge la cartera y me da un papelito rosa—. Ya está pagado.

Lo meto en el bolso y abro la puerta de la calle. El sol inunda el vestíbulo.

—Ten cuidado —me grita mientras subo al coche.

—Lo tendré. Te quiero.

—¡Yo te quiero más!

La carretera a Browbury ya está atascada. Tamborileo nerviosa en el volante. En mi afán por salir de casa cuanto antes, no he pensado en la sensación que me produciría volver a estar aquí sentada, en el mismo sitio que cuando vi a esa mujer. Para distraerme, intento recordar qué regalo propuse para Susie. Trabaja en la misma empresa que Rachel, en el departamento de administración. Cuando Rachel dice que a todos les pareció fenomenal mi propuesta, deduzco que se refiere a su grupo de amigos del trabajo. La última vez que nos vimos fue hace más o menos un mes y recuerdo que Rachel habló de la fiesta del cuadragésimo cumpleaños de Susie aprovechando que esa noche ella no estaba. ¿Sería entonces cuando se me ocurrió el regalo?

Milagrosamente, encuentro aparcamiento en la calle, no muy lejos del centro comercial, y me dirijo a la cafetería de la quinta planta. Está abarrotada, pero Rachel ya está allí, perfectamente visible con su llamativo vestido estival amarillo y la cabeza, de melena oscura y rizada, volcada sobre el móvil. En la mesa a la que está sentada hay dos tazas de café, y de pronto agradezco lo mucho que cuida siempre de mí. Rachel, cinco años mayor que yo, es la hermana que nunca tuve.

Nuestras madres eran amigas y, como la suya trabajaba muchas horas para poder mantenerlas a las dos —su marido la abandonó al poco de que naciera la niña—, pasó gran parte de su infancia en nuestra casa, tanto que mis padres a menudo la consideraban su segunda hija. Cuando, a los dieciséis, dejó los estudios para trabajar y que su madre pudiera hacer menos horas, se propuso venir a casa a cenar una vez a la semana. Se llevaba muy bien con papá y, cuando murió, atropellado a la puerta de nuestra casa, le lloró casi tanto como yo. Y cuando mamá enfermó y no podía quedarse sola, ella la cuidaba una vez a la semana para que yo pudiera ir a comprar.

—¿Te los tomas a pares? —trato de bromear, señalando con la cabeza las dos tazas de café que hay en la mesa. Pero mis palabras suenan falsas. Me siento observada, como si todos supieran de algún modo que vi a la mujer asesinada anoche y no hice nada por ayudarla.

Se levanta de un brinco y me da un abrazo.

—Había tanta cola que he decidido pedir —dice—. Sabía que no tardarías.

—Lo siento, había un tráfico espantoso. Gracias por venir, de verdad.

—Ya sabes que, por una comida en Costello's, soy capaz de cualquier cosa —dice con ojos traviesos.

Me siento enfrente de ella y le doy un primer sorbo al café.

—¿Te lo pasaste de miedo anoche?

Sonrío y noto que se atenúa un poco mi angustia.

—De miedo, no, pero fue bastante divertido.

—¿Estaba el tío bueno de John?

—Pues claro. Estaban todos los profesores.

Sonríe.

—Tendría que haberme pasado un rato.

—Es demasiado joven para ti —digo, riendo—. Además, tiene novia.

—Y pensar que podría haber sido tuyo —dice, suspirando, y yo meneo la cabeza con fingida desesperación, porque aún no ha superado del todo el que eligiera a Matthew en lugar de a John.

Tras la muerte de mamá, Rachel se portó fenomenal. Decidida a sacarme de casa, empezó a llevarme con ella. Casi todos sus amigos eran compañeros suyos de trabajo, o de su clase de yoga y, cuando me los presentaba, siempre me preguntaban dónde trabajaba. Después de un par de meses diciéndoles que había dejado mi trabajo de profesora para cuidar de mi madre, alguien me preguntó por qué no volvía a trabajar ahora que podía. Y, de pronto, me dieron muchas ganas de hacerlo, más que cualquier otra cosa. Ya no me valía con pasarme el día en casa sin hacer nada, disfrutando de una libertad que llevaba años sin experimentar. Quería tener vida, la de una mujer de treinta y tres años.

Tuve suerte. Por falta de profesorado en nuestra zona, me pusieron a hacer un curso de reciclaje y después me ofrecieron un puesto en un centro de Castle Wells, dando clases de historia a niños de trece años. Me encantó volver a trabajar y, cuando John, ídolo numerario de profesoras y alumnas, me pidió que saliera con él, me sentí halagadísima. De no haber sido compañera suya, probablemente habría aceptado. Pero lo rechacé, con lo que insistió aún más. Se puso tan pesado que menos mal que conocí a Matthew.

Le doy otro sorbo al café.

—¿Qué tal Nueva York?

—Agotador. Demasiadas reuniones, demasiada comida.

Saca un paquete plano del bolso y lo desliza por la mesa.

—¡Mi paño de cocina! —exclamo, abriéndolo y desdoblándolo. Esta vez lleva un mapa de Nueva York por delante; el anterior, la Estatua de la Libertad. Es una broma que nos traemos: siempre que viaja por trabajo o por vacaciones, viene con dos trapos de cocina idénticos, uno para ella y otro para mí—. Gracias. Tú te has comprado otro, ¿no?

—Por supuesto. —De pronto se pone seria—. ¿Te has enterado de lo de la mujer que encontraron muerta en su coche anoche, en la carretera que cruza el bosque, en el tramo que va de aquí a Castle Wells?

Trago saliva deprisa, doblo el paño por la mitad, luego otra vez y me agacho para guardarlo en el bolso.

—Sí, me lo ha contado Matthew, que lo ha visto en las noticias —digo, con la cabeza debajo de la mesa.

Espera a que me enderece, entonces se estremece.

—Es horrible, ¿verdad? La policía cree que se le estropeó el coche.

—Ah, ¿sí?

—Sí. —Hace una mueca—. Qué horror. ¿Te imaginas tener una avería en plena tormenta, en medio de la nada? No quiero ni pensarlo.

Estoy a punto de soltarle que yo estuve allí, que vi a la mujer del coche, pero algo me lo impide. El establecimiento está abarrotado y Rachel ya está bastante afectada por la noticia. Temo que me critique, que le horrorice que no hiciese nada por ayudar.

—Yo tampoco —digo.

—Tú coges a veces ese atajo, ¿no? No irías por allí anoche, ¿verdad?

—No, jamás iría por allí yo sola.

Noto que me pongo colorada y estoy segura de que va a saber que miento.

Pero Rachel continúa como si nada.

—Menos mal. Podrías haber sido tú.

—Solo que a mí no se me habría estropeado el coche —digo.

Ríe, disipa la tensión.

—¡Eso no lo sabes! A lo mejor a ella no se le estropeó. Es solo una conjetura. A lo mejor alguien le hizo una seña, fingiendo que tenía algún problema. Cualquiera pararía para echar una mano al ver a alguien con problemas, ¿no?

—¿Tú crees? ¿En una carretera solitaria, en plena tormenta?

Ansío que su respuesta sea «no».

—Bueno, salvo alguien sin escrúpulos. A nadie se le ocurriría pasar de largo. Por lo menos harían algo.

Sus palabras me caen como una losa y creo que me voy a echar a llorar. El remordimiento que siento es casi insufrible. No quiero que Rachel vea lo mucho que me han afectado sus palabras, así que agacho la cabeza y clavo la mirada en el jarrón de flores naranjas que hay en la mesa, entre las dos. Para bochorno mío, se me nubla la vista y alargo la mano al bolso precipitadamente en busca de un clínex.

—¿Cass? ¿Te encuentras bien?

—Sí, estoy bien.

—Pues no lo parece.

Detecto la preocupación en su voz y me sueno la nariz para darme tiempo. La necesidad de contárselo a alguien es abrumadora.

—No sé por qué, pero yo no... —Me interrumpo.

—¿Tú no, qué?

Rachel me mira atónita.

Estoy a punto de contárselo, pero entonces me doy cuenta de que, si lo hago, no solo la horrorizará saber que pasé de largo sin comprobar si la mujer estaba bien, sino que además sabrá que le he mentido porque ya le he dicho que anoche no volví a casa por ese camino.

Meneo la cabeza.

—Da igual.

—No, no da igual. Cuéntamelo, Cass.

—No puedo.

—¿Por qué no?

Estrujo el clínex con los dedos.

—Porque me da vergüenza.

—¿Vergüenza?

—Sí.

—¿Vergüenza de qué? —Al ver que no contesto, suspira exasperada—. Venga, Cass, ¡cuéntamelo! ¡No puede ser tan malo!

Su impaciencia me pone aún más nerviosa, así que pienso en qué le puedo contar, en algo que se vaya a creer.

—Que se me ha olvidado lo de Susie —espeto, y me detesto por poner en el mismo plano la muerte de una mujer y semejante nimiedad—. No recordaba que tenía que comprarlo yo.

La veo fruncir el ceño.

—¿Cómo que «se te ha olvidado»?

—Que no me acuerdo, ya está. No me acuerdo de qué decidimos comprarle.

Me mira atónita.

—Pero si fue idea tuya… Dijiste que, como Stephen se la lleva a Venecia por su cumpleaños, podíamos comprarle unas maletas ligeras. Estábamos en el bar que hay cerca de mi trabajo —añade para ayudarme a recordar.

Me finjo aliviada, aunque lo que dice no me suena de nada.

—¡Claro! Ya me acuerdo… ¡Dios, qué boba! Pensaba que sería un perfume o algo así.

—¿Con todo ese dinero? Pusimos veinte libras cada uno, ¿recuerdas? Te dimos ciento sesenta libras en total. ¿Las llevas encima?

¡Ciento sesenta libras! ¿Cómo puedo haber olvidado que me dieran tanto dinero? Me dan ganas de contarle la verdad, pero sigo fingiendo porque no me fío de mí misma.

—Iba a pagar con tarjeta.

—Bueno, ahora que hemos resuelto el pequeño drama, bébete el café antes de que se enfríe —me dice, y me dedica una sonrisa tranquilizadora.

—Ya debe de estar helado... ¿Voy a por dos más?

—Ya voy yo; tú quédate aquí y relájate.

La veo ponerse en la cola del mostrador e intento ignorar la desazón que siento. Aunque he conseguido no contarle lo de la mujer del coche, ojalá no hubiera tenido que confesar que he olvidado lo del regalo. Rachel no es idiota. Ha sido testigo del deterioro de mi madre semana a semana y no quiero que se preocupe, o que empiece a pensar que voy por el mismo camino. Lo peor de todo es que no recuerdo haber propuesto que compráramos un juego de maletas, ni dónde he puesto las ciento sesenta libras, salvo que estén en el cajoncito de mi viejo escritorio. No me preocupa el dinero en sí, si no lo encuentro, no pasa nada, pero me aterra pensar que he olvidado todo lo relacionado con el regalo de Susie.

Vuelve Rachel con los cafés.

—¿Te importa que te pregunte algo? —me dice mientras se sienta.

—Adelante.

—Es que no es propio de ti que te disgustes por algo tan insignificante como olvidarte del regalo que tenías que haber comprado. ¿Te preocupa alguna otra cosa? ¿Va todo bien con Matthew?

Por enésima vez, me sorprendo deseando que Rachel y Matthew se cayeran mejor. Aunque intentan disimularlo, es evidente que desconfían el uno del otro. En realidad, a Matthew no le cae bien Rachel porque sabe que a ella le desagrada él. Lo de Rachel es más complicado. No hay motivo para que Matthew no le caiga bien, así que a veces me pregunto si no será que le da envidia que yo ahora tenga a alguien. Pero luego me fastidia pensar eso porque sé que se alegra por mí.

—Sí, va todo bien —la tranquilizo, y procuro quitarme de la cabeza lo de anoche—. Ha sido solo por lo del regalo, de verdad.

Hasta esas palabras me parecen una traición a la mujer asesinada.

—Bueno, estabas un poco perjudicada esa noche —dice, sonriendo al recordarlo—. Como no tenías que conducir porque Matthew te recogía, te bebiste unas cuantas copas de vino. A lo mejor por eso lo has olvidado.

—Seguramente.

—Venga, termínate el café y vamos a por el regalo.

Apuramos los cafés y bajamos a la cuarta planta. No tardamos en elegir un par de maletas azul celeste y, al salir de la tienda, noto que Rachel me mira fijamente.

—¿Seguro que quieres que comamos juntas? Si no te apetece, no pasa nada.

De pronto se me hace un mundo pensar en comer juntas, en tener que charlar de todo y de nada para evitar hablar de esa pobre mujer.

—La verdad es que tengo un dolor de cabeza espantoso. Supongo que anoche me pasé con la celebración… ¿Te importa que lo dejemos para la semana que viene? Ahora que estoy de vacaciones, puedo bajar al centro cualquier día.

—Claro. Vendrás a la fiesta de Susie esta noche, ¿no?

—Por supuesto. Pero ¿podrías llevarte tú las maletas por si acaso?

—Sin problema. ¿Dónde has aparcado?

—Al final de la calle principal.

Asiente con la cabeza.

—Yo lo he dejado en el aparcamiento, así que me despido aquí.

—¿Puedes con las dos? —le pregunto, señalando las maletas.

—Son ligeras, ¿recuerdas? Además, si veo que no puedo, seguro que encuentro algún joven guapo dispuesto a ayudarme.

Le doy un abrazo rápido y me dirijo al coche. Cuando lo arranco, aparece la hora en la pantalla y veo que es la una y un minuto. Lo cierto es que no me apetece —nada— oír las noticias, pero me sorprendo encendiendo la radio de todas formas.

«Anoche se encontró el cadáver de una mujer en un coche, en Blackwater Lane, entre Browbury y Castle Wells. La víctima fue brutalmente asesinada. Si pasó usted por esa carretera entre las once y veinte de la noche y la una y cuarto de la madrugada, o sabe de alguien que lo hiciera, por favor, póngase en contacto con nosotros lo antes posible.»

Alargo el brazo y apago la radio; me tiembla la mano de los nervios. «Brutalmente asesinada.» Las palabras quedan suspendidas en el aire y siento tantas náuseas, tanto calor, que tengo que abrir la ventanilla para poder respirar. ¿No podían haber dicho solo «asesinada»? ¿No es eso ya bastante malo? Se me acerca un coche y el conductor me hace una seña, como queriendo saber si me voy. Niego con la cabeza y se marcha; un minuto más tarde viene otro con la misma duda, y luego otro. Pero no quiero irme, solo quiero quedarme donde estoy hasta que el asesinato deje de ser noticia, hasta que todo el mundo haya pasado página y se haya olvidado de la mujer que fue brutalmente asesinada.

Sé que es absurdo, pero tengo la sensación de que es culpa mía que haya muerto. Me entran ganas de llorar. Pienso que jamás lograré librarme de ese remordimiento, y la idea de cargar con él toda la vida me parece un precio demasiado alto por un instante de egoísmo, pero lo cierto es que, si me hubiera molestado en bajarme del coche, a lo mejor esa mujer seguiría viva.

Conduzco a casa despacio, retrasando el momento de abandonar la burbuja protectora de mi coche. Cuando llegue a casa, el asesinato estará por todas partes: en la televisión, en la prensa, en boca de todos, un recordatorio constante de que no fui capaz de ayudar a la mujer del bosque.

Al salir del coche, el olor a leña ardiendo en el jardín me transporta instantáneamente a mi infancia. Cierro los ojos y, por unos segundos gozosos, ya no es un día caluroso y soleado de julio, sino una noche fría y seca de noviembre, y mamá y yo comemos salchichas pinchadas en tenedores mientras papá prepara los fuegos artificiales al fondo del jardín. Abro los ojos y descubro que el sol se ha ocultado detrás de una nube, como reflejando mi estado de ánimo. En circunstancias normales, habría ido a saludar a Matthew; en cambio, entro directa en casa, feliz de disponer de un poco de tiempo para mí.

—Me ha parecido oír el coche —dice, entrando al poco en la cocina—. No te esperaba tan pronto. ¿No ibais a comer fuera?

—Íbamos, pero hemos decidido dejarlo para otro día.

Se acerca y me planta un beso en la cabeza.

—Bien. Así puedes comer conmigo.

—Hueles a leña —digo, oliéndole la camiseta.

—He decidido deshacerme de todas esas ramas que podé la semana pasada. Por suerte, estaban bajo la lona, protegidas de la lluvia, pero nos habrían ahumado la casa entera si las hubiéramos usado en la chimenea. —Me envuelve en sus brazos—. Sabes que eres el amor de mi vida, ¿verdad? —me dice, como solía decirme cuando nos conocimos.

Llevaba unos seis meses trabajando en el instituto cuando unos cuantos fuimos a una vinoteca a celebrar mi cumpleaños. Connie se fijó en Matthew en cuanto llegamos. Estaba sentado a una mesa, solo, esperando a alguien, estaba claro, y ella bromeó con que, si le daban plantón, se ofrecía a ocupar su lugar. Cuando empezó a ser evidente que su acompañante no iba a aparecer, Connie se acercó, ya un poco borracha, y le preguntó si quería unirse a nosotros.

—Confiaba en que no se notara que me han plantado —dijo compungido mientras Connie lo sentaba entre ella y John.

Yo lo tenía delante, y no pude evitar fijarme en cómo le caía el pelo por la cara, ni en el azul de sus ojos cada vez que me miraba. Y lo hizo, bastante. Procuré no darle importancia, y menos mal porque, cuando nos levantamos para irnos, varias botellas de vino después, ya se había apuntado el teléfono de Connie en el móvil.

A los pocos días, ella se acercó a mí en la sala de profesores, muy sonriente, y me contó que Matthew la había llamado... ¡para pedirle mi número! Así que la dejé que se lo diera y, cuando me llamó, reconoció nervioso, con aquella frase tan tierna, que «Nada más verte supe que eras el amor de mi vida».

En cuanto empezamos a salir, me confesó que no podía ser padre. Me dijo que entendería que no quisiera verlo más, pero, para entonces, yo ya estaba enamorada y, aunque fue un golpe, tampoco me pareció el fin del mundo. Cuando me pidió que me casara con él, ya habíamos hablado de otras formas de tener hijos y habíamos decidido que las estudiaríamos detenidamente al año de casarnos. Que es más o menos ahora. Por lo general, es algo en lo que pienso a todas horas, pero ahora mismo lo veo tan lejano que no puedo ni planteármelo.

Matthew sigue abrazándome.

—¿Habéis encontrado lo que buscabais? —pregunta.

—Sí, le hemos comprado a Susie unas maletas.

—¿Te encuentras bien? Te noto apagada.

De pronto siento una incontenible necesidad de estar sola.

—Me duele la cabeza —digo, apartándome—. Me voy a tomar una aspirina.

Subo a la planta de arriba, cojo un par de aspirinas del botiquín y me las trago con agua del grifo. Al levantar la cabeza, me veo la cara en el espejo y me escudriño angustiada en busca de algo que me pueda delatar, algo que pueda hacer pensar a los demás que no todo es como debería ser. Pero no veo nada que indique que soy distinta de quien era cuando me casé con Matthew hace un año: veo el mismo pelo castaño y los mismos ojos azules en el espejo.

Doy la espalda a mi reflejo y salgo al dormitorio. La pila de ropa ha pasado de la silla a la cama, ahora hecha, sutil indirecta de Matthew para que la recoja. Cualquier otro día me haría gracia, pero hoy me irrita. Poso los ojos en el escritorio de mi bisabuela y me acuerdo del dinero del que me ha hablado Rachel, las ciento sesenta libras que me dieron entre todos para el regalo de Susie. Si cogí el dinero, tendría que estar ahí, que es donde siempre guardo lo que quiero poner a buen recaudo. Inspiro hondo, hago girar la llave del cajoncito de la izquierda y lo abro. Dentro hay un montón de billetes revueltos. Los cuento: ciento sesenta libras, exactamente.

En la agradable tranquilidad de mi dormitorio, la cruda realidad de lo que he olvidado se cierne de pronto sobre mí. Olvidar un nombre o una cara es normal, pero olvidar que has propuesto un regalo y te han dado dinero para comprarlo no lo es.

—¿Te has tomado la aspirina? —me pregunta Matthew desde el umbral de la puerta, sobresaltándome.

Cierro rápidamente el cajoncito.

—Sí, y ya me encuentro mucho mejor.

—Bien. —Sonríe—. Me voy a hacer un sándwich. ¿Te apetece uno? Me lo iba a tomar con una cerveza.

La sola idea de comer me sigue revolviendo el estómago.

—No, come tú. Yo me prepararé algo más tarde. Me acabo de tomar un té.

Lo sigo abajo y me siento a la mesa de la cocina. Me pone una taza de té delante y lo veo coger el pan de molde del armarito y un trozo de cheddar de la nevera. Se hace un sándwich rápido, juntándolos, y se lo come sin plato.

—No han parado de hablar del asesinato en la radio en toda la mañana —dice, y caen migas al suelo—. Han cortado la carretera y la policía la está peinando en busca de pruebas. ¡Qué locura pensar que todo eso esté pasando a cinco minutos de aquí!

Procuro no estremecerme y miro distraída las diminutas migas blancas que han caído a nuestro suelo de terracota. Parecen criaturas desamparadas en medio del mar, sin auxilio a la vista.

—¿Se sabe algo de ella ya? —pregunto.

—La policía debe de saber algo porque se lo han notificado a sus familiares, pero no han revelado ningún detalle. Es terrible pensar en lo mal que lo estarán pasando. ¿Sabes lo que no consigo quitarme de la cabeza? Que podrías haber sido tú si hubieras cometido la imprudencia de venir por esa carretera anoche.

Me pongo de pie, con la taza en la mano.

—Creo que me voy a echar un rato.

—¿Seguro que estás bien? —Me mira preocupado—. No lo parece. A lo mejor no deberíamos ir a la fiesta esta noche...

Lo miro compasiva porque no le van mucho las fiestas; él es más de invitar a amigos a cenar a casa.

—Tenemos que ir. Son los cuarenta de Susie.

—¿Aunque te siga doliendo la cabeza?

Detecto el pero en su tono de voz y suspiro.

—Sí —contesto con firmeza—. Tranquilo, no vas a tener que hablar con Rachel.

—No me importa hablar con ella, es por esas miradas de desaprobación que me lanza. Me hace sentir como si hubiese hecho algo malo. Por cierto, ¿te has acordado de recogerme la chaqueta en la tintorería?

Se me cae el alma a los pies.

—No, lo siento, se me ha olvidado.

—Ah. Bueno, da igual, supongo que me puedo poner otra cosa.

—Lo siento —repito, pensando en el regalo y todas las cosas que he olvidado últimamente.

Hace unas semanas tuvo que venir al súper para rescatarnos a mi carro cargado de comida y a mí porque me dejé el monedero en la mesa de la cocina. Desde entonces, se ha encontrado la leche donde tendría que estar el detergente y el detergente en la nevera, y ha tenido que lidiar con la llamada furibunda de mi dentista por una cita que olvidé que había pedido. Por ahora, se lo ha tomado a risa y lo ha atribuido a que, según él, he estado sobrecargada de trabajo por el fin de curso. Pero, como con el regalo de Susie, he tenido otros olvidos de los que él no está al tanto. Me he ido a trabajar sin los libros, me he olvidado de una cita en la peluquería y de una comida con Rachel, y el mes pasado conduje cuarenta kilómetros en dirección a Castle Wells sin darme cuenta de que me había dejado el bolso en casa. El caso es que, aunque sabe que mi madre murió a los cincuenta y cinco años y al final estaba algo olvidadiza, nunca me he atrevido a contarle que, durante los tres años anteriores a su muerte, tuve que lavarla, vestirla y darle de comer. Tampoco sabe que le diagnosticaron una demencia a los cuarenta y cuatro años, con solo diez años más de los que yo tengo ahora. Por entonces, dudaba que quisiera casarse conmigo si pensaba que en diez años o así podrían diagnosticarme lo mismo.

Ahora ya sé que haría cualquier cosa por mí, pero ha pasado demasiado tiempo. ¿Cómo voy a reconocer que se lo oculté? Él me contó abiertamente que no podía tener hijos, y yo he pagado su sinceridad con insinceridad, y he antepuesto mis miedos a la verdad. «¿Cómo voy a compensarlo ahora?», me digo, tumbada en la cama.

Procuro relajarme, pero se me pasan por la cabeza imágenes de anoche, una detrás de otra, como fotogramas de una película. Veo el coche delante de mí en la carretera, me veo haciendo un viraje brusco para esquivarlo, me veo volviéndome a mirar al conductor, y entonces veo el rostro de una mujer que me mira por la ventanilla.

A media tarde, Matthew viene a mí.

—Creo que me voy a ir al gimnasio un par de horas, salvo que te apetezca ir a dar un paseo o algo así.

—No, tranquilo —le digo, y agradezco que me deje un rato a solas—. Tengo que organizarme el trabajo que me he traído a casa. Si no lo hago ahora, no lo haré nunca.

Asiente con la cabeza.

—Entonces, cuando vuelva, nos tomamos una bien merecida copa de vino.

—Hecho —contesto, y acepto su beso—. Diviértete.

Oigo cerrarse de golpe la puerta de la calle, pero, en lugar de meterme en el despacho a organizarme el trabajo, me quedo sentada a la mesa de la cocina, rumiando todo eso que me ronda la cabeza. Suena el fijo; es Rachel.

—Ni te lo imaginas… —me dice sin aliento—. ¿Te acuerdas de la mujer asesinada? Pues resulta que trabajaba en mi empresa.

—Madre mía —mascullo.

—Lo sé, es horrible, ¿verdad? Susie se ha quedado hecha polvo. Está fatal y va a cancelar la fiesta: no tiene el cuerpo para celebraciones ahora que sabe que la víctima era alguien a quien conocíamos.

Me alivia no tener que salir, pero también me angustia que la mujer asesinada sea cada vez más real.

—Aunque yo no la conocía muy bien porque trabajaba en otro departamento... —prosigue Rachel, y luego titubea—. De hecho, me siento fatal porque ayer, cuando llegaba a la oficina desde el aeropuerto, discutí con alguien por una plaza de aparcamiento y me parece que era ella. Me puse bastante bruta, por culpa de la diferencia horaria, y ahora me arrepiento de no haberlo dejado correr.

—¿Cómo ibas a saberlo? —le digo enseguida.

—Susie y los que trabajaban con ella están destrozados. Algunos conocen a su marido y, por lo visto, está muy alterado... Como es natural. Además, ahora le toca criar a dos criaturas de dos años él solo.

—¿Dos criaturas?

Lo que dice me resuena en la cabeza.

—Sí, dos gemelas. Una tragedia.

Me quedo helada.

—¿Cómo se llamaba?

—Jane Walters, me ha dicho Susie.

El nombre me cae como un mazazo.

—¿Cómo? ¿Has dicho Jane Walters?

—Sí.

Me da vueltas la cabeza.

—No, no puede ser. No es posible.

—Eso es lo que me ha dicho Susie —insiste Rachel.

—Pero... pero si comí con ella... —Estoy tan abatida que no puedo hablar—. Comí con ella y estaba perfectamente. Tiene que ser un error.

—¿Que comiste con ella? —repite, perpleja—. ¿Cuándo? ¿De qué la conocías?

—La conocí en la fiesta de despedida a la que me llevaste, la de ese hombre de tu empresa… Colin. Esa a la que me dijiste que me podía apuntar porque habría tanta gente que nadie sabría que no trabajo en Finchlakers. Empecé a hablar con ella en el bar y nos dimos los teléfonos, y unos días más tarde se puso en contacto conmigo. Te lo dije cuando me llamaste desde Nueva York, que iba a comer con ella al día siguiente… o eso creo.

—No, me parece que no —me dice con delicadeza al verme tan angustiada—. Y aunque lo hicieras, aunque me hubieras dicho su nombre, no habría sabido quién era. Lo siento mucho, Cass, debes de sentirte fatal.

—Me había invitado a su casa la semana que viene —digo, cayendo de pronto en la cuenta—. Para que conociera a sus hijas —añado, y se me saltan las lágrimas.

—Es horrible, ¿verdad? Y es espantoso pensar que su asesino aún anda por ahí. No quiero preocuparte, Cass, pero tu casa está a un par de kilómetros de donde la mataron y, bueno, un poco apartada, perdida al final de la carretera.

—Ah —consigo decir, con el estómago revuelto. Porque, con el trastorno y la preocupación, no se me había ocurrido que el asesino sigue por ahí. Ni que solo tengo cobertura en la planta de arriba, y al lado de una ventana.

—No tienes alarma, ¿verdad?

—No.

—Pues prométeme que cerrarás la puerta con llave cuando estés sola.

—Sí… sí, claro que sí —le digo, desesperada por colgar, por dejar de hablar de la mujer asesinada.

—Perdona, tengo que dejarte —añado precipitadamente—. Me llama Matthew.

Corto bruscamente y me echo a llorar. No quiero creer lo que Rachel me acaba de contar, no quiero creer que la mujer asesinada en su coche era Jane, mi nueva amiga, que se habría convertido, me parece, en una amiga estupenda. Nos habíamos conocido por casualidad, en una fiesta a la que yo había ido por casualidad, como si hubiéramos estado destinadas a encontrarnos. Sollozando aún, me veo acercarme a la barra de Bedales, con la misma claridad que si estuviera ocurriendo delante de mis ojos.

—*Perdona, ¿estás esperando a que te atiendan?* —*me preguntó, sonriéndome.*

—*No, tranquila, espero a que venga a recogerme mi marido.* —*Me aparté un poco para dejarle sitio*—. *Ponte aquí si quieres.*

—*Gracias. Menos mal que no tengo prisa* —*bromeó, refiriéndose a todos los que aguardaban su turno junto a la barra*—. *No sabía que Colin había invitado a tanta gente.* —*Me miró inquisitiva y observé lo azules que eran sus ojos*—. *No te he visto antes. ¿Eres nueva?*

—*En realidad, no trabajo en Finchlakers* —*reconocí, culpable*—. *He venido con una amiga. Ya sé que es una fiesta privada, pero me ha dicho que vendría tanta gente que pasaría inadvertida. Mi marido está viendo el partido con unos amigos y a mi amiga le ha dado pena que me quedara sola.*

—*Qué buena amiga, ¿no?*

—*Sí, Rachel es estupenda.*

—*¿Rachel Baretto?*

—*¿La conoces?*

—*No, la verdad es que no.* —*Me sonrió intensamente*—. *También mi marido está viendo el partido. Y haciendo de canguro de nuestras gemelas de dos años.*

—¡Qué bien, gemelas! ¿Cómo se llaman?

—Charlotte y Louise, pero las llamamos Lottie y Loulou. —Se sacó el móvil del bolsillo y fue pasando fotos con el dedo—. Alex, mi marido, siempre me dice que no haga esto, al menos con completos desconocidos, pero no lo puedo evitar. —Me enseñó el teléfono—. Mira.

—Son preciosas —le dije con sinceridad—. Parecen dos angelotes con esos vestiditos blancos. ¿Cuál es cuál?

—Esta es Lottie y esa es Loulou.

—¿Son idénticas? A mí me lo parecen.

—No son clavadas, pero a casi todo el mundo le cuesta distinguirlas.

—Seguro. —Vi que el camarero esperaba para tomarle nota—. Uy, creo que ya te toca.

—Ah, qué bien. Una copa de tinto sudafricano, por favor. —Se volvió hacia mí—. ¿Quieres tomar algo?

—Matthew no tardará en llegar, pero... —titubeé un instante— no voy a conducir yo, así que ¿por qué no? Gracias. Pídeme una copa de blanco seco.

—Me llamo Jane, por cierto.

—Yo, Cass. Pero, por favor, no te sientas obligada a quedarte aquí ahora que te han atendido. Seguramente te estarán esperando tus amigos.

—Dudo que me echen de menos si tardo unos minutos más. —Levantó la copa—. Por los encuentros casuales. Es un lujazo poder tomarme una copa esta noche. No he salido mucho desde que nacieron las gemelas y, cuando lo hago, no bebo porque tengo que volver a casa en coche. Pero esta noche me lleva un amigo.

—¿Dónde vives?

—En Heston, al otro lado de Browbury. ¿Lo conoces?

—He estado un par de veces en el pub de allí. Hay un parquecito precioso justo enfrente del local.

—Con una estupenda zona de juego infantil —coincidió, sonriente— en la que paso mucho tiempo últimamente. ¿Vives en Castle Wells?

—No, vivo en una pequeña localidad a este lado de Browbury: Nook's Corner.

—A veces paso por allí cuando vuelvo a casa desde Castle Wells, si cojo ese atajo que cruza el bosque. Tienes suerte de vivir ahí, es muy bonito.

—Lo es, pero nuestra casa está algo más aislada de lo que me gustaría. Aunque es una maravilla estar a solo unos minutos de la autovía. Doy clases en el instituto de Castle Wells.

Sonrió.

—Entonces, conocerás a John Logan...

—¿A John? —reí sorprendida—. Claro que sí. ¿Es amigo tuyo?

—Jugaba al tenis con él hasta hace unos meses. ¿Aún cuenta chistes?

—No para. —Mi móvil, que llevaba en la mano, vibró de pronto, indicándome que tenía un mensaje—. Matthew —le dije a Jane, leyéndolo—. El aparcamiento está lleno y ha aparcado en doble fila.

—Pues más vale que te vayas —me aconsejó.

Apuré rápidamente la copa.

—Ha sido un placer hablar contigo —le dije con sinceridad—, y gracias por el vino.

—De nada. —Hizo una pausa, luego espetó de pronto—: ¿Quieres que quedemos algún día para tomar un café, o incluso para comer?

—¡Me encantaría! —contesté, conmovida—. ¿Nos damos los teléfonos?

Intercambiamos los móviles y le di el fijo también, explicándole que teníamos una cobertura pésima en casa, y prometió que me llamaría.

Y menos de una semana después lo hizo y me propuso que nos viéramos para comer el sábado siguiente porque su marido se quedaría en casa cuidando de las niñas. Recuerdo que, aunque me sorprendió, me agradó que me llamara tan pronto, y me pregunté si a lo mejor necesitaba hablar con alguien.

Quedamos en un restaurante de Browbury y, mientras charlábamos animadamente, me sentí como si fuera una amiga de toda la vida. Me contó cómo había conocido a Alex y yo le hablé de Matthew, y de que esperábamos formar una familia pronto. Cuando lo vi a la puerta del restaurante, porque habíamos acordado que me recogería allí, no podía creer que ya fueran las tres.

—Ahí está Matthew —le dije, señalando al ventanal—. Habrá llegado pronto. —Miré el reloj y reí sorprendida—. Ah, pues no. ¿De verdad llevamos aquí dos horas ya?

—Eso parece.

La noté distraída y, al levantar la cabeza, vi que miraba fijamente a Matthew por el ventanal y no pude evitar sentir una pequeña punzada de orgullo. Le habían dicho en más de una ocasión que se parecía a Robert Redford de joven y la gente, sobre todo las mujeres, solía volverse a mirarlo cuando pasaba por su lado.

—¿Voy a buscarlo? —le pregunté, levantándome—. Quiero presentártelo.

—No, no te preocupes, parece ocupado. —Miré a Matthew; llevaba el móvil en la mano y estaba absorto tecleando un mensaje—. En otra ocasión. Además, tengo que llamar a Alex.

Así que me marché y, mientras me alejaba, cogida de la mano de Matthew, me volví y me despedí de Jane a través del ventanal del restaurante.

El recuerdo se desvanece, pero las lágrimas aumentan, y de pronto me doy cuenta de que no lloré tanto cuando murió mi madre porque me lo esperaba. En cambio, la noticia de la muerte de Jane me ha dejado hecha polvo, tanto que tardo un rato en procesarla y en caer en la cuenta de la cruda realidad: que fue a Jane a quien vi en el coche anoche, que fue Jane quien me miró por la ventanilla cuando pasaba de largo, que fue a Jane a quien abandoné a su suerte. El horror que siento solo es equiparable a la angustia que me roba el aire. Procuro calmarme; me digo que, si no hubiese estado lloviendo a mares, si hubiera podido distinguir sus rasgos, si hubiera sabido que era ella, me habría bajado del coche y habría ido corriendo en su auxilio sin dudarlo. Pero ¿y si me reconoció y estaba esperando a que fuera a socorrerla? La idea me horroriza, pero, de haber sido así, me habría dado las luces, o se habría bajado del coche y habría venido a mí. Entonces me asalta otro pensamiento, más espantoso que el anterior: ¿y si el asesino ya estaba allí y Jane me dejó pasar de largo por protegerme?

—¿Qué te pasa, Cass? —me pregunta Matthew cuando vuelve del gimnasio y me encuentra pálida como una hoja.

Me brotan de los ojos las lágrimas que soy incapaz de contener.

—¿Sabes esa mujer joven a la que han asesinado? Pues era Jane.

—¿Jane?

—Sí, la chica con la quedé para comer hace un par de semanas en Browbury, la que conocí en la fiesta a la que me llevó Rachel.

—¡¿Qué?! —Parece conmocionado—. ¿Estás segura?

—Sí, me ha llamado Rachel para contarme que era alguien de la empresa. Le he preguntado cómo se llamaba y me ha dicho que Jane Walters. Susie ha cancelado la fiesta porque ella también la conocía.

—Cuánto lo siento, Cass —dice, y me abraza y me estrecha contra su cuerpo—. No puedo ni imaginarme cómo debes de sentirte.

—Me cuesta creer que fuera ella. No es posible. Puede que haya habido un error, puede que sea otra Jane Walters.

Noto que titubea.

—Han hecho pública una foto suya —dice—. La he visto en el móvil. No sé si... —Se interrumpe.

Niego con la cabeza porque no quiero mirar, no quiero tener que enfrentarme a la verdad si es Jane la de la foto. Pero al menos así lo sabría.

—Enséñamela —le digo, y me tiembla la voz.

Sin dejar de abrazarme, me lleva arriba para poder acceder a Internet desde el móvil. Mientras busca las noticias más recientes, cierro los ojos y rezo: «Por favor, Dios, por favor, Dios, que no sea Jane».

—Mira —dice en voz baja.

Me da un vuelco el corazón, pero abro los ojos y me encuentro mirando una foto de la mujer asesinada. Su pelo rubio está más corto que cuando quedamos para comer y sus ojos parecen menos azules, pero, desde luego, es ella.

—Es ella —susurro—. Es ella. ¿Quién puede haber hecho algo así? ¿Quién puede haber hecho algo tan horrible?

—Un loco —responde Matthew con tristeza.

Me vuelvo y entierro la cara en su pecho, y procuro no volver a llorar porque se preguntará por qué me afecta tanto si, en su opinión, apenas la conocía.

—Ese hombre aún anda suelto —digo, de pronto asustada—. Necesitamos una alarma.

—¿Por qué no llamas a un par de empresas mañana y les pides que se pasen por aquí y nos hagan un presupuesto?

Pero no te comprometas a nada hasta que no veamos bien cada detalle. Ya sabes cómo es esa gente: siempre te hacen contratar servicios que ni necesitas.

—De acuerdo —digo. Pero, durante el resto de la tarde y la noche, me siento desolada. No puedo pensar más que en Jane, sentada en su coche, esperando a que la rescate—. Lo siento, Jane —susurro—. Lo siento mucho.

Viernes 24 de julio

Jane me atormenta. Hace una semana que la asesinaron y no ha habido un solo día en que no haya sido mi principal pensamiento. El sentimiento de culpa no ha disminuido con el tiempo; en todo caso, ha aumentado. No ayuda que se siga hablando del asunto en las noticias, ni que los medios no paren de especular sobre por qué se detendría en una carretera tan apartada en plena tormenta. Las pruebas han revelado que el coche no estaba averiado, pero, como era un modelo antiguo y los limpiaparabrisas apenas funcionaban, se piensa que no veía bien la calzada y estaba esperando a que pasara la tormenta para proseguir su camino.

Poco a poco, empieza a aclararse lo sucedido. Justo antes de las once, Jane le dejó un mensaje en el buzón de voz a su marido en el que le decía que salía de uno de los bares de Castle Wells, donde se celebraba la despedida de soltera de una amiga, y que no tardaría en llegar a casa. Según el personal del restaurante, Jane salió del establecimiento con sus amigas, pero volvió a los cinco minutos para usar el teléfono público porque se dio cuenta de que se había dejado el móvil en casa. Su marido se había quedado dormido en el sofá y no oyó la llamada, con lo que no supo que no había vuelto a casa hasta que la policía fue a su domicilio a comunicarle la terrible noticia. Tres personas han informado de que, aunque pasaron por Blackwater Lane el viernes por la noche, no vieron el vehículo, ni aparcado ni de ningún modo. Eso permite a la policía precisar que el asesinato tuvo que producirse entre las once y veinte —porque debió de tardar unos quince minutos en llegar al área de descanso desde Castle Wells— y la una menos cinco, hora en que la encontró el motorista que pasaba por allí.

La voz de mi conciencia me insta a ponerme en contacto con la policía para contarles que aún estaba viva cuando yo pasé por delante de su coche hacia las once y media, pero la otra, la que me dice que se indignarán si se enteran de que no hice nada por socorrerla, puede más. Además, reducir el margen de error en tan pocos minutos tampoco supondrá un gran avance en la investigación del asesinato. O eso me digo yo.

Por la tarde, un tipo de Superior Security Systems, la empresa de seguridad, viene a hacer un presupuesto para la alarma. Me enfurece de inmediato que, además de llegar veinte minutos antes, pregunte si mi marido está en casa.

—No, no está —le digo, procurando no mirarle la caspa que puebla los hombros de la chaqueta oscura de su traje—, pero si me explica con detalle el tipo de sistema que cree que necesita esta casa para ser segura, me parece que lo entenderé. Siempre que hable despacio, claro.

No pilla el sarcasmo. Pasa al vestíbulo sin esperar a que lo invite.

—¿Está sola en casa muy a menudo? —pregunta.

—No, lo cierto es que no. —Su pregunta me inquieta—. De hecho, mi marido no tardará en llegar —añado.

—Bueno, vista desde fuera, esta vivienda es un blanco perfecto para los ladrones, porque está plantada al final de la carretera. Necesitan detectores de presencia en las ventanas, en las puertas, en el garaje, en el jardín... —Echa un vistazo al vestíbulo—. En las escaleras también… No querrán que alguien los aceche en plena noche, ¿no? Voy a echar un vistazo, ¿le parece?

Girando sobre sí mismo, se dirige a las escaleras y las sube de dos en dos. Lo sigo y lo veo comprobar rápidamente la ventana del final del descansillo. Luego se mete en el dormitorio y yo lo espero en la puerta porque me inquieta que esté solo ahí dentro. De pronto caigo en la cuenta de que no le he pedido que se identifique y me espanta ver lo poco prudente que he sido al dejarlo entrar, después de lo que le ha pasado a Jane. Pensándolo bien, ni siquiera me ha dicho que sea de la empresa de seguridad, yo he dado por sentado que así era, pese a que ha llegado antes de tiempo. Podría ser cualquiera.

El pensamiento se instala tan firmemente en mi cerebro que la inquietud que ya siento por tener a ese hombre en casa se transforma en una especie de pánico. El corazón, que me da un vuelco, se me acelera muchísimo, como si jugara al pillapilla, y me deja temblando. Sin perder de vista la puerta del dormitorio, entro sigilosamente en el cuarto de invitados y llamo a Matthew desde el móvil, contenta de que al menos en esta planta haya cobertura. No lo coge, pero, al poco, recibo un mensaje suyo.

Perdona, reunión. ¿Todo bien?

Le contesto, tecleando torpemente.

No me gusta el de la alarma.

Líbrate de él.

Salgo del cuarto de invitados y me tropiezo con el comercial. Doy un respingo, acompañado de un grito de susto, abro la boca y, cuando estoy a punto de decirle que he cambiado de opinión sobre la alarma, se me adelanta.

—Solo me queda por mirar este cuarto y el baño y ya voy a echar un vistazo abajo —dice, estrujándome para pasar.

En lugar de esperarlo, bajo corriendo al vestíbulo, me planto al lado de la puerta de la calle, y me digo que me estoy comportando como si fuera imbécil, que me estoy asustando por nada. Pero, cuando baja, me quedo donde estoy y lo dejo que se pasee por el resto de la casa él solo. Pasan diez minutos largos hasta que vuelve al vestíbulo.

—Muy bien, ¿nos sentamos a hablar? —pregunta.

—No creo que sea necesario —digo—. No estoy del todo segura de que necesitemos una alarma.

—No quería mencionarlo, pero, con lo que le ha pasado a esa joven no muy lejos de aquí, yo diría que se está equivocando. No olvide que el asesino aún anda suelto.

El que alguien a quien prácticamente no conozco me hable de la muerte de Jane me desequilibra, y no veo el modo de sacarlo de mi casa cuanto antes.

—¿Dispone de información de contacto? De su empresa, quiero decir...

—Claro.

Se lleva la mano al interior de la chaqueta y doy un paso atrás, casi esperando que saque una navaja. Pero lo único que blande es una tarjeta de visita. La cojo y la examino un momento. Dice que se llama Edward Garvey. ¿Tiene aspecto de Edward? Mi recelo es adictivo.

—Gracias, creo que es preferible que vuelva cuando esté mi marido.

—Como quiera, pero no sé cuándo podré. Igual no debería decirle esto, pero los asesinatos favorecen el negocio, ya sabe a lo que me refiero. De modo que, si me da diez minutos más, se lo explico rápidamente y luego puede contárselo usted a su marido cuando llegue.

Se dirige a la cocina y se detiene en la puerta con la mano extendida, invitándome a pasar. Me dan ganas de recordarle que esta es mi casa, pero me sorprendo entrando en la cocina de todas formas. ¿Es así como ocurre? ¿Es así como la gente se ve envuelta en situaciones potencialmente peligrosas, como corderos llevados al matadero? Me angustio aún más cuando, en lugar de sentarse a la mesa enfrente de mí, se sienta a mi lado y me acorrala. Abre el folleto, pero estoy tan nerviosa que no logro centrarme en nada de lo que dice. Asiento con la cabeza cuando toca y procuro parecer interesada en las cifras que va sumando, pese a que me corre el sudor por la espalda y lo único que me impide levantarme de un brinco y ordenarle que salga de mi casa es mi educación de clase media. ¿Serían los modales lo que impidió a Jane cerrar de inmediato la ventanilla del coche y salir disparada en cuanto supo que, en realidad, no quería llevar a ningún lado a su asaltante?

—Bueno, pues eso es todo —concluye, y yo lo miro fijamente, confundida, mientras se guarda los papeles en el maletín y me pasa un folleto—. Enséñeselo a su marido esta noche. Lo va a impresionar, créame.

No consigo relajarme hasta que lo veo salir, pero, cuando pienso en la tontería que he hecho, otra vez, dejándolo entrar en casa sin pedirle identificación, sobre todo sabiendo que han asesinado a una mujer a escasa distancia de aquí, me planteo si no habré perdido el juicio. De pronto, tengo frío. Subo al dormitorio a por un suéter y, al entrar, veo que la ventana está abierta. La miro fijamente un instante, preguntándome qué significa, si es que significa algo. «Estás neurótica —me digo duramente mientras cojo una rebeca del respaldo de la silla y me la pongo con dificultad—. Aunque la haya abierto el comercial, que lo habrá hecho para ver dónde instalar los detectores, no tiene por qué haberla dejado abierta para poder volver a asesinarte.»

La cierro y, según bajo las escaleras de nuevo, empieza a sonar el teléfono. Pienso que será Matthew, pero es Rachel.

—¿Te apetece ir a tomar algo? —me pregunta.

—¡Sí! —contesto, contenta de encontrar una excusa para salir de casa—. ¿Estás bien? —añado, porque detecto que no es la Rachel dicharachera de siempre.

—Sí, es que necesito una copa de vino. ¿A las seis? Puedo acercarme a Browbury.

—Genial. ¿En el Sour Grapes?

—Perfecto. Nos vemos ahí.

Al volver a la cocina, me encuentro el folleto de Superior Security Systems aún en la mesa, y lo dejo a un lado para que Matthew le eche un vistazo después de la cena. Ya son las cinco y media —todo esto del hombre de la alarma debe de haber durado más de lo que pensaba—, así que cojo las llaves del coche y salgo de casa inmediatamente.

El centro está atestado de gente. Camino de la vinoteca, oigo que me llaman y, al levantar la cabeza, veo a mi preciosa amiga Hannah abriéndose paso entre la multitud. Está casada con el compañero de tenis de Matthew, Andy, y es una amiga relativamente reciente, pero tan divertida que ojalá la hubiera conocido antes.

—Hace muchísimo que no nos vemos —dice.

—Lo sé, ha pasado mucho tiempo. He quedado con Rachel, si no te propondría que tomáramos algo, pero tenemos que organizar una barbacoa en casa este verano.

—Eso sería estupendo —dice Hannah, sonriente—. Andy me estaba diciendo el otro día que últimamente no ve a Matthew en el club. —Hace una pausa—. ¿No es horrible lo de esa joven a la que asesinaron la semana pasada?

El nubarrón de Jane se cierne sobre mí.

—Sí, terrible —digo.

Se estremece.

—La policía aún no ha encontrado al responsable. ¿Crees que fue alguien a quien ella conocía? Dicen que casi todos los asesinatos los comete una persona próxima a la víctima.

—¿En serio? —digo.

Sé que debería contarle a Hannah que conocía a Jane, que había comido con ella un par de semanas antes, pero no puedo porque no quiero que empiece a hacerme preguntas sobre ella, sobre cómo era. Y esa imposibilidad me parece otra traición.

—Pudo ser un absoluto desconocido —prosigue—, pero Andy piensa que fue alguien de la zona, alguien que conoce bien la geografía de esa área. Cree que se esconde por aquí cerca. Dice que no será el único asesinato que vamos a tener. Es preocupante, ¿verdad?

La idea de que el asesino se esté escondiendo por la zona me deja helada. Las palabras de Hannah me resuenan en la cabeza y me encuentro tan mal que no puedo concentrarme en lo que dice. La dejo hablar unos minutos más, sin prestarle atención, mascullando respuestas cuando lo creo oportuno.

—Perdona, Hannah —le digo, mirándome el reloj—, pero ¡acabo de ver la hora! Tengo que irme, de verdad.

—Ah, claro. Dile a Matthew que Andy está deseando verlo.

—Lo haré —prometo.

El Sour Grapes está abarrotado, y Rachel ya está allí, con una botella de vino delante.

—Qué pronto has llegado —le digo, y le doy un abrazo.

—No, es que tú has llegado tarde, pero da igual.

Me sirve una copa de vino y me la pasa.

—Lo siento. Me he encontrado con mi amiga Hannah y nos hemos puesto a hablar. Más vale que no me beba la copa entera, tengo que conducir. Tú no, está claro —digo, señalando la botella con la cabeza.

—He quedado luego para comer algo con un par de compañeros, así que nos la terminaremos entre todos.

Doy un sorbo al vino y saboreo su regusto seco.

—Bueno, ¿cómo estás?

—No muy bien, la verdad. La policía ha estado en la oficina estos últimos días, interrogando a todo el mundo sobre Jane. Hoy me ha tocado a mí.

—No me extraña que te apetezca una copa —digo, compasiva—. ¿Qué querían?

—Saber si la conocía. Les he dicho que no, porque es la verdad. —Toquetea el tallo de su copa—. Lo que pasa es que no les he contado el encontronazo que tuve con ella en el aparcamiento y ahora me pregunto si no tendría que haberlo hecho.

—¿Por qué no se lo has contado?

—No sé. Bueno, sí. Supongo que he pensado que iba a parecer que tenía un móvil.

—¿Un móvil? —Se encoge de hombros—. ¿Para asesinarla? Rachel, ¡nadie asesina por una plaza de aparcamiento!

—Seguro que hay quien asesina por menos —replica con sequedad—. Pero lo que me preocupa ahora es que otra persona, alguno de sus amigos de la oficina, porque seguro que lo comentó, se lo cuente a la policía.

—Dudo que lo hagan, pero, si tanto te preocupa, ¿por qué no los llamas tú?

—Porque se preguntarían por qué se lo he ocultado. Parecería culpable.

Meneo la cabeza.

—Estás exagerando —digo, y procuro sonreír—. Me da la impresión de que es el efecto que ese asesinato tiene en todos. Esta tarde ha venido un comercial a hacerme un presupuesto para una alarma y me he sentido muy vulnerable estando sola con él.

—Me lo imagino. Ojalá encuentren cuanto antes a quien lo hizo. Debe de ser horrible para el marido de Jane saber que el asesino de su mujer aún anda suelto. Por lo visto, ha pedido una excedencia para cuidar de las niñas. —Coge la botella y se rellena la copa hasta arriba—. ¿Y tú? ¿Cómo estás tú?

—Bueno, ya sabes. —Me encojo de hombros, porque no quiero pensar en las hijas huérfanas de Jane—. No consigo quitarme a Jane de la cabeza. —Suelto una risita nerviosa—. A veces pienso que ojalá no hubiera comido con ella.

—Es comprensible —me dice, compasiva—. Entonces, ¿os vais a poner una alarma por fin?

Se me tensan los hombros.

—Yo quiero, pero no tengo claro que Matthew quiera una. Siempre dice que es como estar prisionero en tu propia casa.

—Será mejor a que te asesinen en tu propia casa… —dice, malhumorada.

—No empieces…

—Si es que es verdad…

—Vamos a cambiar de tema —propongo—. ¿Algún viaje de trabajo a la vista?

—No, hasta después de las vacaciones. Dentro de dos semanas estaré en Siena. ¡Qué ganas tengo!

—Me cuesta creer que hayas preferido Siena a la isla de Ré —bromeo, porque siempre ha dicho que jamás iría de vacaciones a otro sitio que no fuera la isla de Ré.

—Voy a Siena porque mi amiga Angela me ha invitado a su villa, acuérdate. Aunque solo sea porque me quiere liar con su cuñado, Alfie —añade, poniendo los ojos en blanco. Bebe otro sorbo de vino—. A propósito de la isla de Ré, estoy pensando en celebrar allí mis cuarenta, solo mujeres. Vendrás, ¿no?

—¡Encantada!

Pensar en viajar me hace sentir mucho mejor; además, sería el sitio ideal para darle el regalo que le he comprado. Por un momento, me olvido de Jane, y Rachel no tarda en obsequiarme con detalles de los sitios que tiene pensado visitar en Siena. Durante la siguiente hora, conseguimos no hablar ni de asesinatos ni de alarmas, pero, cuando llego a casa, estoy agotada.

—¿Lo has pasado bien con Rachel? —me pregunta Matthew, sentado a la mesa de la cocina, aupándose para darme un beso.

—Sí —contesto, y me descalzo con los pies. Agradezco el frescor de las baldosas bajo mis pies—. Además, me he encontrado con Hannah cuando iba hacia donde había quedado, así que ha estado bien.

—Hace mucho que no los vemos, a Andy y a ella —musita—. ¿Cómo están?

—Muy bien. Le he dicho que tenemos que organizar una barbacoa aquí.

—Buena idea. ¿Qué tal con el de la alarma? ¿Has conseguido librarte de él?

Cojo dos tazas del armarito y enciendo el hervidor.

—Al final, sí. Me ha dejado el folleto para que le eches un vistazo. ¿Tú qué tal? ¿Has tenido un buen día?

Aparta la silla y se levanta; estira la espalda, relaja los hombros.

—Ocupado. Ojalá no tuviera que viajar la próxima semana. —Se acerca y me besuquea el cuello—. Te voy a echar de menos.

Sorprendida, me zafo de él.

—¡Un momento! ¿Cómo que te vas?

—Bueno, ya lo sabes, a la plataforma de perforación.

—No, no lo sé. No me habías dicho que te ibas a la plataforma.

Me mira asombrado.

—Pues claro que te lo dije.

—¿Cuándo?

—No sé, hará un par de semanas, en cuanto lo supe.

Niego rotundamente con la cabeza.

—No, no me lo dijiste. Si me lo hubieras dicho, lo recordaría.

—Mira, hasta me contestaste que aprovecharías para prepararte las clases de septiembre para que luego pudiéramos relajarnos los dos a mi vuelta.

La duda se va colando poco a poco en mi cabeza.

—No puede ser.

—Pues fue así.

—De eso nada, ¿vale? —digo, tensa—. No insistas en que me dijiste que te ibas porque no me lo dijiste.

Noto que me mira fijamente y me distraigo preparando el té para que no vea lo disgustada que estoy. Y no solo porque se vaya a marchar.

Sábado 25 de julio

Mi reloj biológico aún no se ha acostumbrado a estar de vacaciones, así que, aunque es fin de semana, a primera hora ya estoy en el jardín, arrancando las malas hierbas y arreglando el parterre, y solo paro cuando Matthew vuelve de la compra con pan recién hecho y queso para el almuerzo. Comemos fuera y, cuando terminamos, corto el césped, barro la terraza, limpio la mesa y las sillas con un trapo y arranco las flores y las hojas muertas de las plantas de los maceteros colgantes. No suele obsesionarme el jardín, pero siento la necesidad imperiosa de tenerlo todo perfecto.

A última hora de la tarde, Matthew viene a mí.

—¿Te importa que vaya al gimnasio una hora o así? Si voy ahora, podré quedarme un rato más en la cama por la mañana.

Sonrío.

—Y desayunar en ella.

—Exacto —dice, y me besa—. Vuelvo antes de las siete.

Cuando se va, empiezo a preparar un pollo al curri, y dejo la puerta del jardín abierta para que entre el aire. Rebano la cebolla y corto en dados el pollo, y canto lo que suena en la radio mientras cocino. En la nevera, descubro la botella de vino que abrimos hace un par de noches y me abalanzo sobre ella. Vierto lo que queda en una copa y sigo con el guiso, bebiendo sorbitos de vino mientras tanto. Cuando termino de cocinar, son casi las seis, así que decido darme un largo baño de espuma. Me siento tan relajada que me cuesta recordar la ansiedad implacable que me atormentaba la semana pasada. Este es el primer día que consigo dejar de pensar en Jane un rato. No es que no quiera pensar en ella, es que no puedo soportar ese remordimiento permanente. Por más que quiera, no puedo retroceder en el tiempo, ni dejar de vivir mi vida por no haberme dado cuenta de que era Jane quien estaba en el coche esa noche.

Empiezan las noticias, pero apago la radio enseguida. Sin el ruido de la radio, hay un silencio sepulcral en la casa y, a lo mejor porque hace un momento estaba pensando en Jane, de pronto soy consciente de que estoy sola. Entro en el salón y cierro las ventanas que han estado abiertas todo el día, luego la del despacho, y cierro con llave la puerta principal y la de servicio. Me quedo parada un instante, aguzando el oído, pero lo único que oigo es el suave zureo de una paloma torcaz fuera.

Arriba, preparo el baño, pero, antes de meterme en la bañera, me sorprendo dudando de si echarle o no el pestillo a la puerta. Me fastidia que la visita del de la alarma me haya metido el miedo en el cuerpo, así que, para ponerme a prueba, la dejo entornada, como suelo hacer, pero me desnudo mirando a la ranura. Me meto en la bañera y me sumerjo en el agua. Las pompas de jabón me trepan por el cuello y me recuesto en su espumoso colchón, con los ojos cerrados, disfrutando de la quietud de la tarde. Rara vez oímos a los vecinos; el verano pasado, los adolescentes de la casa más próxima vinieron a disculparse por adelantado por una fiesta que iban a dar esa noche, y no oímos absolutamente nada. Por eso Matthew y yo elegimos esta casa en lugar de una finca mucho más grande, más impresionante —y, en consecuencia, más cara— que también fuimos a ver, aunque tengo la sensación de que Matthew lo hizo por el precio. Habíamos acordado comprarla a medias y se empeñó en que yo no pusiera más que él, aunque me lo podía permitir de sobra, pese a haber comprado una casa en la isla de Ré hacía seis meses. Una casa de cuya existencia no sabe nadie, ni siquiera Matthew. Y menos aún Rachel. Todavía no.

Bajo las pompas de jabón, dejo que los brazos suban a la superficie y pienso en el cumpleaños de Rachel, el día en el que por fin podré darle las llaves de la casa de sus sueños. Ha sido un secreto difícil de guardar. Me viene de maravilla que haya querido ir a la isla de Ré por su cumpleaños. Me llevó allí un par de meses después de la muerte de mamá y, en el antepenúltimo día de nuestro viaje, nos topamos con la casita de pescador, con un cartel de «À Vendre» colgado de una ventana de la planta de arriba.

—¡Es preciosa! —dijo Rachel en voz baja—. Quiero verla por dentro —añadió, y sin consultar a la inmobiliaria, enfiló el pequeño sendero y llamó a la puerta.

Mientras el propietario nos enseñaba la casa, vi que Rachel se había enamorado de ella, aunque no pudiera permitírsela. Para ella no era más que un sueño imposible, pero yo sabía que sí podía conseguírsela, así que lo dispuse todo en secreto. Cierro los ojos e imagino la cara que pondrá cuando entienda que la casa es suya. Sé que es lo que mamá y papá habrían querido que hiciera. Si papá hubiera vivido para hacer testamento, le habría dejado algo a Rachel, sin la menor duda, igual que mamá, si hubiera estado en su sano juicio.

Un ruido, una especie de chasquido, interrumpe mis pensamientos. Abro los ojos de golpe y me tenso. Enseguida sé que pasa algo. Me quedo lo más quieta posible, aguzando el oído, escuchando por la puerta entreabierta, atenta a cualquier sonido que me indique que no estoy sola en casa. Me viene a la cabeza lo que dijo Hannah de que el asesino se esconde por la zona. Contengo la respiración y mis pulmones, privados de aire, se encogen dolorosamente. Espero, pero no oigo nada.

Moviéndome con cuidado para no agitar el agua más de lo necesario, levanto el brazo, y este corta la espuma. Alargo la mano al móvil, que he dejado en precario equilibrio al borde de la bañera, cerca de los grifos, pero no llego y, mientras me acerco un poco más, deslizándome por la bañera, el agua que azota sus paredes suena tan fuerte como las olas al romper en la playa. Aterrada de pensar que he podido llamar la atención sobre mi persona y horriblemente consciente de que estoy desnuda, salgo de un salto de la bañera, llevándome la mitad del agua conmigo, y, abalanzándome sobre la puerta, la cierro de golpe. El ruido resuena por toda la casa y, mientras echo el pestillo, con dedos temblorosos, oigo otro chirrido, que no sé muy bien de dónde viene, y mi miedo aumenta.

Sin dejar de mirar la puerta, retrocedo un par de pasos y palpo a ciegas el borde de la bañera en busca del teléfono, que se me escapa de las manos y cae al suelo estrepitosamente. Me quedo inmóvil, con el brazo estirado. Pero sigue sin pasar nada. Doblo despacio las rodillas y cojo el móvil del suelo. Aparece la hora en la pantalla, las seis cincuenta, y la respiración que había olvidado que estaba conteniendo abandona mis labios en forma de silbido de alivio, porque Matthew no tardará en llegar a casa.

Lo llamo y rezo para que haya cobertura, porque, como el baño está al fondo de la casa, nunca hay garantías. Cuando oigo el tono de llamada, me mareo de alivio.

—Voy para allí —dice, feliz, pensando que llamo para saber si va a tardar—. ¿Quieres que pare a comprar algo?

—Creo que ha entrado alguien en casa —susurro temblorosa.

—¿Qué? —me dice muy preocupado—. ¿Dónde estás?

—En el baño. He echado el pestillo.

—Bien. Quédate ahí. Voy a llamar a la policía.

—¡Espera! —De pronto vacilo—. No estoy segura. ¿Y si no hay nadie? Solo he oído un ruido dos veces.

—¿Qué has oído? ¿Alguien que entraba por la fuerza, voces…?

—No, nada de eso… Un chasquido y luego como un chirrido.

—Mira, no te muevas de donde estás. Llego en dos minutos.

—Muy bien —digo—, pero ¡date prisa!

Menos angustiada ahora que sé que ya viene Matthew, me siento en el borde de la bañera. El contacto de la porcelana con mi piel me recuerda que aún estoy desnuda, así que cojo el albornoz de detrás de la puerta y me lo pongo. No puedo evitar preguntarme si no debería haberlo dejado que llamara a la policía, después de todo. Si ha entrado alguien en casa, podría correr peligro cuando llegue.

Me suena el móvil.

—Ya estoy aquí —dice—. ¿Estás bien?

—Sí, perfectamente.

—He aparcado en la carretera —continúa—. Voy a echar un vistazo alrededor.

—Ten cuidado —digo—. No cuelgues.

—De acuerdo.

Escucho nerviosa y oigo el crujido de sus pasos en la gravilla y luego rodeando la casa.

—¿Ves algo? —le pregunto.

—Todo parece en orden. Voy a mirar en el jardín. —Pasa un minuto o así—. Todo bien, voy a entrar.

—¡Ten cuidado! —le advierto otra vez, antes de que se pierda la cobertura.

—No te preocupes, he cogido una pala del cobertizo.

Se corta la llamada y, desde el baño, lo oigo registrar las habitaciones de la planta baja. Cuando sé que está en la escalera, quito el pestillo de la puerta.

—¡Espera, que voy a mirar en los dormitorios primero! —me grita. No tarda mucho en volver—. Ya puedes salir.

Abro la puerta y, cuando lo veo ahí plantado, pala en ristre, me siento estúpida.

—Perdona —le digo, incómoda—. De verdad pensaba que había alguien.

Suelta la pala y me abraza.

—Eh, más vale prevenir que curar.

—¿Me preparas uno de tus *gin-tonic?* No me vendría mal un copazo. Voy a vestirme.

—Te espero en el jardín —promete y, soltándome, se dirige a las escaleras.

Me pongo unos vaqueros y una camiseta y lo sigo abajo. Está en la cocina, cortando unas rodajas de lima.

—Qué rápida —dice, pero yo estoy distraída mirando fijamente la ventana.

—¿Has abierto tú la ventana? —le pregunto.

—¿Qué? —Se vuelve a mirar—. No, estaba así cuando he venido.

—Pero yo la he cerrado —digo, ceñuda—. Antes de subir a darme un baño, he cerrado todas las ventanas.

—¿Estás segura?

—Sí. —Repaso mentalmente lo sucedido. Recuerdo haber cerrado las ventanas del salón y la del despacho, pero no haber cerrado esta—. O creía que lo había hecho.

—Igual no la has cerrado bien y se ha abierto. Igual eso es lo que has oído.

—Seguramente —digo, aliviada—. Venga, vamos a tomarnos esa copa.

Más tarde, después de cenar, nos llevamos la botella de vino al salón para terminárnosla mientras vemos una película. Nos cuesta encontrar una que no hayamos visto ya.

—¿Qué tal *Juno*? —pregunta, repasando la lista—. ¿Sabes de qué va?

—De una adolescente que se queda embarazada y busca a la pareja ideal para que adopte a su bebé. No creo que te guste.

—Ah, no sé. —Me quita el mando y lo deja a un lado—. Hace tiempo que no hablamos de tener un bebé —dice, estrechándome en sus brazos—. Aún quieres, ¿no?

Apoyo la cabeza en su hombro; me encanta lo segura que me siento a su lado.

—Sí, por supuesto.

—Entonces, igual deberíamos ponernos en marcha. Por lo visto, el proceso puede alargarse bastante.

—Dijimos que lo haríamos cuando lleváramos un año casados —le digo y, aunque me hace ilusión, noto que quiero posponerlo porque, ¿cómo voy a pensar en tener un hijo si, antes de que llegara a la adolescencia, podrían haberme diagnosticado una demencia, como a mi madre? Sé que probablemente me estoy preocupando por nada, pero ignorar los problemas de memoria que estoy teniendo sería una estupidez.

—Suerte que pronto haremos un año, entonces —dice en voz baja—. ¿Por qué no vemos una peli de acción mejor?

—Muy bien. Vamos a ver qué hay.

Vemos una película hasta que es la hora del telediario. Como siempre, el asesinato de Jane ocupa un lugar prominente en las noticias y sigo viéndolo porque estoy deseando saber si están más cerca de atrapar a su asesino. Pero apenas han progresado. Entonces sale un policía.

«Si usted o algún conocido se encontraba en las proximidades de Blackwater Lane el viernes pasado por la noche o en la madrugada del sábado, y vio el coche de Jane Walter, un

Renault Clio rojo oscuro, aparcado o como fuera, por favor, llame al siguiente número.»

Parece que me mira directamente a mí cuando habla y, cuando añade que se puede llamar a ese número de forma anónima, sé que es la solución a mi dilema.

Termina el telediario y Matthew, que está impaciente por acostarse, intenta levantarme del sofá.

—Ve tú primero, que quiero ver una cosa en otro canal —le digo, y cojo el mando.

—Vale —responde, contento—. Te veo en un rato.

Espero a que esté arriba, luego rebobino el telediario hasta que encuentro el número y lo anoto en un papel. No quiero que la policía pueda rastrear la llamada y localizarme, así que tendré que llamar desde un teléfono público, con lo que no podré hacerlo hasta el lunes, cuando Matthew vuelva al trabajo. Y, cuando lo haga, seguramente me libraré de parte de mis remordimientos.

Domingo 26 de julio

Suena el fijo mientras Matthew está en la cocina, preparando el desayuno para traerlo a la cama.

—¿Puedes cogerlo tú? —le grito desde el dormitorio, acurrucándome aún más bajo las sábanas—. ¡Si es para mí, dile a quien sea que ya llamaré yo!

Al poco, oigo a Matthew preguntarle a Andy cómo está, y deduzco que mi encuentro fortuito con Hannah ha propiciado la llamada. Al recordar que salí corriendo porque había quedado con Rachel, me siento un poco culpable.

—A ver si lo adivino… Andy quiere que vayas a jugar al tenis con él esta mañana —digo cuando Matthew vuelve arriba.

—No, llamaba para preguntar a qué hora los esperamos. —Me mira inquisitivo—. No sabía que los habías invitado ya.

—¿Qué dices?

—Que no me habías comentado que era hoy cuando venían a la barbacoa.

—Yo no los he invitado. —Me incorporo, le robo una almohada de su lado y me la pongo a la espalda—. Le propuse a Hannah que vinieran un día, pero no dije cuál.

—Pues Andy parece convencido de que es hoy.

Sonrío.

—Te está tomando el pelo.

—No, me lo ha dicho muy en serio. —Hace una pausa—. ¿Estás segura de que no los invitaste a venir hoy?

—¡Pues claro que estoy segura!

—Es que como arreglaste el jardín ayer...

—¿Y eso qué tiene que ver?

—Que Andy me ha preguntado si te había dado tiempo a arreglarlo todo. Por lo visto, le dijiste a Hannah que, si venían, tendrías que darle un repaso al jardín.

—¿Y cómo es que no saben la hora? Si hubiera quedado en algo con Hannah, les habría dicho una hora. Es ella la que lo entendió mal, no yo.

Matthew menea la cabeza con suavidad. El gesto es tan sutil que casi me pasa inadvertido.

—He conseguido disimular que no tenía ni idea de qué me hablaba y le he dicho que a las doce y media.

Lo miro, pasmada.

—¿Qué? Entonces, ¿vienen todos? ¿Los niños también?

—Me temo que sí.

—¡Pero si yo no los he invitado! ¿No puedes llamar a Andy y decirle que ha sido un malentendido?

—Supongo que sí. —Otra pausa—. Siempre que estés segura de que no los invitaste a venir hoy.

Me lo quedo mirando y procuro que no note lo insegura que me siento de pronto. Aunque no recuerdo haberlos invitado a comer hoy, lo que sí recuerdo es a Hannah diciendo, cuando nos despedíamos, algo de que Andy estaba deseando ver a Matthew. Se me cae el alma a los pies.

—Mira, no te preocupes —me dice Matthew, mirándome—. No pasa nada. Siempre puedo salir un momento a por unos filetes para asar, y unas salchichas para los niños.

—Habrá que hacer un par de ensaladas también —digo, a punto de echarme a llorar, porque no me apetece nada que vengan cuando aún sigo obsesionada con lo de Jane—. Y de postre, ¿qué?

—Cuando vaya a por la carne, compraré un poco de helado en la tienda de comida orgánica. Además, Andy me ha dicho que Hannah traería una tarta de cumpleaños. Por lo visto, mañana es el cumpleaños de Andy... Así que habrá de sobra.

—¿Qué hora es?

—Las diez. ¿Por qué no te duchas mientras termino de preparar el desayuno? No vamos a poder tomárnoslo tranquilamente en la cama, eso sí.

—Da igual —digo, procurando que no se note lo deprimida que estoy.

—Luego yo me voy a comprar lo que falta mientras tú preparas las ensaladas.

—Gracias —mascullo—. Lo siento.

Me abraza.

—Eh, no te disculpes. Sé lo cansada que estás últimamente.

Me consuela poder refugiarme en esa excusa, pero ¿cuánto tardará en decirme algo? Porque, después de olvidar que se va de viaje el lunes, solo me faltaba todo este lío de la barbacoa. Entro en el baño y trato de ignorar la voz de mi conciencia: «Te estás volviendo loca, te estás volviendo loca, te estás volviendo loca». Sería muchísimo más fácil fingir que Hannah, que llevaba tiempo queriendo que hiciéramos una barbacoa en casa, se ha sacado de la manga la invitación. Pero eso es impropio de ella y sería una locura por mi parte pensarlo siquiera. De todas formas, ¿y mi obsesión por dejar perfecto el jardín? Yo estaba convencida de que era solo por distraerme, por mantenerme ocupada, pero, a lo mejor, en alguna parte de mi cerebro, tenía registrado que los había invitado a comer.

Pensándolo bien, creo que sé lo que pasó: estaba tan absorta hablando de Jane que no presté mucha atención a lo último que me dijo Hannah. Quizá fue entonces, en esos minutos perdidos, cuando los invité a venir hoy.

A mamá le pasaba mucho. La tenía delante, asintiendo a todo lo que le decía, dando su opinión, incluso haciendo sugerencias, pero al rato ya no se acordaba de nada de lo que habíamos hablado. «Estaría de paseo con las hadas», me decía. «Amnesia periódica», lo llamaba la enfermera que venía a verla a casa. ¿Era eso lo que me había ocurrido a mí, que había estado de paseo con las hadas? Por primera vez en mi vida, las hadas me parecieron criaturas perversas.

Hannah y Andy llegan poco después de las doce y media, y el asesinato de Jane no tarda en convertirse, inevitablemente, en tema de conversación.

—¿Habéis visto que la policía está pidiendo la colaboración ciudadana para la investigación de la muerte de esa joven, Jane? —dice Hannah mientras le pasa un plato a Matthew—. ¿No os parece raro que nadie haya dicho nada?

—Puede, pero dudo que muchas personas cojan esa carretera de noche —dice Matthew—. Y más en plena tormenta.

—Yo, si vengo de Castle Wells, la cojo siempre, de día y de noche, con tormenta o sin ella —dice Andy, con desenfado.

—¿Y dónde estabas el viernes pasado? —pregunta Matthew, y cuando empiezan a reírse todos, me dan ganas de gritarles que paren.

Matthew me ve la cara.

—Perdona —me dice en voz baja. Luego se vuelve hacia ellos—. ¿Os ha dicho Cass que ella la conocía?

Se me quedan mirando.

—No mucho —tercio enseguida, y maldigo a Matthew por haberlo mencionado—. Comimos juntas en una ocasión, nada más.

Intento borrar de mi mente la imagen de Jane meneando la cabeza a modo de reproche por mi rechazo instantáneo de nuestra amistad.

—Lo siento mucho, Cass, debes de estar destrozada —dice Hannah.

—Sí, así es.

Se hace un breve silencio; nadie parece saber muy bien qué decir.

—Bueno, no creo que tarden en atrapar al responsable —dice Andy—. Seguro que hay alguien que sabe algo.

Consigo aguantar el resto de la tarde, pero, en cuanto se van, ansío que vuelvan. Aunque su parloteo constante resulte agotador, lo prefiero al silencio que me deja demasiado tiempo para pensar en todo lo que me ronda la cabeza.

Recojo la mesa y llevo los platos a la cocina y, al pasar por la puerta, me detengo en seco y miro fijamente la ventana que se me olvidó cerrar ayer, antes de subir a darme un baño. Porque ahora que lo pienso, mientras hacía el curri, dejé abierta la puerta de servicio, pero no abrí la ventana.

Lunes 27 de julio

Cuando Matthew se marcha a la plataforma, me inquieta la sensación de abandono que tengo, pero por fin puedo hacer esa llamada que tanto miedo me da. Localizo el papel donde anoté el número y, mientras busco el bolso, suena el teléfono.

—¿Diga?

No se oye nada, así que doy por supuesto que quien llamaba se ha quedado sin cobertura. Espero diez segundos, luego cuelgo. Si era Matthew y quiere algo, me volverá a llamar.

Subo corriendo a por el monedero, me calzo y salgo de casa. Iba a coger el coche a Browbury o a Castle Wells para llamar desde un teléfono público de allí, pero me parece exagerado, teniendo uno a cinco minutos de casa, cerca de la marquesina del autobús.

Mientras me aproximo al teléfono, me siento observada. Miro a diestra y siniestra, luego me vuelvo con disimulo a mi espalda. Pero no hay nadie por allí, solo un gato tomando el sol en lo alto de un murete de piedra. Pasa un coche; la conductora, sumida en sus propios pensamientos, ni me mira.

Ya delante del teléfono, leo las instrucciones, porque hace años que no uso uno de esos, cojo una moneda de una libra del monedero y, con dedos temblorosos, la meto por la ranura. Saco el papel donde anoté el número y lo tecleo, con el corazón alborotado, preguntándome si hago lo correcto. Pero antes de que pueda cambiar de opinión, me contestan.

—Llamo por lo de Jane Walters —digo sin aliento—. Pasé por delante de su coche en Blackwater Lane a las once y media y aún estaba viva.

—Gracias por su colaboración —me dice la mujer, muy serena—. ¿Podría...?

Cuelgo enseguida.

Enfilo a toda prisa la carretera en dirección a casa, y me persigue todo el camino la misma inquietante sensación de que me vigilan. Una vez dentro, procuro calmarme. Nadie me espía, es el remordimiento de estar haciendo algo en secreto lo que me hace pensar que sí. Pero, como he hecho lo que debía haber hecho desde el principio, empiezo a sentirme mejor en todos los aspectos.

Con todo lo que hice el sábado, no queda nada pendiente en el jardín, pero me esperan otros quehaceres domésticos. Pongo la radio para que me haga compañía, arrastro la aspiradora a la planta de arriba, armada con el abrillantador y los productos de limpieza, y empiezo por los dormitorios. Procuro ser metódica y centrarme en cada tarea, sin pensar en Jane. Y funciona, hasta que llegan las noticias de mediodía.

«La policía apela a quien se ha puesto en contacto con ellos hace unas horas para facilitarles información sobre el asesinato de Jane Walters a que vuelva a llamarlos. Jane Walters fue asesinada en su coche en la madrugada del 18 de julio y...»

El fuerte latido de mi corazón me impide oír más. Me retumba en los tímpanos y me ensordece. Sentada en la cama, respiro hondo, entrecortadamente. ¿Para qué quieren hablar conmigo? Ya les he contado lo que sé. Trato de contener el ataque de pánico, pero es imparable. Aunque nadie sabe que he sido yo quien ha llamado, como lo han hecho público, ya no me siento amparada por el anonimato, sino tremendamente expuesta. Hablan de «quien los ha llamado para facilitarles información sobre el asesinato de Jane» como si les hubiera dicho algo relevante, de vital importancia. Si el asesino estaba escuchando las noticias, se sentirá amenazado por mi existencia. ¿Y si cree que lo vi rondando el coche de Jane esa noche?

Angustiadísima, me levanto y recorro nerviosa el dormitorio, sin saber qué hacer. Al pasar por delante de la ventana, miro distraída afuera y me quedo pasmada. Hay un hombre, un tipo al que no he visto nunca, alejándose de nuestra casa. Nada preocupante, salvo porque tiene que haber venido del bosque. Nada preocupante, salvo porque es raro ver a alguien delante de nuestra casa. En coche, bueno; a pie, no. Para dar un paseo por el bosque, nadie iría por Blackwater Lane a pie, a menos que quisiera que lo atropellaran. La senda que conduce al bosque empieza en el prado frente a nuestra casa y está bien señalizada. Lo observo hasta que desaparece de mi vista. No tiene prisa, ni se vuelve a mirar, pero eso no me tranquiliza.

—¿Se queda Rachel contigo esta noche? —me pregunta Matthew cuando me llama más tarde desde la plataforma.

Antes de irse esta mañana, me ha propuesto que la invitara a pasar la noche en casa. No le he contado lo del hombre al que he visto antes porque, en realidad, no hay nada que contar. Además, podría llamar a la policía, ¿y qué iba a decirles?

—*He visto a un hombre alejándose de nuestra casa.*
—*¿Qué aspecto tenía?*

—Estatura media, complexión media. Solo lo he visto de espaldas.

—¿Dónde estaba usted?

—En el dormitorio.

—¿Qué ha hecho el hombre?

—Nada.

—Entonces, ¿no lo ha visto hacer nada sospechoso?

—No. Pero me parece que podría haber estado rondando la casa.

—¿Eso cree?

—Sí.

—Pero, en realidad, no lo ha visto rondando la casa.

—No.

—No —le digo a Matthew—. Prefiero no molestarla.

—Qué lástima.

—¿Por qué?

—Porque no me gusta que estés sola.

Su preocupación aumenta la mía.

—Me lo podrías haber dicho antes.

—No te va a pasar nada. Asegúrate de cerrar con llave las puertas antes de acostarte y ya está.

—Ya están cerradas. Ojalá tuviéramos alarma.

—Echaré un vistazo al folleto cuando vuelva —promete.

Cuelgo y llamo a Rachel.

—¿Tienes algún plan para esta noche?

—Dormir —me contesta—. Ya estoy en la cama.

—¿A las nueve de la noche?

—Si tú hubieras pasado el fin de semana que he pasado yo, ya estarías acostada hace rato. Así que, si me llamas para salir, me temo que la respuesta es no.

—Iba a pedirte que vinieras a casa a tomarte una botella de vino conmigo.

Oigo un bostezo al otro lado del teléfono.

—¿Por qué, estás sola?

—Sí, Matthew tiene inspección en una de las plataformas. Va a estar fuera toda la semana.

—¿Y si voy a hacerte compañía el miércoles?

Se me cae el alma a los pies.

—¿Qué tal mañana?

—No puedo, lo siento, ya tengo planes.

—Pues el miércoles.

No consigo disimular la decepción.

—¿Va todo bien? —pregunta al detectarla.

—Sí, todo bien. Venga, duérmete.

—Nos vemos el miércoles —promete.

Me dirijo sin ganas al salón. Si le hubiera dicho que me da miedo quedarme sola, habría venido enseguida. Enciendo la tele y veo un episodio de una serie que no he visto jamás. Luego, cansada, subo a acostarme, con la esperanza de dormir de un tirón hasta el día siguiente.

Pero no logro relajarme. La casa está demasiado oscura, la noche es demasiado silenciosa. Alargo el brazo y enciendo la luz; no consigo conciliar el sueño. Me pongo los auriculares para escuchar música, pero me los quito en cuanto me doy cuenta de que, si alguien sube con sigilo las escaleras, no lo oiré. No paro de pensar en las dos ventanas que me he encontrado abiertas: la del dormitorio después de que se fuera el de la alarma el viernes y la de la cocina el sábado; y también en el tipo al que he visto delante de casa esta mañana. Cuando empieza a salir el sol y noto que me voy a quedar dormida, no me resisto, y me digo que es menos probable que me maten de día que de noche.

Miércoles 29 de julio

Me despierta el teléfono del vestíbulo. Abro los ojos y miro al techo con la esperanza de que quien sea se canse y cuelgue. Ayer sonó insistentemente a las ocho y media, pero, cuando contesté, no era nadie. Miro el reloj, son casi las nueve. Será Matthew, que me llama antes de empezar su jornada laboral. Salgo de la cama de un brinco y bajo corriendo para cogerlo antes de que salte el contestador.

—¿Sí? —digo sin resuello. No oigo nada, así que espero porque no suele haber buena cobertura desde la plataforma—. ¿Matthew? —tanteo.

Nada. Cuelgo y marco su número.

—¿Me acabas de llamar? —pregunto en cuanto lo coge.

—Buenos días, cariño —me dice con retintín pero risueño—. ¿Cómo estás hoy?

—Perdona —digo enseguida—. Vuelvo a empezar. Hola, cariño, ¿qué tal?

—Eso está mejor. Muy bien. Aunque aquí arriba hace frío.

—¿Me has llamado hace un momento?

—No.

Frunzo el ceño.

—Ah.

—¿Por qué?

—Ha sonado el teléfono, pero no se oía nada y he pensado que llamabas desde la plataforma y no tenías buena cobertura.

—No, iba a llamarte a la hora de comer. Perdona, cariño, pero tengo que colgar, luego hablamos.

Cuelgo. Me fastidia que me hayan sacado de la cama. Tendría que haber una ley que prohibiera a los comerciales llamar a horas intempestivas. Me queda todo el día por delante y ya estoy pensando en que no quiero pasar otra noche sola. Hoy, cuando me he levantado a hacer pis, me he asomado a la ventana del baño y me ha parecido ver a alguien ahí fuera. No había nadie, claro, pero luego ya no me he podido dormir hasta bien entrada la madrugada.

—Pues vete a algún sitio unos días —me dice Matthew cuando me llama y le cuento que apenas he pegado ojo las dos últimas noches.

—No es mala idea —contesto—. Igual podría alojarme en el hotel donde estuve hace un par de años, cuando murió mamá. Tiene piscina y spa. Aunque no sé si les quedarán habitaciones.

—¿Por qué no llamas y lo averiguas? Si les quedan, te vas hoy y yo me reúno allí contigo el viernes.

Eso me levanta el ánimo enseguida.

—¡Qué gran idea! Eres el mejor marido del mundo, de verdad —le digo, agradecida.

Llamo al hotel y, mientras espero a que me atiendan, cojo el calendario de la pared para ver qué fechas quiero reservar. Estoy calculando que tendré que reservar cuatro noches si nos vamos a quedar hasta el domingo cuando las palabras «plataforma Matthew» me asaltan, acusadoras, desde el recuadro del lunes. Cierro los ojos y rezo para que no sigan ahí cuando los vuelva a abrir, pero sí, igual que «vuelve Matthew», escrito en la casilla del 31, viernes, seguido de una carita sonriente. Se me encoge el corazón y esa preocupación que ya conozco bien empieza a corroerme las entrañas, y cuando por fin me cogen el teléfono y el recepcionista me dice que están completos, que solo les queda una suite, ni siquiera le pregunto cuánto cuesta, la reservo sin más.

Vuelvo a colgar el calendario de la pared y paso la página al mes de agosto, para que esté al día cuando volvamos del hotel, y para que Matthew no vea que tenía razón cuando me dijo que me había avisado de que se iba a la plataforma.

Hasta que no estoy en el hotel, a punto de registrarme, no empiezo a encontrarme mejor. La suite es fabulosa, con la cama más enorme que he visto en mi vida y, en cuanto empiezo a deshacer la maleta, llamo a Matthew para decirle dónde estoy; luego me pongo el bañador y bajo a la piscina. Estoy guardando mis cosas en una taquilla cuando me entra un mensaje, pero de Rachel.

Salgo pronto hoy. En tu casa hacia las seis. ¿Cocinas o cenamos por ahí?

Me da tal vuelco el corazón que me siento como si cayera de un precipicio. ¿Cómo he podido olvidar que Rachel se quedaba a dormir en casa esta noche si quedamos anteayer? Pienso en mi madre y un pánico brutal me revuelve el estómago. Me cuesta creer que se me haya olvidado. El asesinato de Jane y el remordimiento que siento me han distraído, sí, pero ¿olvidarme de que Rachel venía a dormir a casa? Toqueteo nerviosa el móvil y pulso el botón de llamada, desesperada por confesarle mis temores a alguien.

Aunque me acaba de mandar el mensaje, Rachel no contesta. El vestuario está vacío, así que me siento en un banco de madera húmedo. Ahora que he tomado la decisión de contarle que me preocupa mi memoria a corto plazo, necesito hacerlo de inmediato, por si cambio de opinión. Vuelvo a llamarla y esta vez sí lo coge.

—¿Te apetece pasar la noche en un hotel de lujo en vez de en mi casa?

Se hace el silencio.

—Depende de dónde esté.

—En Westbrook Park.

—¿Ese que tiene un spa maravilloso?

Susurra, por lo que imagino que está en una reunión o algo así.

—Ese mismo. De hecho, yo ya estoy aquí. Me apetecía darme un respiro.

—Qué bien se lo montan algunas —dice, suspirando.

—Entonces, ¿vienes?

—Me queda un poco lejos para una sola noche… Mañana trabajo, ¿recuerdas? ¿Y si voy para allí el viernes?

—Podrías —digo—. Matthew viene para aquí directamente desde la plataforma, así que estaríamos los tres.

Ríe en voz baja.

—Rarito.

—Siento el plantón de esta noche.

—Tranquila. ¿Nos vemos la semana que viene?

—Espera, Rachel, quería contarte otra co…

Pero ya ha colgado.

Viernes 31 de julio

Al caer la tarde, ya ando desesperada por ver a Matthew. No hace un tiempo excelente, así que estoy encerrada en la habitación, esperando a que me llame y me diga a qué hora viene. Veo un poco la tele y me alivia que en el telediario ya no hablen del asesinato de Jane, aunque también me fastidia que, a las dos semanas de su muerte violenta, ya se hayan olvidado de ella.

Suena el teléfono y contesto enseguida.

—Estoy en casa —dice Matthew.

—Genial —respondo contenta—. Vendrás a tiempo para la cena.

—Es que, cuando he llegado, me he encontrado aquí al de la alarma, prácticamente sentado en el escalón de entrada. —Hace una pausa—. No sabía que ya habías contratado el servicio.

—¿Qué servicio?

—Pues la alarma.

—No lo entiendo.

—Este hombre dice que quedasteis en que se pasarían a instalarla esta mañana, pero, cuando ha venido el técnico, no había nadie en casa. Por lo visto, han estado llamando cada media hora.

—No quedamos en nada —digo, molesta—. Le dije que ya los llamaríamos.

—Pero si has firmado el contrato... —dice Matthew, perplejo.

—¡De eso nada! Ten cuidado, Matthew, que te está engañando, te quiere hacer creer que contraté algo que no he contratado. Es un timo, nada más.

—Eso he pensado yo, pero, cuando le he dicho que no habíamos decidido nada, me ha enseñado una copia del contrato con tu firma.

—La habrá falsificado. —Se hace el silencio—. Piensas que he decidido yo sola y lo he contratado, ¿no? —digo, cayendo de pronto en la cuenta.

—¡No, claro que no! Lo que pasa es que la firma se parece muchísimo a la tuya. —Noto que titubea—. Cuando he conseguido librarme de él, le he echado un vistazo al folleto que me dejaste en la cocina y hay una copia del contrato dentro. ¿Te la llevo al hotel para que la veas? Si es falsa, podemos tomar medidas.

—Meterles un puro de narices, quieres decir —espeto, intentando quitarle hierro al asunto y procurando que la duda no enturbie mi mente—. ¿A qué hora vas a llegar?

—Voy para allí en cuanto me duche y me arregle... ¿Hacia las seis y media?

—Te espero en el bar.

Cuelgo, molesta por un momento de que haya podido pensar que he contratado la alarma sin consultárselo. Pero la voz de mi conciencia me dice, burlona: «¿Estás segura, Cass, estás completamente segura?». Sí, le contesto con rotundidad, estoy segura. Además, el de la alarma parecía de esos dispuestos a todo con tal de conseguir un contrato, aunque eso implique mentir y falsificar. Estoy tan convencida de que tengo razón que, cuando bajo al bar, pido una botella de champán.

Aguarda en un cubo de hielo cuando llega Matthew.

—¿Una semana dura? —le pregunto, porque parece terriblemente cansado.

—Sí, algo así —contesta, y me besa. Mira de reojo el champán—. Pinta bien.

Viene el camarero a abrir la botella y nos sirve.

—Por nosotros. Y por nuestra suite.

—¿Has cogido una suite?

—Era lo único que quedaba.

—Qué lástima —dice, con una sonrisa pícara.

—La cama es enorme —prosigo.

—No tanto como para que te me pierdas en ella, espero.

—Ni hablar. —Dejo la copa en la mesa—. ¿Has traído la copia del contrato que supuestamente he firmado? —le pregunto, porque quiero quitármelo de en medio para que nada nos estropee el fin de semana fuera de casa.

Tarda un poco en sacársela del bolsillo y entiendo que, en realidad, no quiere enseñármela.

—Tienes que reconocer que la firma se parece a la tuya —dice, como disculpándose, mientras me pasa el contrato, y de pronto me encuentro escudriñando no la firma del final, sino el propio contrato.

Cumplimentado con una letra que indudablemente es la mía, resulta aún más condenatorio que la rúbrica, al menos desde mi punto de vista. Cualquiera podría haber falsificado mi firma, pero no todas esas líneas de texto, con esas mayúsculas idénticas a como las habría hecho yo. Estudio el formulario en busca de algo que revele que no lo he rellenado yo, pero cuanto más miro, más convencida estoy de que sí, hasta el punto de que casi me veo haciéndolo, casi me noto el bolígrafo en una mano y la otra apoyada suavemente en el papel para sujetarlo. Abro la boca, dispuesta a mentir, dispuesta a decirle a Matthew que, desde luego, esa no es mi letra, pero, para espanto mío, me echo a llorar.

En un momento lo tengo a mi lado, abrazándome.

—Te liaría para que firmaras —dice, y no acabo de ver si de verdad lo cree o lo dice por ayudarme a salir del apuro, como hizo hace unos días cuando me dijo que se habría olvidado de contarme lo de la plataforma. Sea como sea, se lo agradezco.

—Mañana a primera hora los llamo y les digo que ni hablar, que no nos interesa.

—Pero será la palabra del comercial contra la mía —digo, temblorosa—. Déjalo. Lo negará todo y no hará más que retrasar las cosas. Además, necesitamos una alarma.

—Aun así, creo que habría que cancelar el contrato. ¿Qué te dijo, que era solo un presupuesto o algo así?

—No estoy segura de lo que dijo, pero, sí, supongo que pensé que solo firmaba un presupuesto —contesto, aferrándome a la excusa—. Qué estúpida me siento.

—No es culpa tuya. Esas estratagemas deberían estar prohibidas. —Titubea—. No sé qué hacer ahora, la verdad.

—¿Por qué no los dejamos que la instalen? En parte, es culpa mía.

—De todas formas, me gustaría darle a ese tipo un toque de atención —dice, algo sombrío—. Aunque mañana ni lo veremos, porque mandarán a un técnico. Él solo es un comercial.

—Lo siento mucho.

—Supongo que, dentro de lo malo, tampoco es un desastre. —Apura la copa y mira con anhelo la botella—. Lástima que no me pueda tomar otra.

—¿Por qué no? Ahora no tienes que coger el coche.

—Bueno, sí. Como pensaba que todo era legal, he accedido a que vengan a instalarla mañana por la mañana. Así que, si queremos cancelarlo, tendré que estar allí cuando lleguen.

—¿Y no puedes pasar la noche aquí y salir mañana temprano?

—¿A las seis y media de la mañana?

—No hace falta que te vayas tan pronto.

—Pues sí, porque ellos llegan a las ocho.

No puedo evitar preguntarme si su decisión de no pasar la noche conmigo será su forma de castigarme, en vez de enfadarse conmigo, por haber contratado la alarma.

—Pero vendrás por la noche, ¿no?, cuando ya hayan terminado —digo.

—Sí, claro —contesta, y me coge la mano.

Se marcha poco después y yo subo a la habitación y me pongo una película, hasta que me lloran los ojos de cansancio. Pero no puedo dormir. Descubrir que he rellenado un contrato entero sin tener recuerdo alguno de haberlo hecho me ha afectado muchísimo. Intento convencerme de que no ha sido tan grave como lo de mamá cuando por fin me di cuenta de que pasaba algo. Era la primavera de 2002. Fue a comprar a las tiendas del barrio, se perdió a la vuelta y apareció tres horas después. Antes de lo de la alarma, lo mío eran solo pequeños olvidos sin importancia: lo que tenía que comprarle a Susie, que Matthew se iba de viaje, que había invitado a Hannah y a Andy a una barbacoa en casa, que Rachel se iba a quedar a dormir conmigo... Ninguna de esas cosas fue lo bastante grave. Pero contratar una alarma sin darme cuenta de que lo estaba haciendo sí que lo es. Mucho. Quiero creer de verdad que el comercial me engañó, pero, cuando pienso en el rato que pasamos en la cocina, veo que no recuerdo casi nada, salvo que al final me dio el folleto y me aseguró que a mi marido le encantaría.

Domingo 2 de agosto

Sin hablar apenas, pagamos en recepción. Le he propuesto a Matthew que comamos en algún sitio, pero prefiere llevarme a casa. Sé que los dos estamos frustrados porque el fin de semana no ha salido como esperábamos. Aunque entiendo por qué no quiso pasar la noche del viernes en el hotel, me preocupa, como es lógico, que empiece a estar harto de los problemas ocasionados por mis olvidos recientes. Así que, ayer, mientras él esperaba en casa a que instalasen la alarma, me armé de valor y busqué en Internet «amnesia periódica», que me condujo a «amnesia global transitoria». Aunque el término me sonaba, por mamá, el corazón se me fue encogiendo con cada línea que leía, y cerré enseguida la página para poder controlar el pánico que me estaba generando. No sé si es lo que tengo, es más, no quiero saberlo. De momento, me inclino por ignorarlo.

Cuando Matthew apareció por fin anoche, a las siete, a tiempo para tomar una copa en el bar antes de la cena, noté que me observaba más de lo habitual y pensé que en cualquier momento me diría que lo tengo preocupado. Pero no dijo nada y eso, en el fondo, fue peor. Creí que esperaría a que estuviéramos en la intimidad del dormitorio. Sin embargo, cuando al fin subimos, en lugar de decirme que quería hablar conmigo, encendió la televisión, y ojalá no lo hubiera hecho porque estaban emitiendo un especial sobre el asesinato de Jane, con motivo de su entierro, que había sido ese mismo día. Se vieron imágenes de su féretro cubierto de flores, que trasladaban a la pequeña iglesia de Heston, y de sus padres consternados, y no pude contener las lágrimas.

Luego apareció en pantalla una fotografía de Jane, distinta de la que habían estado usando hasta entonces.

—Qué guapa —dijo Matthew—. Una pena.

—¿Te habría dado menos pena si hubiera sido fea? —repuse, furiosa de pronto.

Me miró sorprendido.

—No me refiero a eso, y lo sabes. Es horrible morir así, pero más en su caso, por esas dos criaturitas que algún día sabrán que a su madre la asesinaron. —Se volvió hacia el televisor, donde se veía a la policía detener y registrar vehículos en Blackwater Lane, abierta de nuevo al tráfico—. Dudo mucho que encuentren el arma homicida en el maletero de ningún coche —prosiguió—. Más les valdría buscar al asesino. Alguien tiene que saber quién es. Debió de cubrirse de sangre esa noche.

—¿No puedes dejar de hablar de ello?

—Has empezado tú.

—No he sido yo quien ha encendido la tele.

Noté que me miraba.

—¿Es porque el asesino aún anda suelto? ¿Es eso lo que te preocupa? Porque, si es por eso, ahora que tenemos la alarma estarás perfectamente a salvo. De todas formas, seguro que el responsable está ya muy lejos de aquí.

—Lo sé —dije.

—Pues deja de preocuparte.

Me di cuenta de que era el pie que había estado esperando, el momento perfecto para hacerle la confidencia, para contarle que me preocupaba lo que me estaba pasando, lo que le pasaba a mi cabeza, y lo de mamá y su demencia. Pero lo dejé escapar.

Creí que un baño me calmaría, pero no conseguí parar de pensar en el marido de Jane. Deseé poder hacer algo para aliviar su dolor, poder decirle lo mucho que me había gustado conocer a Jane, lo maravillosa que era. La necesidad de hacer algo era tan imperiosa que decidí preguntarle a Rachel si sabía su dirección para poder escribirle. Tumbada en la bañera, redacté mentalmente la carta, consciente de que la estaba escribiendo tanto por él como por mí. Cuando salí del baño, el agua estaba fría. Luego, cuando Matthew y yo ya estábamos acostados, uno al lado del otro, sin tocarnos, caí en la cuenta de que nunca habíamos estado tan distanciados.

Ahora lo miro, a mi lado, junto al mostrador de recepción, y sé que preferiría que me hablara de mis lapsus de memoria en vez de fingir que todo va bien cuando es obvio que no.

—¿Seguro que no quieres que vayamos a comer a algún sitio? —le pregunto.

Niega con la cabeza, sonríe.

—No tengo hambre.

Nos vamos, cada uno en nuestro coche, y, al llegar a casa, lo veo desactivar la nueva alarma.

—¿Me enseñas cómo funciona? —pregunto.

Insiste en que elija yo el código y opto por nuestros cumpleaños, del revés, que es algo que recordaré fácilmente. Me hace practicar un par de veces y me enseña a aislar determinadas habitaciones por si me quedo sola en casa y, de pronto, recuerdo haberle comentado al comercial que estaría bien poder hacer eso, lo que significa que debí de hablar con él más de lo que pensaba.

—Muy bien, ya lo tengo —le digo.

—Estupendo. ¿Vemos qué hay en la tele?

Vamos al salón, pero es la hora del telediario, así que me escapo a la cocina.

—Apuñalar a alguien ya es horrible, pero cortarle el cuello con un cuchillo carnicero es demencial. —Matthew aparece en el umbral de la puerta, conmocionado—. Así fue como murió, por lo visto: le rebanaron el cuello.

Salto como un resorte.

—¡¡Cierra la boca!! —le grito, dando un golpe con el hervidor en la encimera—. ¡Cállate de una vez!

Me mira atónito.

—¡Por el amor de Dios, Cass, cálmate!

—¿Cómo me voy a calmar si no paras de hablar del puñetero asesinato? ¡Estoy harta de oír hablar de ello!

—Pensaba que te interesaba, eso es todo.

—Pues no, ¿vale? ¡No me interesa en absoluto!

Me dispongo a salir de la cocina, con los ojos llenos de lágrimas de rabia.

—¡Cass, espera! —Me agarra del brazo y me atrae hacia sí—. No te vayas. Lo siento, ha sido muy desconsiderado por mi parte. Siempre se me olvida que tú la conociste.

Se me pasan las ganas de pelea y me derrumbo sobre él.

—No, es culpa mía —digo, con voz cansina—. No debería haberte gritado.

Me besa la coronilla.

—Ven, vamos a ver una película.

—Mientras no sea de asesinatos...

—Buscaré una comedia —promete.

Así que vemos una película, o más bien la ve él y yo me río cuando se ríe él para que no note lo desesperada que estoy. Cuesta creer que mi súbita decisión de atajar por el bosque en la fatídica noche del viernes haya podido tener un efecto tan devastador en mi vida. Puede que Jane estuviese en mal sitio en mal momento, pero yo también. Yo también.

Martes 4 de agosto

Suena el teléfono cuando estoy cargando el lavaplatos y pienso que será Rachel, que me llama para ver qué tal en el hotel. Pero, cuando lo cojo, no es nadie, o, mejor dicho, no contesta nadie, porque estoy segura de que hay alguien ahí. De pronto recuerdo una llamada que recibí ayer y las que recibí la semana pasada, antes de irme al hotel. Ese silencio. Contengo la respiración y aguzo el oído en busca del más mínimo ruido que indique que hay alguien al otro lado, pero no oigo nada —ni electricidad estática, ni una respiración, nada en absoluto—, como si él, igual que yo, estuviera conteniendo la respiración. «Él.» Se me cuela el nerviosismo en el cuerpo y cuelgo bruscamente. Escucho los mensajes del contestador por si ha entrado alguno mientras no estaba en casa, pero solo hay una llamada de la empresa de seguridad, del jueves, confirmando que venían a instalar la alarma al día siguiente, y tres el viernes, dos de los de la alarma pidiéndome que los llame urgentemente y una de Connie.

Tenía pensado empezar a preparar las clases de septiembre, pero no consigo centrarme. Suena otra vez el teléfono y enseguida se me acelera el corazón. «No pasa nada —me digo—. Será Matthew, o Rachel, u otra amiga que me llama para hablar.» Pero, al mirar la pantallita, veo que es un número oculto.

No sé por qué lo cojo. Quizá porque ya he comprendido lo que se espera de mí. Me dan ganas de decir algo, de preguntar quién es, pero el gélido silencio me congela las palabras en la boca y me limito a escuchar. Tampoco esta vez se oye nada; cuelgo furiosa. Me tiemblan las manos. De pronto, la casa me parece una prisión. Subo corriendo al dormitorio, agarro el móvil y el bolso, me meto en el coche de un salto y conduzco hasta Castle Wells. Camino de alguna cafetería, paro a comprar una tarjeta para mandársela al marido de Jane, pero en la caja es imposible ignorar los montones de periódicos apilados junto al mostrador, o los titulares que vocean que ha habido avances en el caso de asesinato. No me apetece mucho leerlo, pero compro uno, pensando en que quizá la policía esté más cerca de atrapar al asesino. En la cafetería de al lado, encuentro una mesa libre en un rincón, abro el periódico y empiezo a leer.

Hasta ahora, la policía creía que el asesinato de Jane había sido un ataque fortuito, pero alguien ha declarado que pasó por delante de lo que cree que era su coche, aparcado más o menos en el mismo sitio, el viernes anterior al de su muerte, hacia las once y media. Eso cambia completamente el rumbo de la investigación porque significa que tal vez Jane conocía a su asesino y la noche en que murió había quedado con él en el área de descanso, igual que la semana anterior. La prensa anda hurgando en su vida privada, insinuando que tenía un amante secreto, que su matrimonio no iba bien, y me da pena de su marido, aunque se especula que es el responsable de su muerte. Según el periódico, las gemelas de las que supuestamente estaba cuidando —su coartada— bien podían haberse quedado solas mientras él cometía el crimen.

Al lado del artículo hay una fotografía de un cuchillo similar al que la policía cree que usó el asesino y, cuando veo ese cuchillo de cocina de mango negro y filo exquisitamente dentado, se me revuelve el estómago de miedo.

El corazón, como un coche en la línea de salida, se me acelera tan rápido que me mareo. Cierro los ojos, pero, cuando vuelvo a abrirlos, el miedo sigue ahí, cobrando impulso. A lo mejor el asesino ya estaba en el bosque, acechando, a punto de cometer su terrible crimen, cuando yo me detuve en el área de descanso. Si me vio, puede pensar que yo lo vi. A lo mejor memorizó la matrícula de mi coche por si me convertía en una amenaza para él. Y ahora, a sus ojos, puede que lo sea. Sabe que alguien ha ido a la policía porque han hecho pública la llamada que les hice, y a lo mejor ha supuesto que he sido yo. Ignora que no les dije nada, que no tenía nada que contarles. El caso es que sabe que existo. ¿Habrá averiguado quién soy y por eso me está haciendo esas llamadas anónimas, para amenazarme?

Busco desesperadamente a mi alrededor algo que me serene; poso la vista en la carta de la cafetería y empiezo a contar las letras de lo primero que veo escrito: una, dos, tres, cuatro, cinco, seis... Funciona: el ritmo pausado de los números me baja las pulsaciones y no tardo en volver a respirar con normalidad. Pero sigo temblando, y me siento tremendamente sola.

Saco el móvil y llamo a Rachel, y me alegra que no trabaje lejos del centro.

—Estoy en Castle Wells. ¿Podrías tomarte un descanso largo para comer?

—Déjame echar un vistazo a mi agenda —me dice, decidida, lo que significa que ha detectado la desesperación en mi voz—. A ver... Tengo una reunión a las tres y tendría que estar de vuelta para esa hora, pero, haciendo un poco de malabares por aquí, podría estar contigo hacia la una. ¿Te vale?

—De maravilla.

—¿Nos vemos en el Spotted Cow? —dice.

—Perfecto.

—¿Hay mucho jaleo en el centro? ¿Dónde has aparcado?

—He encontrado sitio en el aparcamiento pequeñito de Grainger Street, pero puede que tú tengas que ir al grande.

—Muy bien. Te veo a la una.

—¿Qué te ocurre, Cass? —me pregunta Rachel, preocupada.

Bebo un sorbo de vino; no sé muy bien qué decirle.

—Ya no me siento a salvo en casa.

—¿Por qué no?

—Por el asesinato. El periódico dice que seguramente la mató algún conocido, lo que significa que debe de vivir por la zona.

Alarga el brazo y me aprieta la mano.

—Su muerte te ha afectado mucho, ¿no?

Asiento con tristeza.

—Ya sé que solo comimos juntas una vez, pero habríamos sido buenas amigas. Y me fastidia que anden diciendo que tenía un amante. No me lo creo. No paraba de hablar de su marido, de lo maravilloso que es y de lo afortunada que era de tenerlo. He comprado una tarjeta para mandársela… ¿Me podrías dar su dirección?

—Sí, claro, preguntaré en el trabajo. ¿Has visto la foto del cuchillo? —dice, señalando el periódico con la cabeza—. Es horrible.

—Ay, no me lo recuerdes —digo, temblando—. No puedo ni pensar en ello.

—Te sentirás mejor en cuanto os pongan la alarma —dice, y se quita la rebeca roja y la cuelga del respaldo de la silla.

—Ya la tenemos. La instalaron el viernes.

Alarga la mano para coger su copa y las pulseras de plata, ahora liberadas de la opresión de las mangas, tintinean al chocar unas con otras.

—¿La puedes activar mientras estás dentro?

—Sí, puedo activar la alarma de las ventanas y de las habitaciones que quiera.

—¿Y aun así no te sientes segura?

—No.

—¿Por qué?

—Porque no paro de recibir llamadas raras —digo casi sin pensarlo.

Frunce el ceño.

—¿Cómo de raras?

—Silenciosas. De un número oculto.

—¿Quieres decir que no hay nadie al otro lado?

—No, sí hay alguien, pero no dice nada. Me tiene asustada.

Lo medita un momento.

—Esas llamadas… ¿Cuántas has recibido?

—No estoy segura… cinco o seis. Esta mañana, dos.

Me mira sorprendida.

—¿Y eso te angustia? ¿Unas llamadas de un número oculto? ¡A mí me llaman a todas horas, Cass! Normalmente para venderme algo o saber mi opinión sobre algo que he comprado. —Se queda pensativa—. Deduzco que te llaman al fijo, ¿no?

—Sí. —Toqueteo mi copa—. No paro de pensar que podría ser algo personal.

—¿Personal?

Rachel me mira confundida.

—Sí.

—Venga, Cass, son solo llamadas. No entiendo por qué te tienen tan nerviosa.

Me encojo de hombros y procuro quitarle importancia.

—Supongo que es por el asesinato de Jane. Porque fue muy cerca de casa.

—¿Qué piensa Matthew?

—No se lo he contado.

—¿Por qué no?

La veo tan preocupada que decido sincerarme con ella.

—Porque he hecho unas cuantas tonterías últimamente y no quiero que piense que estoy loca de verdad —reconozco.

Bebe un sorbo de vino sin apartar sus ojos de los míos.

—¿Qué clase de tonterías?

—Bueno… Para empezar, me olvidé de que había invitado a Hannah y a Andy a una barbacoa en casa. Me encontré a Hannah en Browbury el día en que quedé contigo para tomar una copa en el Sour Grapes…

—Lo sé —dice ella—. Recuerdo que me dijiste que por eso habías llegado tarde.

—¿Ya te lo había contado?

—Sí. Me contaste que los habías invitado a una barbacoa porque hacía tiempo que no os veíais.

—¿Dije para cuándo los había invitado?

—Sí, dijiste que les habías propuesto el domingo, así que ese fin de semana.

Cierro los ojos, inspiro hondo.

—Bueno, pues se me olvidó —digo, volviendo a mirarla.

—¿Se te olvidó?

—Sí. Se me olvidó que los había invitado. O no fui consciente de que lo había hecho… No sé bien cuál de las dos. Andy llamó por la mañana para saber a qué hora los esperábamos y, gracias a eso, nos libramos del bochorno de que se plantaran en casa sin que tuviéramos nada de comer. Pero eso no es todo… También contraté la alarma y no lo recuerdo en absoluto. Rellené el impreso, lo firmé, todo… Pero no me acuerdo de haberlo hecho. —La miro desde el otro lado de la mesa—. Estoy asustada, Rachel, mucho. No sé qué me está pasando. Y con lo de mi madre...

—No entiendo lo de la alarma —me interrumpe—. ¿Qué ha pasado exactamente?

—¿Recuerdas que, cuando nos vimos en el Sour Grapes, te dije que había venido el comercial de la empresa de seguridad a hacerme un presupuesto?

—Sí, me contaste que te había dado un poco de miedo, o algo así.

—Eso es. Bueno, pues, cuando volvió Matthew de la plataforma el viernes pasado, se lo encontró esperando a la puerta de casa, y le dijo que no habíamos llegado a contratar el servicio, pero el tipo le sacó un impreso firmado por mí.

—Eso no quiere decir nada —me interrumpe de nuevo—. Podría haber falsificado la firma. Hay mucho listo por ahí.

—Eso fue lo primero que pensé yo. Pero no fue solo la firma, Rachel, sino todo lo demás. El formulario entero estaba repleto de texto, y era mi letra, sin la menor duda. Matthew dice que seguramente el tipo me engañó para que firmara y que yo accedí para quitármelo de en medio. Pero creo que los dos sabemos que no fue así.

Lo rumia un rato.

—¿Sabes lo que pienso? Creo que probablemente te coaccionó de algún modo. Me dijiste que no te gustaba ese hombre, que te incomodaba, así que igual accediste a contratar la alarma para librarte de él, y después tu subconsciente bloqueó el episodio entero porque te daba vergüenza que se hubiera aprovechado de ti.

—No se me había ocurrido.

—Estoy convencida de que fue eso lo que pasó —me dice con rotundidad—. Así que deja de preocuparte.

—Pero eso no explica lo demás. ¿Qué me dices del regalo que tenía que comprarle a Susie? ¿Y de lo de invitar a Hannah y a Andy a comer?

No le menciono que, cuando reservé aquellas noches de hotel, se me olvidó por completo que le había pedido que se quedara conmigo en casa.

—¿Cuánto hace que murió tu madre, Cass?

—Poco más de dos años.

—Y, en ese tiempo, has vuelto a trabajar, te has casado y te has mudado. En definitiva, te has reinventado. Teniendo en cuenta que te pasaste los tres años anteriores cuidando día y noche de una persona con demencia severa, yo diría que has hecho demasiado y demasiado rápido, y que estás agotada.

Asiento despacio con la cabeza, meditándolo. Y, cuanto más lo pienso, más convencida estoy de que tiene razón.

—Ha sido como una especie de torbellino —reconozco.

—Pues ahí lo tienes.

—Pero ¿y si es algo más?

—¿A qué te refieres?

Me cuesta verbalizar mi mayor temor.

—¿Y si me estoy convirtiendo en mi madre? ¿Y si empiezo a olvidarlo absolutamente todo, como le pasó a ella?

—¿Es eso lo que te preocupa?

—Sé sincera, Rachel: ¿tú has notado algo?

—No, nada. A veces te veo algo distraída…

—¿En serio?

—Bueno, ya sabes… cuando te estoy hablando, te pones a pensar en otra cosa y no me haces ni caso.

—¿Eso hago?

—No te preocupes tanto… ¡Lo hacemos todos!

—Entonces, ¿no piensas que vaya por el mismo camino que ella?

Rachel niega rotundamente con la cabeza.

—No, no lo pienso.

—¿Y las llamadas telefónicas?

—Son aleatorias. No hay nada siniestro en ellas —dice convencida—. Lo que necesitas es un descanso. Deberías pedirle a Matthew que te lleve a algún sitio donde puedas relajarte.

—Acabo de pasar cinco días fuera de casa. De todas formas, a él le cuesta mucho encontrar días libres en agosto. Tú te vas pronto, ¿no?

—El sábado —me dice contenta—. ¡Lo estoy deseando! Ah, mira, ya llega la comida.

Cuando Rachel se marcha, quince minutos más tarde de lo que debía, me encuentro mucho mejor. Tiene razón en lo de la vida que he llevado desde que murió mi madre: he pasado de una con poquísimas emociones y muchísima rutina a una repleta de nuevas experiencias. Es normal que todo lo que he vivido haya terminado superándome. Se trata de un pequeño problema pasajero, no de un desastre. Solo necesito quitarme de la cabeza el asesinato de Jane, dejar de pensar que hay algo siniestro en esas llamadas que he estado recibiendo y concentrarme en lo que es importante para mí, o sea, Matthew. Se me ocurre una idea y, en lugar de seguir hacia el aparcamiento, doy media vuelta y deshago el camino.

Me quedo un rato delante del escaparate de la Boutique del Bebé, contemplando la preciosa ropita del escaparate. Luego, empujo la puerta y entro. Hay una pareja jovencita —ella, embarazadísima— mirando cochecitos para su futuro recién nacido, y la idea de que algún día seremos Matthew y yo los que estemos ahí eligiendo uno para nuestro hijo me produce un anhelo que me roba el aliento. Empiezo a curiosear en los percheros de ropa y encuentro un pijamita enterizo diminuto decorado con globos de colores pastel. La dependienta, una joven menuda con el pelo más largo que he visto en mi vida, se acerca para ver si puede ayudarme.

—Sí, quiero llevarme este —le digo, y le entrego el pijama.

—Es precioso, ¿verdad? ¿Quiere que se lo envuelva para regalo?

—No, gracias, es para mí.

—¡Qué bien! ¿Cuándo sale de cuentas?

La pregunta me desconcierta y me avergüenzo por comprarle un pijama para un bebé inexistente.

—Bueno, acabo de enterarme —me oigo decir.

Ríe encantada y se da unas palmaditas en el vientre.

—¡Igual que yo!

—¡Enhorabuena! —Me vuelvo y veo que la joven pareja se nos acerca—. ¿Sabe ya si es niño o niña? —pregunta la joven, mirándome.

Niego enseguida con la cabeza.

—Estoy de pocos días.

—El mío es niño —dice orgullosa—. Salgo de cuentas el mes que viene.

—Genial.

—No conseguimos decidirnos por un cochecito —prosigue.

—A lo mejor podemos ayudarlos —dice la dependienta y, cuando quiero darme cuenta, estoy examinando la fila de cochecitos y sillitas, y comentando los pros y los contras de cada uno.

—Yo me llevaría ese —digo, señalando un cochecito precioso, azul marino y blanco.

—¿Por qué no lo prueban? —propone la dependienta, así que la pareja joven y yo nos turnamos para pasearlo por la tienda, y todos coincidimos en que es la mejor opción porque no solo es muy elegante, sino también muy fácil de manejar.

Nos trasladamos al mostrador y la dependienta se empeña en meter el pijama en una caja bonita, pese a que le he dicho que es para mí y, mientras hablamos de posibles nombres para el bebé, veo más claro que nunca que quiero ser madre. Lo que me ha dicho Rachel de que lo único que me pasa es que estoy agotada me ha devuelto la confianza en mí misma, y me muero de ganas de decirle a Matthew esta noche que podemos empezar el tratamiento de fertilidad. A lo mejor le doy el pijamita primero, a modo de indirecta.

—Tenemos un programa de fidelización que quizá le interese. —La amable dependienta me tiende un formulario—. Solo tiene que rellenarlo con su nombre y dirección. Cuando consiga determinado número de puntos, le hacemos un descuento en futuras compras.

Cojo el impreso y empiezo a rellenarlo.

—Ah, estupendo.

—También le vale para comprar ropa de premamá —continúa—. Tenemos unos vaqueros preciosos cuya cintura se va ajustando a la tripa a medida que avanza la gestación. Yo ya les he echado el ojo a unos.

Vuelvo de pronto a la realidad, porque no estoy embarazada, le devuelvo el impreso y me despido precipitadamente. Casi estoy en la puerta cuando me llama.

—¡No me ha pagado! —me recuerda, riendo.

Acalorada, regreso al mostrador y le doy la tarjeta. Cuando por fin salgo de la tienda, me siento tan tensa por las mentiras que he dicho que he perdido por completo la confianza recién recuperada. No me apetece irme a casa, pero tampoco quiero quedarme en el centro por si me tropiezo con la joven pareja de la tienda y empiezan a hablarme de mi embarazo, así que me dirijo de nuevo al aparcamiento.

Apenas he avanzado cuando oigo que me llaman por mi nombre. Me vuelvo y veo a John, mi compañero de trabajo, que corre detrás de mí.

—Te he visto salir de esa tienda y vengo intentando darte alcance desde entonces —me explica, y me dedica una de sus enormes sonrisas. Luego me abraza de pronto, y el flequillo moreno le cae por la frente—. ¿Cómo estás?

—Muy bien —miento.

Veo que mira la bolsa que llevo y me avergüenzo inmediatamente.

—No quiero parecer cotilla, pero tengo que comprar un regalo para el bebé de una amiga y no tengo ni idea de qué cogerle. Iba a entrar en la tienda cuando te he visto salir, y he pensado que igual tú podías ayudarme.

—Yo he cogido un pijamita enterizo para el bebé de una amiga mía. A lo mejor podrías comprarle algo parecido.

—Genial, pues me llevaré uno de esos. ¿Estás disfrutando de las vacaciones?

—Sí y no —reconozco, aliviada de que cambiemos de tema—. Es agradable tener un poco de tiempo libre, pero, desde el asesinato, me cuesta relajarme.

Su rostro se ensombrece.

—Yo jugaba al tenis con ella. Éramos del mismo club. Casi no me lo podía creer cuando me enteré de la noticia. Me sentí fatal. Aún me dura.

—Había olvidado que tú también la conocías —digo.

Me mira sorprendido.

—Ah, ¿que tú la conocías?

—Un poquito. Coincidimos en una fiesta a la que me llevó Rachel. Empezamos a hablar y, cuando le conté que trabajaba en el instituto, me dijo que te conocía. Luego, hace un par de semanas, comimos juntas. —Busco con urgencia otro tema de conversación—. Te vas a Grecia pronto, ¿no?

—No, ya no. —Lo miro intrigada—. Digamos que mi novia ya no está disponible.

—Ah...

Se encoge de hombros.

—Estas cosas pasan. —Mira la hora—. ¿Tienes tiempo para tomar algo?

—Un café estaría fenomenal —digo, contenta de poder distraerme un rato más.

Mientras tomamos el café, hablamos del instituto y del claustro de profesores que habrá a finales de mes, antes de que empiece el curso en septiembre. Media hora más tarde, salimos de la cafetería y, después de despedirnos, lo veo, angustiada, cruzar la calle y dirigirse a la Boutique del Bebé. ¿Y si le dice a la dependienta que quiere comprar un pijamita como el que se ha llevado su amiga hace media hora? Sabrá que se refiere a mí e igual ella le comenta que estoy embarazada y, cuando nos veamos en el instituto, me felicita delante de todos. ¿Qué haré entonces? ¿Fingir que era una falsa alarma? Puede hasta que me llame luego y no me quede otro remedio que reconocer que le he mentido a la dependienta, o decirle que lo habrá entendido mal. Me empieza a doler muchísimo la cabeza y lamento habérmelo encontrado.

Llego a casa y, según entro, el piloto intermitente del panel de control de la alarma me recuerda que debo desactivarla, así que cierro la puerta y tecleo el código, pero, en vez de ponerse en verde, la luz roja empieza a parpadear furiosamente. Creyendo que me he equivocado, vuelvo a teclear el código, apretando fuerte cada número (9, 0, 9, 1), pero la luz parpadea aún más rápido. Terriblemente consciente de que me queda poco tiempo porque ha empezado la cuenta atrás y solo dispongo de treinta segundos antes de que salte la alarma, trato de averiguar qué he hecho mal. Como estoy convencida de que el código es ese, pruebo de nuevo con los mismos números. Y la lío.

En cuestión de segundos, se desata un infierno. Una sirena perfora el aire, luego se le suma otra, que brama intermitentemente. Nerviosa y sin saber qué hacer, delante del panel de control, procurando averiguar si hay otro modo de desactivar la alarma, oigo sonar el teléfono a mi espalda y el corazón, que ya me va a mil por la angustia de haberme confundido con el código, se me acelera aún más de pensar que quienquiera que me esté atormentando con esas llamadas anónimas sabe que acabo de llegar a casa. Abandono la alarma, corro a la cancela de entrada y miro a un lado y a otro de la carretera en busca de alguien que pueda ayudarme, pero, a pesar del escándalo de la alarma, nadie viene a investigar, y lo paradójico de la situación me pone un poco histérica.

En ese instante veo llegar el coche de Matthew, y eso me tranquiliza. Caigo en la cuenta de que llevo en la mano la bolsa de la tienda de bebés, así que abro rápidamente el coche y la tiro debajo del asiento antes de que esté lo bastante cerca para verla. Por la cara de asombro con que cruza la cancela, sé que ha oído ya el bramido de la alarma.

Detiene el vehículo bruscamente y baja de un salto.

—Cass, ¿qué ha pasado? ¿Estás bien?

—¡No puedo desactivar la alarma! —grito por encima del alboroto—. ¡El código no funciona!

Una cara de sorpresa reemplaza de inmediato su gesto de alivio al saber que no han entrado a robarnos.

—¿Cómo que no funciona? Ayer sí funcionaba.

—Lo sé, ¡pero ya no!

—Deja que le eche un vistazo.

Lo sigo dentro y lo veo teclear el código en el panel. La sirena cesa al instante.

—No me lo puedo creer —digo desconcertada—. ¿Por qué a mí no me ha funcionado?

—¿Seguro que has metido el código correcto?

—Sí, he tecleado 9091, exactamente igual que ayer, exactamente igual que tú ahora. Lo he metido dos veces, pero no ha funcionado.

—Un momento... ¿qué número has dicho?

—9091, nuestros cumpleaños al revés.

Niega con la cabeza, desesperado.

—Es 9190, Cass, no 9091. Primero tu cumpleaños, luego el mío. Los has tecleado al revés, eso es todo. Has puesto primero el mío en lugar del tuyo.

—Ah, madre mía —gruño—. ¿Cómo he podido ser tan imbécil?

—Bueno, es fácil equivocarse, supongo. Pero, cuando has visto que no funcionaba, ¿no se te ha ocurrido probar los números al revés?

—No —contesto, y me siento todavía más estúpida. Por encima de su hombro, veo un coche patrulla que se acerca a la entrada de la casa—. ¿Qué hace aquí la policía?

Matthew se vuelve a mirar.

—No sé. La habrá llamado la empresa de seguridad... Como el asesinato pasó tan cerca de aquí...

Una mujer policía baja del vehículo.

—¿Va todo bien? —grita desde el otro lado de la valla.

—Sí, todo bien —le asegura Matthew.

Se acerca de todas formas.

—¿No han entrado a robarles, entonces? Nos han notificado que había saltado su alarma y que no contestaban a la llamada de seguimiento, por eso hemos venido a echar un vistazo.

—Me temo que han hecho el viaje en balde —dice Matthew—. La alarma es nueva y ha habido una pequeña confusión con el código.

—¿Quieren que registre la casa, para asegurarnos? La alarma no estaba sonando ya cuando han llegado, ¿verdad?

—No, no —digo, como excusándome—. Lo siento, ha sido culpa mía, que he metido mal el código.

—No pasa nada —me dice la policía con una sonrisa tranquilizadora.

Encuentro su presencia extrañamente reconfortante y sé que es porque temo quedarme a solas con Matthew. Puede que haya pasado por alto o justificado las otras tonterías que he hecho últimamente, pero no va a poder ignorar lo que ha pasado con la alarma.

La policía vuelve a subirse a su coche y yo sigo a Matthew a la cocina.

Mientras prepara té para los dos, el silencio es tan incómodo que ansío que diga algo, aunque no sea lo que yo quiero oír.

—Cass, ¿podemos hablar? —me pregunta a la vez que me pasa una taza.

—¿De qué?

—Te noto algo distraída últimamente... Ya sabes, se te olvidan las cosas...

—Contrato alarmas, hago que salten... —digo, y asiento.

—No sé si estás estresada por algo...

—He estado recibiendo llamadas anónimas —digo, porque reconocer el temor que me producen es preferible a decirle que estoy perdiendo el juicio.

Sé que, para Rachel, las llamadas carecen de importancia, pero me gustaría saber qué piensa Matthew.

—¿Qué? ¿Cuándo?

—Siempre por la mañana.

—¿Te llaman al móvil o al fijo?

—Al fijo.

—¿Has mirado el número?

—Sí, es un número oculto.

—Entonces serán de algún centro de telemárketin de la

otra punta del planeta. En serio, ¿eso es lo que te preocupa? ¿Unas llamadas de un número oculto?

—Sí.

—¿Por qué? No será la primera vez que te pasa, llaman a todo el mundo.

—Lo sé, pero estas parecen personales.

—¿Personales? —Frunce el ceño—. ¿En qué sentido?

Titubeo, no sé si debo seguir. Pero ya he empezado.

—Es como si supieran quién soy —digo.

—¿Por qué, te llaman por tu nombre?

—No. No dicen nada, ese es el problema.

—Entonces, es un chiflado de esos que respiran fuerte por el auricular...

—Salvo que no se oye respirar a nadie.

—¿Pues qué hace?

—Nada. Pero sé que ese tío está ahí.

—¿Cómo?

—Lo noto.

Parece confundido.

—No sabe quién eres, Cass. No eres más que un número de una lista larguísima. Lo único que quiere es hacerte preguntas para una encuesta o venderte una cocina. De todas formas, ¿cómo sabes que es un hombre?

Lo miro sobresaltada.

—¿Qué?

—Has dicho que sabes que ese tío está ahí. ¿Cómo sabes que es un hombre? Podría ser una mujer.

—No, es un hombre, seguro.

—Pero, si no dice nada, ¿cómo lo sabes?

—Lo sé. ¿Se puede rastrear una llamada, aunque sea de un número oculto?

—Posiblemente. Pero no pensarás en serio que se trata de algo personal, ¿no? A ver, ¿por qué iba a serlo?

Me cuesta verbalizar mi temor.

—Hay un asesino suelto por ahí.

—¿Y eso qué tiene que ver?

—No sé.

Frunce el ceño e intenta entenderlo.

—¿Insinúas que es el asesino quien te llama? —pregunta, procurando no sonar incrédulo.

—No, en realidad no —digo con poco entusiasmo.

—Cariño, entiendo que estés asustada, cualquiera lo estaría, sobre todo habiendo ocurrido todo tan cerca de aquí y estando el asesino aún en libertad, pero, si llaman al fijo, las llamadas no tienen por qué ir dirigidas a ti, ¿no? —Medita un instante—. ¿Qué te parece si trabajo desde casa el jueves y el viernes? ¿Te ayudaría que pasara en casa unos días?

Me siento tremendamente aliviada.

—Sí, me ayudaría mucho.

—Me vendrá bien tomarme unos días libres por mi cumpleaños —continúa, y yo asiento, y me pregunto cómo he podido olvidar que se acercaba la fecha—. De todas formas, por lo que he oído en la radio antes, la policía empieza a pensar que Jane conocía a su asesino.

—Puede que sí, pero no creo que fuese su amante —digo—. Ella no era de esas.

—Ya, pero ¿tan bien la conocías? Solo la viste dos veces.

—Noté que quería a su marido —digo, testaruda—. Ella no le habría engañado.

—Pues, si conocía a quien la mató, y parece que la policía lo cree así, dudo que ese tipo vaya a por nadie más. Y menos aún que se dedique a hacer llamaditas.

Tal y como lo pinta, no puedo más que coincidir con él.

—Tienes razón.

—Prométeme que no te vas a preocupar más.

—Te lo prometo —digo, y pienso que ojalá fuera tan fácil.

Miércoles 5 de agosto

Al día siguiente, mientras estoy sentada en el banco de debajo del ciruelo, mirando hacia el fondo del jardín, se me ocurre el regalo de cumpleaños perfecto para Matthew: una cabaña. No sé ni cuántas veces me ha dicho que le encantaría tener una. Si la compro hoy, seguramente la traerán antes del viernes y podré instalarla durante el fin de semana.

La llamada suena cuando me dispongo a entrar en casa para buscar la cabaña en Internet. Pese a que casi la estaba esperando, me detengo en seco y me quedo clavada al suelo, a medio camino entre la casa y el jardín, entre plantarle cara o salir corriendo. La rabia me puede y corro al vestíbulo y levanto con violencia el auricular.

—¡Déjame en paz! —grito—. ¡Si me vuelves a llamar, iré a la policía!

Nada más decirlo, me arrepiento de haberlo hecho. Conmocionada, inspiro hondo, casi incapaz de creer que acabo de amenazarlo con lo que posiblemente tema más, porque ahora pensará que, en efecto, lo vi esa noche. Quiero añadir que no me refería a eso, que no hay nada que yo pueda contarle a la policía, que lo único que quiero es que deje de llamarme, pero el miedo me arrebata la voz.

—¿Cass? —La confirmación de que sabe quién soy me paraliza—. Cass, ¿va todo bien? —Vuelvo a oír la voz al otro lado—. Soy John.

Me flojean las piernas.

—John. —Río nerviosa—. Perdona, pensaba que eras otra persona.

—¿Estás bien?

—Ahora sí. —Me esfuerzo por controlarme—. Es que no hago más que recibir llamadas de un comercial y pensaba que era él otra vez.

Ríe en voz baja.

—Son un verdadero incordio, ¿verdad? Pero, tranquila, si les gritas como me acabas de gritar a mí, ¡no te van a volver a llamar! Aunque, si me permites un apunte, amenazarlos con llamar a la policía me ha parecido excesivo.

—Perdona —repito—. Me parece que he perdido los nervios.

—No me extraña. Pero, oye, que no te quiero entretener. Solo te llamaba para saber si te apetece tomar una copa el viernes con unos cuantos compañeros del trabajo. Estoy haciendo llamadas a ver quién está disponible.

—¿El viernes? —Pienso rápido—. El caso es que Matthew se va a tomar los próximos dos días libres y puede que vayamos a algún lado. ¿Te puedo contestar cuando lo sepa seguro?

—Claro.

—Pues ya te llamo.

—Estupendo. Adiós, Cass, espero verte por allí. Y, si te vuelven a llamar esos comerciales, sigue poniéndoles los puntos sobre las íes.

—Eso haré —prometo—. Adiós, John, gracias por llamar.

Cuelga, y yo me quedo allí de pie, sintiéndome agotada, y estúpida, y preguntándome qué pensará de mí. En ese instante, el teléfono, que aún llevo en la mano, empieza a sonar otra vez, y esta vez se apodera de mí un terrible temblor. Quiero pensar que es John, que me vuelve a llamar para decirme algo que se le ha olvidado antes, así que contesto. El silencio me aúlla desde el otro lado de la línea y me fastidia estar haciendo, una vez más, precisamente lo que él quiere.

O a lo mejor no. A lo mejor mi silencio lo frustra, a lo mejor espera que le grite por el teléfono como acabo de gritarle a John, a lo mejor quiere que lo amenace con ir a la policía y así tener una excusa para matarme, como mató a Jane. Me aferro a esa idea, satisfecha de haber podido desfogarme con John, y cuando cuelgo, sé que he logrado una mínima victoria. Además, me alivia pensar que, ahora que ya ha llamado, puedo seguir con mis cosas.

Solo que no es así. Me siento tan encerrada en casa que escojo apresuradamente una cabaña para Matthew, más preocupada por que me la entreguen el sábado que por sus dimensiones. De nuevo abajo, cojo un libro y una botella de agua y salgo al jardín. Me lleva un rato decidir dónde sentarme porque no quiero que nadie se pueda acercar a mí por la espalda sin que lo vea, algo que sé que es improbable, porque tendrían que saltar un seto de casi dos metros. Salvo que entren por la cancela. Opto por un sitio en el lateral del edificio, con vistas al camino de entrada, fastidiada de que mi casa ya no sea el paraíso que solía ser. Pero, hasta que la policía atrape al asesino, no puedo hacer mucho más.

Cuando estoy a punto de prepararme algo para almorzar, recibo un mensaje de Rachel con la dirección que le había pedido, así que saco la tarjeta del bolso y me siento a escribir al marido de Jane. Me resulta más fácil de lo que pensaba, porque le escribo con el corazón y, cuando he terminado, lo releo para asegurarme de que estoy satisfecha con el resultado.

Estimado señor Walters:

Espero que esta tarjeta no le parezca una intromisión. Solo quería que supiera lo mucho que me ha dolido la triste noticia de lo sucedido a Jane. Aunque la había tratado poco, le tenía aprecio. Nos conocimos hace un mes, en una fiesta de despedida de Finchlakers, y después comimos juntas hace un par de semanas, en Browbury. Confío en que me entenderá si le digo que he perdido a una amiga, porque así es como lo siento.

Mi más sincero pésame para usted y su familia,

Cass Anderson

Contenta de tener una excusa para salir de casa unos minutos, busco un sello y camino los quinientos metros que me separan del buzón de correos del principio de la carretera. No hay nadie por allí, pero, mientras meto el sobre por la ranura, me siento observada, igual que el día que llamé a la policía desde el teléfono público. Se me eriza el vello de la nuca y me vuelvo de golpe, con el corazón alborotado, pero no hay nadie, únicamente las ramas de un árbol, a unos seis metros de distancia, agitadas por el viento. Solo que hoy no hace viento.

No es miedo lo que noto, es pánico. Me hace palidecer y me roba el aliento, me revuelve las entrañas y me afloja las piernas. Y luego me hace perder la razón y enfilar precipitadamente la carretera, lejos de las casas de esa zona, en dirección a la mía, al final, cerca del bosque. Mis pies resuenan en el asfalto, con fuerza en medio del silencio vespertino y, cuando giro bruscamente hacia el sendero que conduce a mi puerta, con el pulso acelerado y la respiración entrecortada, resbalo en la gravilla suelta. Choco con fuerza contra el suelo y me quedo sin aire. Y mientras estoy ahí tirada, intentando recobrar la respiración, con las manos y las rodillas escocidas, la voz de mi conciencia me dice burlona: «¡No hay nadie ahí!».

Me levanto despacio, voy cojeando hasta la puerta y saco con cuidado las llaves, ayudándome del índice y el pulgar para proteger la piel arañada de las palmas de las manos. Una vez en el vestíbulo, me dirijo a las escaleras, satisfecha de no haber activado la alarma al marcharme, porque tal y como estoy seguramente la habría hecho saltar otra vez. Subo las escaleras, me pican en los ojos las lágrimas que contengo. Solo las dejo caer cuando me estoy limpiando las heridas porque así puedo fingir que lloro por el daño que me he hecho en las manos y en las rodillas. Pero lo cierto es que ya no aguanto más. Me avergüenza lo tristemente débil que me he vuelto desde la muerte de Jane. Si no hubiera tenido ya problemas de memoria, lo llevaría mejor, lo sé, pero, al ver que se me echa encima una posible demencia, he perdido por completo la confianza en mí misma.

Viernes 7 de agosto

Estamos remoloneando en la cama cuando oigo un camión que se acerca a la entrada de nuestra casa.

—Hoy no hay recogida de basura, ¿no? —le digo a Matthew con fingida inocencia a sabiendas de que su regalo debe de estar al caer.

Matthew se levanta de la cama y se acerca a la ventana.

—Es un reparto. Será para el que acaba de mudarse ahí al lado —dice, mientras se pone unos vaqueros y una camiseta—. No paran de traerle muebles.

—¿Quién se acaba de mudar ahí al lado?

—El de la casa que estaba en venta.

Me da un bote el corazón.

—¿No la había comprado una pareja que se mudaba a finales de septiembre?

—No, creo que no.

Cuando oye el crujido de unos pies en la gravilla seguido del timbre de la puerta, baja disparado a abrir. Yo me recuesto en las almohadas y pienso en lo que Matthew acaba de decir. A lo mejor el hombre al que vi abajo no es más que nuestro nuevo vecino. Debería servirme de consuelo, pero no, porque en algún lugar recóndito de mi mente ya me estoy preguntando si será el que me llama y luego cuelga. Puede que no me persiguiera nadie anoche cuando corría por la carretera, pero, desde luego, alguien me observaba cuando estaba en el buzón de correos. Ojalá pudiera contárselo a Matthew, pero no puedo, hoy no, no hasta que tenga alguna prueba. Ya lo tiene bastante perplejo el modo en que ha empezado a funcionar mi cabeza.

De pronto impaciente porque no vuelve, salgo de la cama, voy a buscarlo y oigo sus pasos en las escaleras.

—¡Sorpresa! —le digo cuando entra en el dormitorio.

Me mira atónito.

—Entonces, ¿no es una broma?

—No, claro que no —contesto, desconcertada por su falta de entusiasmo—. ¿Por qué iba a serlo?

Se sienta al borde de la cama.

—No entiendo para qué has comprado eso ahora.

—¿Porque me ha parecido un detalle bonito?

—Sigo sin entenderlo.

Lo veo tan perplejo que mi buen humor se esfuma de golpe.

—¡Es tu regalo de cumpleaños!

Asiente despacio.

—Vale. Pero ¿por qué para mí? ¿No debería ser para los dos?

—¿Cómo? Yo no lo voy a usar, ¿no?

—¿Por qué no?

—¡Porque eras tú el que estaba empeñado en tenerlo! Pero da igual: si no lo quieres, lo devuelvo.

—Yo nunca he dicho que lo quisiera, no en particular. Además, no es cuestión de que lo quiera o no, es que no entiendo a cuento de qué lo has comprado, nada más. Aún no hemos hablado de lo de tener un bebé, así que podrían pasar años hasta que seamos padres.

Lo miro fijamente.

—¿Qué tiene que ver lo del bebé con todo esto?

—Me rindo —dice él, y se levanta—. No entiendo nada. Me voy abajo.

—¡Pensé que te haría ilusión! —le grito mientras se va—. ¡Pensé que te gustaría tener una cabaña en el jardín! ¡Siento haberme equivocado en eso también!

Vuelve a entrar en el dormitorio.

—¿Una cabaña para el jardín?

—Sí. Pensé que querías una —le digo, acusadora.

—Pues claro que quiero una.

—¿Y cuál es el problema? ¿Es por el tamaño? Porque, si es eso, podemos cambiarla.

Frunce el ceño.

—A ver si me aclaro: ¿me has comprado una cabaña para el jardín?

—Sí... ¿Por qué? ¿No es eso lo que han traído?

—No —dice, y empieza a reírse—. ¡Por eso no entendía nada! Se han equivocado, cariño. No han traído una cabaña de jardín, ¡han traído un cochecito de bebé! Dios, ha habido un momento en que me he llegado a preocupar. Pensaba que se te había ido la cabeza del todo.

—¿Un cochecito de bebé? —Lo miro incrédula—. ¿Cómo se han podido equivocar así?

—Vete tú a saber. Es muy bonito, la verdad, azul marino y blanco, del estilo de lo que podríamos comprar en un futuro. Bueno, voy a llamar a la empresa de reparto a ver si pueden venir a llevárselo. No creo que anden muy lejos.

—Un momento. —Me destapo y salgo de la cama—. ¿Dónde está?

—En el vestíbulo. Pero, aunque te encante, no te lo puedes quedar —bromea—. Está claro que es de otra persona.

Bajo corriendo con una desagradable sensación en la boca del estómago. Junto a la puerta, con el envoltorio tirado en el suelo a su alrededor, está el cochecito que vi en la tienda de Castle Wells, el que a mí me había parecido más práctico.

Matthew me abraza.

—¿Entiendes ahora por qué estaba tan sorprendido? —Me besuquea el cuello—. No puedo creer que me hayas comprado una cabaña por mi cumpleaños.

—Sé que siempre has querido tener una —digo, distraída.

—Te quiero —me susurra al oído—. Gracias, muchas gracias. Estoy deseando verla, aunque compadezco al que reciba la cabaña y se dé cuenta de que, en realidad, no es para él.

—No lo entiendo —mascullo, mirando el cochecito.

—¿Compraste la cabaña por Internet?

—Sí.

—Entonces es que han confundido dos pedidos. A nosotros nos han traído el cochecito de alguien y ellos tienen nuestra cabaña. Voy a llamar al mensajero y, con un poco de suerte, esta tarde tendré la cabaña.

—Pero yo vi este cochecito en una tienda de Castle Wells el martes. Había otras personas allí, una pareja joven, y me preguntaron qué pensaba de los distintos modelos, así que eché un vistazo y les dije que este me parecía el mejor.

—¿Y lo compraron?

—Supongo que sí.

—Pues eso lo explica todo. Lo han mandado aquí por error.

—Pero ¿cómo sabían en la tienda mi dirección?

—No sé. ¿Qué tipo de tienda es? Si eran unos grandes almacenes y has comprado alguna vez allí, a lo mejor les diste la dirección.

—No eran unos grandes almacenes, era una tienda de ropa de bebé.

—¿Ropa de bebé?

—Sí. Compré un pijamita para nuestro futuro bebé. Te lo iba a regalar, pero, con todo el jaleo de la alarma, se me olvidó. Aún debe de estar en el coche. Quería decirte que ya podíamos empezar a pensar en tener un hijo. En ese momento, me pareció una buena idea, pero imagino que a ti te parecerá una tontería ahora mismo.

Me estrecha entre sus brazos.

—No, no me lo parece. Es una idea preciosa, y todavía me lo puedes regalar.

—Ahora ya no tiene gracia —digo con tristeza—. Todo ha salido mal.

—No es verdad —insiste—. Escucha, cuando compraste la ropita de bebé, ¿seguro que no les diste nuestra dirección?

—Rellené el impreso de la tarjeta de fidelización —digo, acordándome de pronto—. Me pedían el nombre y la dirección.

—Pues ahí lo tienes, ¡problema resuelto! ¿Qué tienda era?

—La Boutique del Bebé. Debe de haber una factura o algo. —Miro dentro—. Aquí está.

Saca el teléfono.

—Dame el número, que los llamo. Y, mientras yo hago eso, tú puedes ir preparando el desayuno.

Le canto el número, entro en la cocina y hago café. Cuando enciendo la cafetera, lo oigo decir que hemos recibido un cochecito por error y, al oírlo decir en broma que, si es para la pareja joven que coincidió con su esposa en la tienda el martes, deberían darme una comisión por animarlos a comprarlo, no puedo evitar sentirme complacida de que siguieran mi consejo.

—A ver si lo adivino… Te han dicho que nos lo quedemos de todas formas, para nuestro futuro bebé —digo sonriente cuando lo veo entrar en la cocina.

—Entonces, es cierto. —Menea la cabeza asombrado—. Al principio, no me lo creía, pensaba que se estaban confundiendo. —Se acerca y me abraza—. ¿De verdad estás embarazada, Cass? Me parece maravilloso, pero no entiendo cómo ha podido ocurrir. —Me mira con incertidumbre—. Salvo que los médicos se equivocaran. Me dijeron que yo no podía tener hijos, pero igual fue un error, igual sí puedo, igual no tengo ningún problema después de todo.

La cara que pone hace que me desprecie más de lo que me he despreciado jamás.

—No estoy embarazada —digo en voz baja.

—¿Qué?

—Que no estoy embarazada.

—Pero la mujer con la que he hablado me ha dado la enhorabuena. Se acordaba de ti, y de que compraste el cochecito para nuestro bebé.

Me cuesta digerir su desilusión.

—Me debe de estar confundiendo con otra persona. Ya te lo he dicho, había una parejita joven allí…

—Dice que le dijiste que estabas embarazada. —Se aparta de mí—. ¿Qué estás haciendo, Cass?

Me siento a la mesa.

—Yo le dije que el pijama era para mí, no para regalar, porque era así, y ella dio por sentado que estaba embarazada —digo sin ganas—. Y yo le seguí la corriente porque, en esos momentos, me pareció lo más fácil.

—¿Y el cochecito?

—No sé.

No puede disimular su frustración.

—¿Cómo que no sabes?

—¡No me acuerdo!

—¿Te convenció para que lo compraras?

—No sé —repito.

Se sienta enfrente de mí y me coge las manos.

—A ver, cariño, ¿te ayudaría hablar con alguien?

—¿A qué te refieres?

—Últimamente estás rara y es que parece que ese asesinato te ha afectado más de lo que debería. Y luego está lo de las llamadas telefónicas.

—¿Qué pasa con ellas?

—Les estás dando más importancia de la que tienen. Me cuesta juzgarlas, no habiendo atendido ninguna, pero...

—¡No es culpa mía que deje de llamar en cuanto tú estás en casa! —espeto, porque me fastidia, paradójicamente, que no haya llamado ni una sola vez en las dos últimas mañanas. Me mira sorprendido—. Lo siento —digo, y suspiro—. Es que me frustra que, en cuanto tú estás conmigo, ese tío ya no llame.

Las palabras «ese tío» quedan flotando en el aire.

—Bueno, no pierdes nada yendo a ver al doctor Deakin, solo para que te eche un vistazo.

—¿Por qué? —digo, de nuevo a la defensiva—. Estoy cansada, eso es todo. Rachel piensa que estoy agotada porque han pasado muchas cosas desde que murió mamá.

Frunce el ceño.

—¿Desde cuándo es experta en esto?

—Pues yo creo que tiene razón.

—A lo mejor. Pero no te vendría mal que te viera un médico.

—Estoy bien, Matthew, de verdad. Solo necesito descansar.

Veo la duda en sus ojos.

—¿Me dejas pedirte una cita, por favor? Si no lo haces por ti, hazlo por mí. No puedo seguir así, en serio.

Me recompongo.

—¿Y si descubren que tengo algo? —digo, porque quiero prepararlo.

—¿Como qué?

—No sé. —Me cuesta hasta pronunciar la palabra—. Demencia o algo así.

—¿Demencia? Eres demasiado joven para tener demencia; lo más seguro es que sea estrés, como dices tú. —Me sacude un poco las manos—. Solo quiero que te atiendan como es debido. ¿Me dejas que te pida una cita?

—Si eso te hace feliz...

—Confío en que te haga feliz a ti. Porque me parece que no eres muy feliz ahora mismo, ¿no?

Se me llenan los ojos de lágrimas, de esas que ahora siempre tengo a flor de piel.

—No —contesto—, la verdad es que no.

Sábado 8 de agosto

Matthew me ha conseguido una cita de última hora con el doctor Deakin para esta mañana y estoy nerviosa. Pedimos ese médico cuando nos mudamos, pero yo aún no he ido a su consulta porque no me ha hecho falta. Pensaba que Matthew tampoco, por eso, cuando nos hace pasar, me sorprende descubrir que, al parecer, ya se conocen y, aún más, que el doctor está al corriente de mis lapsus de memoria.

—No sabía que mi marido hubiera hablado con usted —digo, abochornada.

—Lo tenía preocupado —se justifica—. ¿Podría decirme cuándo empezó a notar que le cuesta recordar algunas cosas?

Matthew me aprieta la mano para tranquilizarme y yo resisto la tentación de zafarme de él. Procuro no sentirme traicionada, pero el que hayan hablado de mí en mi ausencia me hace sentir en desventaja.

—No estoy segura —contesto. Hay cosas que he conseguido ocultarle a Matthew y que no me apetece reconocer—. Hace unas semanas, supongo. Matthew vino a rescatarme al súper porque me había dejado el monedero en casa.

—Pero, antes de eso, te fuiste a Castle Wells sin el bolso... ¿Y esa vez que te dejaste la mitad de la compra en el súper...? —me dice en voz baja.

—Ah, sí, me había olvidado de esas —digo, sin darme cuenta de que estoy admitiendo otros dos lapsus de memoria.

—Eso le puede pasar a cualquiera —me dice el doctor para tranquilizarme, y me alegra que sea un médico de cierta edad que sabe de la vida y no un chaval recién salido de la facultad de Medicina que se guía por un libro de texto—. No me parece preocupante. Aun así, quisiera saber si tiene antecedentes familiares —continúa, y fulmina así mi esperanza de ver concluida la consulta—. Sé que sus padres ya no viven, pero ¿de qué murieron?

—Mi padre murió en un accidente de tráfico. Lo atropellaron cuando cruzaba la calle en la que vivíamos. Y mi madre murió de neumonía.

—¿Alguno de los dos tuvo síntomas de otras enfermedades antes de morir?

—Mi madre tuvo demencia.

Matthew, a mi lado, da un respingo de sorpresa, pequeño, pero yo lo noto igual.

—¿Cuándo se la diagnosticaron?

Me he puesto tan colorada que estoy segura de que el doctor se ha dado cuenta. Agacho la cabeza, me tapo la cara con el pelo.

—En 2002.

—¿Y entonces cuántos años tenía?

—Cuarenta y cuatro —contesto en voz baja. No puedo mirar a Matthew.

A partir de ese momento, la cosa va de mal en peor. La cara me arde aún más cuando reparo en que, pese a mi empeño por disimular, no he conseguido engañar a Matthew en ningún momento y siempre ha estado más al tanto de lo que sucedía de lo que yo pensaba. Conforme va aumentando el número de incidentes que el doctor anota en su lista, se incrementa mi urgencia por marcharme antes de que el daño sea irreparable.

Pero Matthew y él aún no han terminado. Todavía hay que hablar del asesinato y, aunque ambos coinciden en que es lógico que me haya afectado porque conocía a Jane, y que es normal que me preocupe, dado que ha sucedido tan cerca de donde vivimos, cuando Matthew le cuenta que creo que el asesino me está llamando, espero que, en cualquier momento, el doctor pida la colaboración de sus auxiliares.

—Hábleme de esas llamadas.

Me lanza una mirada de ánimo, así que no me queda otro remedio que contárselo, pese a que sé que me va a diagnosticar una paranoia, sobre todo porque no tengo motivo para pensar que es el asesino quien me llama.

Cuando salimos de la consulta, una hora después, estoy tan hecha polvo que me niego a aceptar la mano de Matthew mientras nos dirigimos al aparcamiento. En el coche, vuelvo la cabeza y miro fijamente por la ventanilla, procurando que no se me escapen las lágrimas de pena y de humillación. A lo mejor nota que estoy a punto de derrumbarme, porque no dice nada y, cuando para delante de la farmacia para comprar los medicamentos que me ha prescrito el doctor Deakin, yo me quedo en el coche y dejo que se encargue él. Hacemos el resto del trayecto a casa en silencio y, al llegar, bajo del coche incluso antes de que le dé tiempo a apagar el motor.

—Cariño, no te pongas así —me suplica, siguiéndome a la cocina.

—¿Qué esperas que haga? —Me vuelvo furiosa hacia él—. No me puedo creer que le hayas hablado de mí a mis espaldas. ¿Dónde está tu sentido de la lealtad?

Se estremece.

—Donde ha estado siempre, donde estará siempre, a tu lado.

—Entonces, ¿por qué has tenido que mencionar hasta el último de mis olvidos?

—El doctor nos ha pedido ejemplos de lo que estaba pasando y no le iba a mentir. Me tenías preocupado, Cass.

—¿Y por qué no me lo has dicho a mí en lugar de excusarme y fingir que no pasaba nada? ¿Y por qué le has tenido que contar que le dije a la dependienta de la tienda de bebés que estaba embarazada? ¿Qué tiene eso que ver con los problemas de memoria que he estado teniendo? Nada, nada en absoluto. ¡Me has hecho quedar como fantasiosa además de lo otro! Ya te lo expliqué, te dije que la dependienta me malentendió cuando le comenté que el pijama era para mí y que, cuando me di cuenta de que pensaba que estaba embarazada, ya era mucho más fácil seguirle la corriente. No acabo de entender qué te ha hecho contárselo al doctor Deakin.

Se sienta a la mesa de la cocina y se agarra la cabeza con las manos.

—Compraste un cochecito, Cass.

—¡Yo no compré ningún cochecito!

—Tampoco contrataste la alarma.

Agarro furiosa el hervidor para llenarlo y le doy un golpe con el grifo sin querer.

—¿No fuiste tú quien me dijo que seguramente me engañaron para que la contratara?

—Mira, lo único que quiero es que tengas la ayuda que necesitas. —Hace una pausa—. No sabía que a tu madre le habían diagnosticado demencia a los cuarenta y cuatro años.

—La demencia no es hereditaria —digo, muy seca—. Lo ha dicho el doctor.

—Lo sé, pero sería una tontería seguir fingiendo que no tienes un problema de algún tipo.

—¿El qué, que tengo amnesia, delirios o paranoia?

—No.

—Pues no me pienso tomar lo que sea que me ha recetado.

Levanta la cabeza y me mira.

—Solo son unas pastillas para el estrés, pero no te las tomes si puedes prescindir de ellas. A lo mejor me las tomo yo —añade con una risa hueca.

Su tono de voz me hace parar en seco y, al verlo tan tenso, me siento fatal por no ponerme nunca en su lugar, por no pensar nunca en lo que debe ser para él ver cómo me desmorono. Me acerco, me acuclillo junto a su silla y me abrazo a él.

—Lo siento.

Él me besa la coronilla.

—No es culpa tuya.

—No sé cómo he podido ser tan egoísta, cómo no he pensado nunca en lo que tienes que aguantar tú.

—Sea lo que sea, lo superaremos juntos. A lo mejor solo necesitas tomarte las cosas con calma un tiempo. —Se deshace de mis brazos y se mira el reloj—. Vamos a empezar ahora mismo. Mientras esté en casa, no te voy a dejar hacer nada, así que siéntate, que voy a preparar algo de comer.

—Muy bien —digo, agradecida.

Me siento a la mesa y lo veo coger de la nevera los ingredientes para una ensalada. Estoy tan cansada que podría dormirme ahora mismo. Pese a lo humillante que ha sido que se expusiera mi catálogo de errores en mi presencia, en el fondo me alegro de que hayamos ido a ver al doctor Deakin, sobre todo porque piensa que lo único que tengo es estrés.

Echo un vistazo a las cajas de pastillas que me ha prescrito el doctor Deakin, que están al lado del hervidor. Es un paso que no quiero dar, pero me consuela saber que están ahí por si alguna vez tengo la sensación de que no puedo afrontarlo sola, sobre todo ahora que Matthew va a volver al trabajo y Rachel se marcha a Siena. Claro que, con todos los temas que tengo que preparar para las próximas semanas, voy a estar demasiado entretenida para preocuparme.

Estando ahí sentada, me viene a la memoria el día en que me encontré a mamá en la cocina, mirando el hervidor, y cuando le pregunté qué hacía, me contestó que no se acordaba de cómo se encendía. De pronto, la echo de menos más que nunca. La pena es intensa, casi física, y me deja sin respiración. Deseo con toda mi alma poder cogerle la mano y decirle que la quiero, que me abrace y me diga que todo va a salir bien. Porque a veces no estoy segura de que vaya a ser así.

Domingo 9 de agosto

Nunca he sido muy de bricolaje, pero disfruto ayudando a Matthew a montar su cabaña. Me gusta poder centrarme en algo distinto y tener la sensación, al final del día, de que he logrado algo. Además, es una forma bonita de pasar su cumpleaños.

—Hora del *gin-tonic* —dice, y admiramos nuestra obra maestra—. En la cabaña. Voy a por las copas, tú coge las sillas.

Así que arrastro dos sillas a la cabaña y la estrenamos con otro de los *gin-tonics* especiales de Matthew, que prepara con zumo de lima recién exprimido y unas gotas de *ginger-ale*. Cenamos tranquilamente fuera y, cuando empieza a anochecer, volvemos adentro para ver un documental de viajes, y dejamos los platos para luego. Matthew no tarda en bostezar, por eso le digo que suba a acostarse mientras yo recojo.

Entro en la cocina y me dirijo a la pila de platos que hay junto al lavaplatos. Ya casi estoy ahí cuando, por el rabillo del ojo, lo veo tirado en el suelo, a un lado, al fondo de la estancia, cerca de la puerta que conduce al jardín, y me paro en seco, con un brazo medio extendido delante de mí, sin atreverme a moverme. La sensación de peligro impregna el aire, se instala en mi piel, me pide que corra, que salga de la cocina, de la casa, pero me pesan mucho las extremidades, el caos de mi cabeza no me permite volar. Quiero llamar a Matthew, pero el miedo me deja sin voz y me paraliza el cuerpo. Pasan unos segundos, y la idea de que pueda irrumpir en casa en cualquier momento por la puerta de servicio me reactiva las piernas y salgo al pasillo tambaleándome.

—¡Matthew! —grito, y me derrumbo en las escaleras—. ¡Matthew!

Movido por mi grito de pánico, Matthew sale disparado del dormitorio.

—¡Cass! —grita mientras baja corriendo las escaleras y me da alcance en cuestión de segundos—. ¿Qué pasa? ¿Qué te ocurre? —dice, y me abraza fuerte.

—¡En la cocina! —Me castañetean tanto los dientes que casi no me salen las palabras—. ¡Está en la cocina, tirado en el suelo!

—¿El qué?

—¡El cuchillo! —farfullo—. ¡Está ahí, tirado al lado de la puerta! —Lo agarro del brazo—. ¡Ese hombre está fuera, Matthew! ¡Hay que llamar a la policía!

Deja de abrazarme y me pone las manos en los hombros.

—¡Cálmate, Cass! —me dice sereno, tranquilizador, y yo tomo una bocanada de aire—. A ver, vuelve a empezar: ¿qué pasa?

—¡El cuchillo, que está tirado en el suelo de la cocina!

—¿Qué cuchillo?

—¡El que usó para matar a Jane! ¡Hay que llamar a la policía, puede que aún esté en el jardín!

—¿Quién?

—¡El asesino!

—Lo que dices no tiene sentido, cariño.

—Tú llama a la policía —suplico, estrujándome las manos—. ¡El cuchillo está ahí, en la cocina!

—Muy bien, pero primero déjame que eche un vistazo.

—¡No! ¡Llama a la policía y ya está, ellos sabrán qué hacer!

—Déjame que eche un vistazo primero.

—Pero…

—Voy a llamar, te lo prometo. —Hace una pausa para darme tiempo—. Pero antes tengo que ver el cuchillo porque me van a pedir que se lo describa y querrán saber exactamente dónde está.

Se zafa de mí con delicadeza y me deja atrás.

—¿Y si él está ahí? —pregunto atemorizada.

—Voy a mirar desde la puerta.

—De acuerdo. ¡Pero no entres!

—No voy a entrar. —Se acerca a la puerta de la cocina—. ¿Dónde dices que estaba? —pregunta, estirando el cuello desde el umbral.

El corazón me late tan fuerte que duele.

—A un lado, cerca de la puerta de servicio. Debe de haber entrado por el jardín.

—Yo solo veo el cuchillo que he usado antes para cortar las limas —dice sereno.

—¡Está ahí, lo he visto!

—¿Puedes venir a enseñármelo? —Me levanto de las escaleras y, abrazada a él, me asomo temerosa a la cocina. Cerca de la puerta, tirado en el suelo, veo uno de nuestros cuchillos de cocina pequeños, de mango negro—. ¿Eso es lo que has visto, Cass? —me pregunta, escudriñándome—. ¿Ese es el cuchillo que has visto?

Niego con la cabeza.

—No, no era ese, era mucho más grande, como el de la foto.

—Pues parece que ya no está —dice, razonable—. Salvo que esté en otro sitio. ¿Entramos a mirar?

Entro con él a la cocina, sin soltarlo. Hace el paripé de mirar por todas partes, para complacerme, pero sé bien que no cree que haya habido otro cuchillo en ningún momento. Y me echo a llorar de forma deplorable, de la desesperación de pensar que me estoy volviendo loca.

—No pasa nada, cariño —me dice con dulzura, pero no me abraza, se queda como está, como si no le apeteciera consolarme.

—He visto el cuchillo —sollozo—. Sé que lo he visto. Este no es el mismo.

—¿Qué insinúas, que alguien ha entrado en la cocina, ha cambiado el cuchillo que yo he usado antes por otro más grande y luego ha vuelto a cambiarlo?

—Tiene que haberlo hecho.

—Si eso es lo que piensas de verdad, más vale que llames a la policía, porque, desde luego, anda suelto un lunático.

Lo miro entre lágrimas.

—¡Eso es lo que he estado intentando decirte! ¡Se propone asustarme, quiere que me asuste!

Se acerca a la mesa y se sienta, como si meditara lo que acabo de decir. Espero a que diga algo, pero se queda ahí sentado, mirando al infinito, y me doy cuenta de que se ha quedado sin habla, porque no hay palabras que describan cómo lo hace sentir mi insistencia en que un asesino me persigue.

—Si hubiese una razón, aunque fuera insignificante, por la que te hubieras convertido en el blanco del asesino, podría entenderlo —dice en voz baja—. Pero no hay ni una sola puñetera razón, Cass, y no sé si voy a poder aguantar esto mucho más.

La desesperación de su voz me devuelve la cordura. Me cuesta recomponerme, pero el temor a que Matthew me deje es mayor que el miedo a que el asesino me atrape.

—Me habré equivocado —digo, con voz temblona.

—Entonces, ¿ya no quieres llamar a la policía?

Resisto la tentación de decirle que sí, que quiero que la policía venga a registrar el jardín.

—No, no pasa nada.

Se levanta de la silla.

—¿Te puedo dar un consejo, Cass? Tómate las pastillas que te ha recetado el médico. Así a lo mejor conseguimos un poco de tranquilidad los dos.

Se marcha, sin cerrar de un portazo, pero casi. En el silencio que sigue, contemplo el cuchillito tirado inocentemente en el suelo. Ni siquiera por el rabillo del ojo sería posible confundirlo con algo mucho más amenazador. Salvo estando loco, delirante o neurótico. Eso me ayuda a decidirme. Me acerco al hervidor y agarro la caja de pastillas. El doctor Deakin me dijo que empezase con una, tres veces al día, pero que podía subir la dosis a dos si me notaba mucha ansiedad. Mucha ansiedad no alcanza a describir mi estado actual, pero dos es mejor que nada, así que las saco del blíster y me las trago con un vaso de agua.

Lunes 10 de agosto

Una figura se cierne sobre mí y me despierta. Abro la boca para gritar, no sale nada.

—No hace falta que duermas aquí abajo, ¿vale?

Oigo la voz de Matthew desde muy lejos. Me lleva un rato deducir que estoy tumbada en el sofá. Al principio, no tengo claro por qué. Luego recuerdo.

—Me he tomado dos pastillas —masculló, y me incorporo con dificultad—. Luego he venido a sentarme aquí. Me habrán dejado fuera de combate.

—Igual deberías tomarte solo una la próxima vez, porque no estás acostumbrada. He venido a decirte que me voy al trabajo.

—Muy bien. —Me recuesto en los cojines. Noto que aún está enfadado, pero el sueño me puede—. Luego te veo.

Cuando me vuelvo a despertar, pienso que ya ha vuelto, o que no se ha ido, porque lo oigo hablarme, pero es que me está dejando un mensaje en el contestador.

Me levanto, extrañamente desorientada. Debía de estar profundamente dormida para no oír el teléfono. Miro el reloj; son las nueve cincuenta. Me acerco al vestíbulo y acciono el contestador.

«Cass, está claro que aún duermes o estás en la ducha. Te llamo más tarde.»

Como mensaje, resulta bastante insatisfactorio. Me tomo un par de segundos para despejarme y, a continuación, lo llamo.

—Perdona, estaba en la ducha.

—Te llamaba para ver cómo estás.

—Estoy bien.

—¿Te has vuelto a dormir?

—Un rato.

Hace una pausa y oigo un pequeño suspiro.

—Siento lo de anoche.

—Yo también.

—Volveré a casa lo antes posible.

—No hace falta.

—Te llamo cuando vaya a salir.

—Muy bien.

Cuelgo, consciente de que es una de las conversaciones más forzadas que hemos tenido nunca. De pronto me doy cuenta de lo mucho que todo esto ha afectado a nuestra relación y siento haber parecido desconsiderada cuando se ha ofrecido a volver temprano. Desesperada por arreglar las cosas entre nosotros, agarro el teléfono para volver a llamarlo y, al ver que suena de nuevo antes de que me dé tiempo a marcar su número, sé que está tan hecho polvo como yo.

—Estaba a punto de llamarte —digo—. Siento haber parecido desconsiderada. Aún estaba atontada por las pastillas.

No dice nada y, pensando que mi disculpa no le ha impactado, decido esforzarme un poco más. Hasta que me doy cuenta de que no es Matthew quien está al otro lado del teléfono.

Se me seca la boca.

—¿Quién es? —pregunto con brusquedad—. ¿Oiga?

El silencio amenazador confirma el mayor de mis miedos, que no es que haya vuelto, sino que no se había ido. La única razón por la que no ha llamado el jueves y el viernes es que Matthew estaba en casa. Llama hoy porque sabe que estoy sola. Lo que significa que tiene vigilada la casa. Lo que a su vez implica que anda cerca.

El miedo se apodera de mi cuerpo y me eriza el vello de la piel. Si necesitaba una prueba de que el cuchillo que vi anoche era de verdad y no una alucinación, ya la tengo. Suelto el teléfono, corro a la puerta de la calle y echo el cerrojo con dedos temblorosos. Me vuelvo hacia la alarma e intento recordar cómo se aislaban determinadas habitaciones; la cabeza me va a mil, procuro respirar hondo para calmarme e intento decidir dónde estaré más segura. En la cocina, no, porque anoche consiguió colarse por la puerta de servicio; ni en los dormitorios, porque si logra entrar me quedaré atrapada en la planta de arriba. Así que opto por el salón. Una vez activada la alarma, corro al salón y cierro la puerta de golpe. Sigo sin sentirme a salvo porque la puerta no tiene cerradura, así que busco algo con lo que atrancarla. Lo que tengo más cerca es un sillón y, mientras lo coloco delante con dificultad, vuelve a sonar el teléfono.

El pánico me priva del poco aire que me queda en los pulmones. No puedo pensar más que en el cuchillo que vi anoche. ¿Estaba manchado de sangre? No me acuerdo. Exploro la estancia en busca de un arma con la que protegerme y mis ojos se posan en unas tenazas de hierro tiradas en la chimenea. Me acerco corriendo a cogerlas, luego cruzo el salón hasta las ventanas y corro las cortinas, primero la que da al jardín posterior, luego la que da al delantero, aterrada de pensar que pueda estar espiándome, que esté asomándose desde fuera. La súbita oscuridad incrementa mi terror, así que enciendo todas las luces de inmediato. No puedo pensar con claridad. Quiero llamar a Matthew, pero la policía llegará aquí más rápido. Busco el teléfono a mi alrededor y, cuando me doy cuenta de que no tengo ninguno, porque me lo he dejado en el vestíbulo y el móvil, aunque lo llevase encima, no funcionaría aquí abajo, me quedo completamente sin fuelle. No hay nada que pueda hacer. No puedo ir a por el teléfono del vestíbulo, no vaya a ser que ya esté ahí fuera. No me queda otro remedio que esperar a que venga a por mí.

Salto torpemente por encima del sofá y me agazapo detrás, aferrada a las tenazas, temblando entera. Y el teléfono, que había dejado de sonar, suena otra vez, como burlándose de mí. Lloro de miedo, hasta que caigo en la cuenta de que ya no lo oigo. Contengo la respiración, y suena una vez más. Lloro de nuevo, y el timbre cesa y vuelvo a contener la respiración por si esta vez se ha ido de verdad. Pero suena otra vez, fulminando mis esperanzas. Atrapada en su círculo vicioso de miedo, esperanza, miedo, esperanza, pierdo la noción del tiempo. Y entonces, cansado de jugar con mis emociones, por fin deja de llamar.

Al principio, agradezco el silencio, pero después se vuelve tan amenazador como el incesante timbre del teléfono. Podría significar cualquier cosa. A lo mejor no se ha cansado de atormentarme, a lo mejor ha dejado de llamar porque está aquí, dentro.

Oigo un ruido en el vestíbulo: el chasquido de la puerta principal al abrirse y cerrarse. Unos pasos suaves que se acercan. Miro aterrada la puerta del salón y, cuando el pomo empieza a girar, el pánico se apodera de mí, me envuelve como una manta, me impregna de su amenaza, asfixiándome. Sollozando abiertamente ya, me levanto de un salto y corro a la ventana, desesperada por apartar las cortinas y los tiestos de orquídeas que hay en el alféizar. Mientras la abro de golpe, veo que la puerta empuja el sillón, y estoy a punto de saltar al jardín cuando una sirena perfora el aire y, por encima de su frenético clamor, oigo que Matthew me llama desde el pasillo.

Me cuesta describir cómo me siento cuando por fin aparto el sillón y me cuelgo de su cuello, farfullando, histérica, que el asesino está fuera.

—Espera… ¡déjame desconectar la alarma!

Intenta zafarse de mí, pero, antes de que lo consiga, el teléfono vuelve a sonar.

—¡Es él! —grito—. ¡Es él! ¡Lleva llamándome toda la mañana!

—¡Déjame desconectar la alarma! —me vuelve a decir.

Se desembaraza de mí, se acerca al panel de control y silencia la alarma bruscamente. Solo se oye el timbre del teléfono.

Matthew lo coge.

—¿Diga? Sí, soy el señor Anderson. —Lo miro espantada, preguntándome por qué le dice su nombre al asesino—. Lo siento, agente, me temo que ha sido otra falsa alarma. He venido a casa para ver si mi mujer estaba bien, porque no me cogía el teléfono, y no sabía que había activado la alarma, así que ha saltado cuando he entrado. Lamento haberlos molestado. No, de verdad, todo bien.

Por fin entiendo lo que ha pasado, muy a mi pesar. Me inunda la vergüenza y me siento abochornada. Me dejo caer en las escaleras, dolorosamente consciente de que, sin saber cómo, una vez más, me he equivocado. Procuro recomponerme, por el bien de Matthew además de por el mío, pero no puedo dejar de temblar. Parece que mis manos tienen vida propia y, para que no las vea, cruzo los brazos y las escondo.

Matthew termina de convencer a la policía de que no hace falta que vengan y hace otra llamada, de nuevo asegurando a la persona con la que habla que todo está en orden y que no hay motivo para preocuparse.

—¿Con quién hablabas? —le pregunto sin ganas.

—Con la oficina. —Me da la espalda, como si no fuera capaz de mirarme a la cara. No me extraña. Yo, en su lugar, saldría directamente por la puerta y no volvería jamás—. Valerie me ha pedido que llamara para confirmar que estabas bien.

—Ahora se vuelve, y ojalá no lo hubiera hecho, porque me mira con perplejidad—. ¿Qué está pasando, Cass? ¿Por qué no me cogías el teléfono? Estaba preocupadísimo por ti. He estado casi una hora llamándote cada poco. Hasta te he llamado al móvil, por si estabas arriba. Pensaba que te había pasado algo.

—¿Qué, que me habían asesinado? —digo con una carcajada seca.

Se queda pasmado.

—¿Eso era lo que querías que pensara?

Me arrepiento enseguida de lo que he dicho.

—No, claro que no.

—Entonces, ¿por qué no me cogías el teléfono?

—No sabía que eras tú el que llamaba.

—¡Cómo que no, si sale mi número en la pantalla! —Se pasa la mano por el pelo, tratando de comprender—. Pretendías darme una lección de algún tipo, ¿es eso? Porque, como sea así, no sé si voy a poder perdonártelo. ¿Tienes idea de lo mal que lo he pasado?

—¿Y yo qué? —le grito—. ¿Y lo mal que lo he pasado yo? ¿Por qué has seguido llamando? Sabes lo de las llamadas que me han estado haciendo.

—¡He seguido llamando porque, cuando has colgado sin despedirte, he sabido que te habías enfadado y quería asegurarme de que estabas bien! ¿Y tú cómo has dado por supuesto que era una de esas llamadas sin comprobar el número? ¡Nada de lo que dices tiene sentido, nada!

—¡No he mirado quién llamaba porque he recibido otra de esas llamadas anónimas justo después de la tuya! Y me ha dado miedo cogerlo por si era él otra vez.

—¿Tanto que te has hecho fuerte en el salón?

—Bueno, al menos ahora sabes lo mucho que me aterran esas llamadas.

Menea la cabeza, hastiado.

—Todo esto tiene que acabarse, Cass.

—¿Qué crees, que yo no quiero? —Se dirige a la puerta—. ¿Adónde vas?

—Vuelvo al trabajo.

Lo miro consternada.

—¿No te puedes quedar?

—No. Cuando he visto que no podía contactar contigo, he pospuesto una reunión.

—¿Y puedes volver en cuanto termine?

—No, me temo que no. Hay demasiadas personas de vacaciones.

—¡Pero antes me has dicho que intentarías volver a casa pronto!

Suspira.

—Me acabo de tomar una hora libre para venir a ver si estabas bien, así que volveré a casa a la hora de siempre —dice con paciencia. Se saca la llave del coche del bolsillo—. Tengo que irme.

Se va, cierra con fuerza la puerta al salir, y yo me pregunto cuánto más aguantará antes de estallar del todo. Me odio, odio en lo que me he convertido.

Desesperada por tomarme un té, entro en la cocina y enciendo el hervidor. De no haber sido por el cuchillo que vi tirado en el suelo anoche, habría llevado mejor esta mañana. La llamada me habría fastidiado igual, pero no me habría traumatizado tanto como para no permitirme mirar quién llamaba después. Si lo hubiera hecho, habría visto que era Matthew, habría contestado y todo habría ido bien. Ahora me parece absurdo haberme aterrado hasta el punto de hacerme fuerte en el salón. «Te estás volviendo loca —me dice, cantarina, la voz de mi conciencia—. Te estás volviendo loca.»

Me llevo el té al salón. La ventana por la que he intentado salir sigue abierta y, cuando voy a cerrarla, caigo en la cuenta de que puede que haya sido yo quien ha hecho saltar la alarma, no Matthew. Cuando pienso que a lo mejor hemos sido los dos, yo con la ventana y él con la puerta de la calle, me empiezo a reír a carcajadas, y me siento tan bien que ni siquiera me molesto en controlarlo. De camino a la otra ventana, la que da a la fachada principal de la casa, aún me estoy riendo, con una risa que, lo sé, raya en la histeria. Descorro las cortinas y la carcajada se me muere en la garganta, porque plantado en la carretera está ese hombre, el tipo al que vi antes, pasando por delante de la casa, el que podría ser nuestro nuevo vecino, el que podría ser quien me llama y no dice nada, el que podría haber asesinado a Jane. Nos miramos fijamente un momento, luego se aleja, no hacia las casas del final de la calle, sino en la dirección opuesta, hacia el bosque.

Pierdo la poca energía que me quedaba en el cuerpo y entro en la cocina, no para coger el ordenador, sino para tomarme las pastillas. Me ayudan a soportar más o menos el resto del día. Lo paso acurrucada en el sofá, y me despierto apenas una hora antes de que Matthew vuelva a casa. Cuando lo hace, cenamos más en silencio que nunca.

Miércoles 12 de agosto

Me despierta el repiqueteo de una lluvia incesante. Me pesan las piernas, como si caminara por el agua. Me obligo a abrir los ojos, preguntándome por qué todo me cuesta tanto, y recuerdo las pastillas que me he tomado de madrugada, como el niño que se da un festín a escondidas en plena noche. Es increíble lo rápido que se han convertido en mi puntal. Ya me tomé dos ayer: me las tragué deprisa con el té en cuanto Matthew se fue al trabajo, porque sabía que no podía permitirme otro numerito como el del día anterior, cuando me hice fuerte en el salón. Me vinieron bien porque, cuando entró la llamada silenciosa, no me dio un ataque de pánico, sino que contesté, escuché y colgué. En resumidas cuentas, hice lo que esperaba de mí. Eso no le impidió volver a llamar, pero, para entonces, yo ya estaba demasiado grogui para llegar al teléfono, y después dormía tan profundamente que, de todas formas, no lo habría oído sonar. Cuando por fin me desperté, justo antes de que Matthew llegara del trabajo, me sorprendió lo fácil que había sido, una vez más, pasarme el día durmiendo, y me juré que no volvería a tomarme otra pastilla.

Sin embargo, anoche, en las noticias, informaron de los avances en la investigación del asesinato de Jane. La policía ahora cree que ella recogió a su asesino antes de llegar al área de descanso, con lo que ya debía de estar en el coche cuando yo pasé por delante.

—Entonces es cierto que tenía un amante —dijo Matthew.

—¿Por qué dices eso? —inquirí, procurando disimular la agitación que sentía—. A lo mejor solo estaba acercando a alguien a su casa.

—No, salvo que estuviera loca. No me cabe en la cabeza que ninguna mujer joven sea tan tonta de recoger a un completo desconocido. ¿Tú lo harías?

—No, yo no, pero llovía a mares y puede que él le hiciera una seña.

—Puede, pero yo creo que, en cuanto ahonden un poco más en los antecedentes de esa mujer, descubrirán que su primera hipótesis era acertada y que tenía un amante. Así que dudo que el que la mató vaya a ir a por nadie más. Como ya he dicho antes, era algo personal.

Aunque yo seguía sin creer que Jane tuviera un amante, las palabras de Matthew me calmaron.

—Espero que tengas razón —le dije.

—Sé que la tengo. Deja de preocuparte, Cass. El responsable, sea quien sea, estará entre rejas antes de que te des cuenta.

Luego salió en televisión el marido de Jane, acosado por un periodista que le preguntaba si podía confirmar que su mujer tenía un amante. Él se negó a responder, muy sereno y muy digno, igual que en el entierro de su mujer, y el horrible resentimiento que me sobreviene siempre que pienso en Jane se multiplicó por cien. Me oprimía, aplastándome con su intensidad. Nos fuimos a la cama, pero solo pensar que, cuando pasé por delante del coche de Jane esa noche, el asesino me estaba mirando por la ventanilla me impidió conciliar el sueño. Estaba tan nerviosa que tuve que bajar a la cocina a las tres de la madrugada y tomarme otro par de pastillas para poder pasar el resto de la noche. Por eso hoy estoy tan floja.

Miro a Matthew, tumbado a mi lado, dormido, con el gesto relajado. Mis ojos se posan en el reloj: son las ocho y cuarto, lo que significa que hoy es sábado, porque si no él ya estaría levantado. Alargo la mano y paseo un dedo por su mejilla, y pienso en lo mucho que lo quiero. Me fastidia que haya descubierto un lado de mí que ni siquiera yo sabía que existía, me fastidia que se esté preguntando dónde demonios se ha metido casándose conmigo. ¿Se habría casado conmigo igual si hubiera sido sincera con él y le hubiera confesado que a mamá le diagnosticaron demencia a los cuarenta y cuatro años? Es una pregunta que me atormenta. Y una pregunta cuya respuesta no quiero saber.

La necesidad de demostrarle lo mucho que lo quiero me ayuda a centrarme. Con la idea de llevarle el desayuno a la cama, me destapo, saco las piernas por el borde de la cama y me siento un momento, porque me parece demasiado esfuerzo ponerme de pie. Reparo en la ropa de trabajo de Matthew, perfectamente colocada en la silla —una camisa limpia, una corbata distinta a la de ayer— y caigo en la cuenta de que no es sábado, sino miércoles, y de que debe de ser la primera vez que Matthew no ha oído el despertador desde que lo conozco.

Consciente de que lo va a horrorizar, me dispongo a zarandearlo para que se despierte, pero no lo hago, me detengo a medio camino. Si lo dejo dormir, a lo mejor está en casa cuando ese hombre me llame, y entonces podrá oírlo él mismo.

Con el corazón alborotado porque aquí estoy, a punto de engañarlo otra vez, vuelvo a tumbarme y me tapo con cuidado. Me giro hacia el reloj, sin atreverme a respirar por si lo despierto, y observo cómo las manillas avanzan muy lentamente hacia las ocho y media, luego las nueve menos cuarto. Me siento fatal por hacerlo llegar tarde al trabajo, pero me digo que, si se hubiera tomado las llamadas en serio, yo no habría tenido que recurrir a esto. Claro que ¿cómo voy a culparlo de no tomárselas en serio si no le he contado que vi a Jane en su coche esa noche? De haberlo hecho, él habría comprendido por qué creo que es el asesino quien me llama.

Se despierta él solo cuando están a punto de dar las nueve y se levanta bruscamente con un grito de espanto.

—¡Cass! Cass, ¿has visto qué hora es? ¡Son casi las nueve!

Finjo muy bien que me ha despertado de un sueño profundo.

—¿Qué? No, no puede ser.

—¡Que sí! ¡Mira!

Frotándome los ojos, me incorporo.

—¿Qué le ha pasado a tu despertador? ¿Se te olvidó ponerlo?

—No, creo que no lo he oído. ¿Lo has oído tú?

—No, si no, te habría despertado.

La mentira se me escapa de los labios y suena tan falsa que estoy segura de que se va a dar cuenta de que lo he sabido todo el rato. Pero está distraído, mirando del reloj a su ropa y de su ropa al reloj, con la mano en el pelo, intentando comprender cómo ha podido pasar.

—Por mucha prisa que me dé, no llego a la oficina antes de las diez —gruñe.

—¿Tanto importa? Nunca llegas tarde y muchas veces te quedas más horas de las que deberías —señalo.

—No, supongo que no —admite.

—Entonces, ¿por qué no te das una ducha mientras preparo el desayuno?

—De acuerdo. —Coge el teléfono—. Más vale que se lo diga a Valerie.

Llama a Valerie para decirle que no llegará hasta las diez, y yo lo dejo que se afeite y se duche y bajo a la cocina, tan tensa como siempre, aunque Matthew esté en casa. Jamás pensé que querría que ese tipo me hiciera una de sus llamadas silenciosas, pero me pongo enferma solo de pensar que quizá no la haga. Porque, si no la hace, es que sabe que Matthew está en casa.

—¿No tienes hambre? —me pregunta Matthew mientras desayuna, mirando mi plato vacío.

—Ahora mismo, no. Si suena el teléfono —prosigo titubeante—, ¿lo coges tú? Si es una de esas llamadas, me gustaría que lo oyeras tú mismo.

—Mientras llame en los próximos diez minutos.

—¿Y si no?

Frunce el ceño, luego intenta parecer compasivo, pero se le ve el plumero.

—No me puedo quedar aquí todo el día, cariño.

Menos de diez minutos después, veo atendidas mis plegarias. Empieza a sonar el teléfono y vamos juntos al vestíbulo. Coge el aparato y comprueba el número. Oculto.

—No digas nada —le pido en voz muy baja—. Solo escucha.

—Vale.

Contesta la llamada y, tras escuchar unos segundos, alarga el brazo y activa el manos libres para que pueda oír el silencio por mí misma. Noto que está deseando decir algo, preguntar quién es, así que me llevo el dedo a los labios y le hago una seña para que cuelgue.

—¿Y ya está? —pregunta, sin inmutarse.

—Sí. Aunque no ha sido lo mismo.

Lo digo sin darme cuenta.

—¿Cómo que no ha sido lo mismo?

—No sé, que había algo distinto.

—¿En qué sentido?

Me encojo de hombros, ruborizada.

—Por lo general, noto una presencia al otro lado. Hoy no. El silencio era... distinto.

—El silencio es silencio, Cass. —Se mira el reloj—. Me voy a tener que marchar. —Me quedo ahí plantada, muda, y él me da un apretón en el hombro—. A lo mejor te ha sonado distinto porque estaba en manos libres.

—A lo mejor.

—No te veo muy convencida.

—Es que las llamadas suelen ser más amenazadoras.

—¿Amenazadoras?

—Sí.

—Igual es porque siempre estás sola cuando las recibes. No hay nada siniestro en esas llamadas, cariño, así que deja de pensarlo. No es más que una llamada fallida de un centro de telemárketin, eso es todo.

—Probablemente tengas razón —digo.

—La tengo —me dice con rotundidad, y parece tan convencido que, de pronto, decido creerlo, decido creer que todas esas llamadas son de un centro de telemárketin de la otra punta del planeta. Me quito un gran peso de encima—. ¿Por qué no te relajas un poco en el jardín hoy? —me propone.

—Primero tengo que ir a comprar: no hay nada de comer en casa.

—¿Por qué no haces tu pollo al curri esta noche?

—Buena idea —digo, feliz ante la idea de pasar la tarde cacharreando en la cocina.

Me deja con un beso y yo subo a por mi bolso, porque quiero llegar al mercado ecológico de Browbury antes de que se llene. Justo cuando salgo por la puerta empieza a sonar el teléfono. Me quedo plantada en el escalón, sin saber qué hacer. ¿Y si se ha dado cuenta de que no he sido yo quien contestaba al teléfono y por eso llama otra vez? Me enfurezco conmigo misma. ¿No habíamos quedado en que las llamadas eran de un centro de telemárketin? «Venga —me provoca la voz de mi conciencia—, vuelve a entrar y contesta, y así lo sabrás.» Pero no quiero poner a prueba la recién recuperada seguridad en mí misma.

Conduzco hasta Browbury y paseo un rato por el mercado, comprando verduras y cilantro para el curri e higos para el postre. En el puesto de flores, compro un ramo enorme de azucenas y me dirijo a la vinoteca para elegir una botella para la cena. Luego paso la tarde feliz, cocinando. En cierto momento, por encima del sonido de la radio, me parece oír el teléfono, pero, en lugar de angustiarme, decido subir el volumen de la radio, resuelta a atenerme a lo que he decidido creer.

—¿Celebramos algo? —pregunta Matthew cuando me ve sacar una botella de champán de la nevera.

—Sí.

Sonríe.

—¿Puedo preguntar el qué?

—Que me siento mucho mejor —digo, emocionada porque he conseguido pasar el día entero sin tomarme ni una pastilla.

Me arrebata el champán y me estrecha en sus brazos.

—Esa es la mejor noticia que me han dado en mucho tiempo. —Me besuquea el cuello—. ¿Cuánto mejor dices que te encuentras?

—Lo bastante como para empezar a pensar en tener un bebé.

Me mira encantado.

—¿En serio?

—Sí —respondo, y lo beso.

—¿Qué te parece que nos llevemos el champán a la cama? —masculla.

—Te he preparado tu plato de curri favorito.

—Lo sé, ya lo huelo. Nos lo podemos comer luego.

—Te quiero —le digo, suspirando.

—Yo te quiero más —me dice él, y me coge en brazos.

Y me siento más feliz de lo que me he sentido en mucho tiempo.

Jueves 13 de agosto

Al día siguiente duermo hasta tarde, así que Matthew ya se ha ido cuando me despierto. Siento un escalofrío de placer al recordar la noche que hemos pasado juntos. Salgo de la cama, me meto en el baño y me ducho, con tranquilidad. Vuelve a calentar mucho el sol, así que me pongo unos pantalones cortos y una camiseta, me calzo unas alpargatas y bajo a la planta inferior, cargada con mi portátil. Hoy voy a trabajar un rato.

Desayuno, voy a por los papeles que necesito de la bolsa del instituto y enciendo el portátil. Pero me cuesta concentrarme porque, para fastidio mío, estoy medio pendiente del teléfono. También me distrae el tictac del reloj, que parece sonar más fuerte con cada segundo que pasa y atrae mi mirada hacia las manillas mientras estas avanzan lentamente hacia las nueve, luego las nueve y media. Llegan y pasan sin incidencias, y estoy a punto de creer que todo ha terminado de verdad cuando el teléfono empieza a sonar.

Miro fijamente al pasillo desde la cocina, con el corazón alborotado. Hoy he empezado una etapa nueva, me recuerdo con firmeza, soy una mujer nueva, una que ya no tiene miedo al timbre del teléfono. Retiro la silla de la mesa y me dirijo decidida al vestíbulo, pero, antes de que pueda contestar, salta el contestador y la voz de Rachel inunda la estancia.

«Hola, Cass, soy yo. Te llamo desde la soleada Siena. Ya he probado con el móvil, así que te vuelvo a llamar luego. Tengo que hablarte de Alfie. ¡Madre mía, qué aburrido es!»

Río aliviada y subo a llamarla desde el móvil. Estoy a medio camino cuando empieza a sonar el fijo otra vez y, pensando que es ella, bajo corriendo y lo cojo. Pero, en cuanto me llevo el aparato al oído, lo sé, sé que no es ella, igual que supe que quien llamaba ayer cuando salía de casa era él, pese a que decidí creer que no. Y me da tanta rabia que me haya arrebatado así la esperanza que corto la llamada, colgando con saña. Me vuelve a llamar de inmediato, como suponía, así que lo cojo y cuelgo, igual que antes. Al cabo de un minuto o así, como si no pudiera creer lo que estoy haciendo, vuelve a llamar. Y lo cojo y cuelgo otra vez, y vuelve a llamar, y lo cojo y cuelgo otra vez, y vuelve a llamar, y así nos pasamos un rato porque, no sé bien por qué, me divierte nuestro jueguecito. Pero entonces me doy cuenta de que tengo todas las de perder porque no me va a dejar en paz hasta que le dé lo que quiere, así que me quedo al teléfono, escuchando su amenaza silenciosa al otro lado de la línea. Y luego llamo a Matthew.

Me salta el contestador, así que llamo a centralita y pido que me pongan con su asistente personal.

—Hola, Valerie, soy Cass, la mujer de Matthew.

—Hola, Cass, ¿cómo estás?

—Bien, gracias. Estoy intentando hablar con Matthew, pero me salta el contestador.

—Eso es porque está en una reunión.

—¿Lleva ahí mucho tiempo?

—Desde las nueve.

—Supongo que, cuando está en una de esas reuniones, no sale hasta que termina, ¿no?

—Bueno, solo a por café o cosas así. Pero, si es urgente, puedo ir a buscarlo.

—No, no pasa nada, tranquila. Ya lo llamo luego.

Bueno, al menos he tenido un día de respiro, me digo sin entusiasmo mientras saco del blíster un par de pastillas y me las trago con agua. Al menos he conseguido creer por un día que Matthew tenía razón cuando decía que las llamadas eran de un centro de telemárketin. Y ahora que ya no puedo engañarme a mí misma, al menos tengo las pastillas para poder pasar el día.

Mientras espero a que me hagan efecto, me derrumbo en el sofá del salón, con el mando a distancia en la mano. Nunca he visto la televisión por la mañana y, mientras voy cambiando de canal, me topo con una teletienda. Lo veo un rato, maravillada con la de cacharritos distintos que jamás he pensado que pudiera necesitar y, cuando veo unos pendientes largos de plata, que sé que a Rachel le encantarían, busco enseguida un bolígrafo y anoto los detalles para poder pedirlos más tarde.

Pasa una hora o así y vuelve a sonar el teléfono, pero, como las pastillas han empezado a hacerme efecto, solo siento aprensión, no miedo. Es Matthew.

—Buenos días, mi vida, ¿has dormido bien? —me pregunta cariñoso, fruto del sexo que tuvimos anoche.

—Sí —digo, y hago una pausa, porque no quiero estropear la intimidad del momento mencionando que ha vuelto a llamar.

—Valerie me ha dicho que habías llamado —comenta.

—Sí. Me ha vuelto a llamar esta mañana.

—¿Y?

No puede disimular su decepción, y me detesto por no haber sido capaz de encontrar algo más tierno que decirle antes de sumirlo de nuevo en la pesadilla.

—Que he pensado que debías saberlo, nada más.

—¿Y qué quieres que haga yo?

—No sé. Igual habría que contárselo a la policía.

—Podríamos, pero dudo que se tomaran muy en serio unas cuantas llamadas anónimas, menos aún cuando están ocupados buscando al asesino.

—Quizá sí si les digo que creo que es el asesino quien me llama.

Se me escapa sin darme cuenta y, aunque no lo oigo, me imagino a Matthew conteniendo un suspiro de hastío.

—Mira, estás cansada, agotada, es fácil sacar conclusiones precipitadas cuando uno se siente un poco frágil, pero no es lógico suponer que es el asesino quien te llama. Procura recordar eso.

—Lo haré —digo, obediente.

—Te veo luego.

—Muy bien.

Cuelgo, y me fastidia haber estropeado la sensación de alivio que debió de tener anoche cuando le dije que me encontraba mucho mejor. Ignoro mi portátil y vuelvo al salón a ver la teletienda hasta que me quedo traspuesta.

Me despierta el teléfono. Fuera ya casi ha atardecido y, mientras me despejo, contengo instintivamente la respiración. Salta el contestador y mis pulmones se derrumban de alivio. Pienso que será Rachel, que me vuelve a llamar, pero me temo que es Mary, la directora, que dice algo del próximo claustro. Como no quiero angustiarme más de lo que ya estoy, ignoro el sonido de su voz, pero, en cuanto termina la llamada, sintiéndome como una escolar que no ha hecho los deberes, voy a por el portátil y me lo llevo al despacho para trabajar en el escritorio.

Apenas acabo de empezar cuando un coche pega un acelerón en la carretera y me sobresalta. Lo oigo subir la carretera hacia las otras casas y, mientras el sonido del motor se desvanece, me pregunto cómo es que no lo he oído acercarse. A menos que hubiera estado aparcado a la puerta de casa todo el rato.

Trato de deshacerme de ese pensamiento, pero no puedo. El pánico se apodera de mí y un batiburrillo de preguntas me inunda la cabeza. ¿Habrá llegado el coche antes, mientras yo dormía? ¿Quién lo conducía, el asesino? ¿Me habrá estado espiando cuando estaba traspuesta en el sofá, como al personaje de un teatro de títeres? Sé que parece un disparate, eso me dice la razón, pero el miedo que siento es muy, muy real.

Corro al vestíbulo, cojo de la mesa las llaves del coche y abro la puerta de la calle. El resplandor del sol me pilla por sorpresa y me dirijo aprisa al coche, con la cabeza gacha, protegiéndome los ojos con la mano. Salgo por la cancela, sin saber adónde voy, con la sola intención de alejarme, y me encuentro de pronto en la carretera que conduce a Castle Wells. Al llegar, pruebo en dos de los aparcamientos pequeños, pero están completos, así que aparco en el grande. Camino sin rumbo por las tiendas, compro unas cuantas cosas, me tomo un té tranquilamente en una cafetería, doy otra vuelta por las tiendas, tratando de posponer todo lo posible el momento de volver a casa. A las seis, me dirijo al aparcamiento con la esperanza de que Matthew ya haya llegado, porque la idea de volver a una casa vacía me da pánico.

De pronto, alguien me agarra del brazo por la espalda y, soltando un grito, me vuelvo bruscamente. Entonces veo a Connie, con una sonrisa enorme en los labios. Su presencia hace que todo parezca de nuevo normal y la abrazo aliviada.

—¡No hagas eso! —le digo, procurando controlar mi corazón desbocado—. ¡Tienes suerte de que no me haya dado un infarto!

Ella me devuelve el abrazo, y su perfume floral, que ya conozco bien, me serena.

—Perdona, no quería asustarte. ¿Cómo estás? ¿Disfrutando de las vacaciones?

Me aparto el pelo de la cara y asiento con la cabeza, preguntándome si parezco tan desquiciada como me siento. Todavía me está mirando, esperando una respuesta.

—Sí, sobre todo cuando hace un día tan bueno como hoy —digo, sonriendo—. Es una maravilla, ¿verdad? ¿Tú, qué tal? Te irás ya pronto...

—Sí, el sábado. Lo estoy deseando.

—Espero que no te importase que no fuera a tu casa después de la cena de fin de curso —prosigo, porque me siento mal por haberme rilado en el último momento.

—No, claro que no. Salvo porque, como tú no viniste, John tampoco, y tuvimos que buscarnos nosotros el entretenimiento.

—Lo siento —digo con una mueca de tristeza.

—No pasa nada... Pusimos un karaoke de esos en la tele y procuramos ahogar el estruendo de la tormenta con nuestros cantos. Tengo por ahí un vídeo incriminatorio.

—Me lo vas a tener que enseñar.

—¡Tranquila, ya te lo pasaré! —Saca el móvil y mira la hora—. He quedado con Dan para tomar algo, ¿por qué no te vienes?

—No puedo, gracias, iba para el aparcamiento. ¿Ya lo tenéis todo listo?

—Casi. Solo me falta preparar el claustro... Supongo que te llamó Mary para confirmarte que será el viernes 28, ¿no? Porque yo vuelvo el miércoles... Lo tengo casi listo, ¿cómo vas tú?

—A punto de terminar también —miento.

—Nos vemos el 28, entonces.

—Por supuesto. —Le doy un último abrazo—. ¡Pásatelo bien!

—¡Tú también!

Continúo hacia el aparcamiento, sintiéndome mucho mejor después de haber visto a Connie, pese a haberle mentido sobre lo adelantado que llevo el trabajo. Y ahora voy a tener que escuchar el mensaje que Mary me ha dejado en el contestador, no vaya a ser que me haya encargado algo para el día de la reunión. Me reconcome la angustia porque, ¿cómo me voy a poner a trabajar con todo lo que está pasando? Si al menos el asesino estuviera entre rejas... Pronto lo estará, me digo. Ahora que la policía cree que era alguien a quien Jane conocía, no tardarán en dar con él.

Llego al aparcamiento, cojo el ascensor a la cuarta planta y me dirijo a la fila E, donde he dejado el coche. O donde pensaba que lo había dejado, porque no está ahí. Como una boba, recorro la hilera de arriba abajo y, como no consigo encontrarlo, empiezo a explorar el pasillo de la F. Pero mi coche no está ahí tampoco.

Desconcertada, empiezo a recorrer los otros pasillos, pese a que sé que lo he aparcado en la E. Y estoy segura de haberlo dejado en la cuarta planta porque, sabiendo que no iba a encontrar ningún sitio en las dos primeras, he subido directamente a la tercera, que estaba completa, así que he continuado hasta aquí. Entonces, ¿por qué no lo encuentro? En cuestión de minutos, he recorrido ya la planta entera y subo por las escaleras a la quinta, porque a lo mejor me estoy equivocando. De nuevo, recorro los pasillos de arriba abajo, esquivando a los coches que entran y salen de las plazas de aparcamiento y procurando que no se note que he perdido el mío. Pero mi Mini tampoco está allí.

Vuelvo a la cuarta planta y me quedo quieta un momento, para ver si me recompongo. Solo hay un ascensor, de modo que me acerco a él y deshago el camino que supuestamente he hecho esta mañana, pero en la dirección contraria, hasta que llego adonde debería estar mi coche. No está ahí. Se me llenan los ojos de lágrimas, de frustración. Lo único que puedo hacer es bajar a la cabina de la planta baja e informar de su desaparición.

Me dirijo al ascensor, pero, en el último minuto, cambio de opinión y bajo andando, deteniéndome en cada nivel para asegurarme de que mi coche no está ahí. Ya en la planta baja, me acerco a la cabina, donde hay un hombre de mediana edad sentado delante de un ordenador.

—Perdone, creo que me han robado el coche —digo, procurando no parecer histérica.

El hombre no aparta la vista del ordenador y, suponiendo que no me ha oído, se lo repito, solo que más alto.

—Ya la he oído la primera vez —dice, levantando la cabeza y mirándome a través del cristal.

—Ah, bueno, en ese caso, ¿podría decirme qué debo hacer?

—Sí, volver a mirar.

—Ya he mirado —replico, indignada.

—¿Dónde?

—En la cuarta planta, donde lo he dejado. También he mirado en la segunda, la tercera y la quinta.

—Vamos, que no tiene claro dónde lo ha dejado.

—¡Sí, lo tengo clarísimo!

—Si me dieran una libra por cada persona que viene a contarme que le han robado el coche, sería rico. ¿Tiene el tique?

—Sí —contesto, luego saco el monedero del bolso y lo abro—. Tome —añado, y le paso el resguardo por la ranura de la ventanilla esperando que lo coja.

—Dígame: ¿cómo ha conseguido el que se ha llevado su coche pasar la barrera sin el tique?

—Imagino que habrá fingido que lo había perdido y habrá pagado aquí, a la salida.

—¿Qué matrícula tiene?

—R, V, cero, siete, B, W, W. Es un Mini, negro.

Mira la pantalla del ordenador y niega con la cabeza.

—Ese coche no aparece en el registro de los vehículos que han salido con tique reemitido.

—¿Qué intenta decirme?

—Intento decirle que no le han robado el coche.

—¿Y dónde está?

—Probablemente donde lo ha dejado.

Vuelve a su pantalla y yo me lo quedo mirando, sorprendida de lo mucho que lo odio de repente. Sé que es por lo que podría significar —otra prueba de que mi memoria se está desintegrando—, pero me fastidia el desdén con que me trata y, además, sé dónde he aparcado.

Doy un puñetazo en el cristal y me mira con cara de hastío.

—Si viene conmigo, le demuestro que no está —le digo con firmeza.

Me mira un instante, luego vuelve la cabeza y grita por encima del hombro.

—Patsy, ¿me cubres un momento? —Sale una mujer del despacho del fondo—. A esta señora le han robado el coche —le explica.

—Seguramente —dice ella, mirándome con una risita burlona.

—¡Le aseguro que sí! —espeto.

El hombre sale de la cabina.

—Venga.

Vamos juntos hacia el ascensor y, mientras lo esperamos, me suena el móvil. No quiero contestar por si es Mary, pero sé que parecerá raro que no lo haga, así que lo saco del bolso. Cuando veo que es Matthew, me siento aliviada.

—¡Hola!

—Parece que te alegras de oírme —observa—. ¿Dónde andas? Acabo de llegar a casa.

—Estoy en Castle Wells. He decidido venir a hacer unas compras, pero tengo un problemilla. Creo que me han robado el coche.

—¿Robado? —Sube la voz bruscamente—. ¿Estás segura?

—Eso parece.

—¿Seguro que no se lo ha llevado la grúa? ¿Se te ha olvidado ponerle el tique de la hora, o te has quedado más rato del que debías?

—No —digo, y me alejo del tipo del aparcamiento y de su cara de guasa—. Lo he dejado en el aparcamiento grande.

—¿Seguro que no se lo ha llevado la grúa?

—No, me lo han robado.

—No se te habrá olvidado dónde lo has dejado, ¿no?

—¡No! Y antes de que me lo preguntes, sí, he mirado en todo el aparcamiento.

—¿Has llamado a la policía?

—Aún no. Estoy con un empleado de aquí y vamos a subir a mirar.

—Entonces, ¿no estás segura de que te lo hayan robado?

—¿Te importa que te llame dentro de un momento? —pregunto, iracunda—. Ya viene el ascensor.

—Muy bien.

Se abren las puertas y empieza a salir una marabunta. Subimos y el tipo me mira cuando pulso el botón de la cuarta planta. Por el camino, paramos en la segunda, luego en la tercera. En la cuarta, bajo, y el hombre me sigue de cerca.

—Lo he aparcado por allí —digo, señalando hacia la otra punta de la planta—. En la fila E.

—Lléveme usted —dice.

Me abro paso entre las hileras de coches.

—Debería andar por aquí.

—¿R, V, cero, siete, B, W, W?

—Sí —confirmo.

—Está ahí mismo.

—¿Dónde?

—Allí —dice, señalando.

Sigo su mirada y me encuentro de pronto con mi coche.

—No es posible —mascullo—. No estaba ahí hace un rato, se lo prometo. —Me acerco, deseando, perversamente, que no sea el mío—. No lo entiendo. He mirado en toda la fila, dos veces.

—Pasa con frecuencia —sentencia victorioso.

—No sé qué decir.

—Bueno, no es usted la primera, ni será la última. No se preocupe.

—Pero no estaba aquí, de verdad que no.

—A lo mejor se ha equivocado de planta.

—No —insisto—. He venido derecha aquí y, al ver que no estaba, he subido a la quinta y luego he mirado en la tercera. Hasta he echado un vistazo a la segunda.

—¿Ha subido a la sexta?

—No, porque sabía que no había llegado hasta la última.

—La última es la séptima.

—Da igual. Lo había aparcado en la cuarta.

—Sí, eso es cierto —coincide—. Porque está aquí.

Miro alrededor.

—¿Hay otro ascensor?

—No.

No tengo ganas de discutir.

—Bueno, siento mucho haberle hecho perder el tiempo —digo, deseando marcharme—. Gracias.

—De nada —dice, y se va, despidiéndose con la mano.

Al abrigo de mi coche, apoyo la cabeza en el asiento y cierro los ojos, repasando lo ocurrido, tratando de entender cómo he podido perder el coche si he venido derecha a la cuarta planta. La única conclusión a la que consigo llegar es que no lo estaba buscando en la cuarta, sino en la quinta. ¿Cómo he podido cometer un error tan sumamente tonto? Peor aún es tener que contárselo a Matthew. Ojalá no me hubiera llamado antes, ojalá no le hubiera dicho que me habían robado el coche. Sé que debería decirle que lo he encontrado, pero me cuesta reconocer que me he equivocado.

Arranco el motor y me dirijo despacio a la salida, mentalmente agotada. Al llegar a la barrera, caigo en la cuenta de que, con todo lo ocurrido, se me ha olvidado pagar en la máquina antes de salir de la cuarta planta. Miro por el retrovisor: ya hay una cola de vehículos detrás de mí, esperando impacientes a que pase, así que, presa del pánico, pulso el botón de asistencia.

—¡Se me ha olvidado pagar! —grito con voz temblona. Suena un claxon a mi espalda—. ¿Qué hago?

Cuando me estoy preguntando si el empleado me castigará haciéndome bajar del coche para ir a la máquina más próxima, desatando así la ira de media docena de conductores, se levanta la barrera.

—Gracias —articulo, agradecida, al interfono, y antes de que se arrepienta y me baje la barrera encima, salgo disparada con un chirrido de ruedas.

Cuando dejo el centro, estoy tan angustiada que sé que debería parar y esperar a que se me pase en lugar de seguir conduciendo. Me suena el móvil, la excusa perfecta para parar, pero, suponiendo que es Matthew, continúo. La idea de no volver a casa, de refugiarme en el coche y conducir hasta quedarme sin gasolina, resulta tentadora, pero quiero demasiado a Matthew para que se preocupe más de lo necesario.

Me sigue sonando el móvil a cada rato durante todo el trayecto y, cuando enfilo la pista de tierra que conduce a nuestra casa, Matthew sale corriendo a mi encuentro. Tiene el gesto torcido de preocupación, y a mi agotamiento se suma el remordimiento.

—¿Te encuentras bien? —pregunta, abriéndome la puerta antes de que me dé tiempo siquiera a quitarme el cinturón.

—Estoy perfectamente —contesto, y alargo el brazo al hueco del asiento del copiloto para coger el bolso y no tener que mirarlo a la cara.

—Podrías haberme dicho algo —me reprocha—. Estaba preocupado.

—Lo siento.

—¿Qué ha pasado?

—Falsa alarma. Lo estaba buscando en la planta equivocada.

—Pero si me has dicho que habías mirado en todas...

—¿Tanto importa? No me han robado el coche. ¿No te vale con eso?

Se hace el silencio mientras se esfuerza por no preguntarme cómo he podido perderlo.

—Tienes razón —dice, plegando velas. Bajo del coche y entro en casa—. Te noto cansada. Ya preparo yo la cena si quieres.

—Gracias. Voy a darme una ducha.

Paso un buen rato en el baño y aún más en el dormitorio, poniéndome los pantalones viejos de correr, para retrasar el momento de volver a verle la cara a Matthew. Estoy tan deprimida que lo único que me apetece es tirarme en la cama y pasarme el resto de este horrendo día durmiendo. No paro de pensar que Matthew va a subir en cualquier momento a ver dónde ando, pero el único ruido que oigo es el que hace mientras prepara la cena en la cocina.

Cuando por fin bajo, me esfuerzo por parlotear de lo que sea, de cualquier cosa —del instituto, del tiempo, de que me he encontrado a Connie...—, decidida a no permitirle meter baza, decidida a hacerle creer que haber perdido de vista el coche no me ha perturbado en absoluto. Incluso anoto en el calendario la fecha del claustro de profesores y le digo que estoy deseando verlos a todos en la reunión y volver al trabajo. Pero la preocupación empieza a mordisquearme las entrañas y tengo que obligarme a comer el *risotto* que ha preparado. Quiero contarle lo del coche que sospecho que estaba aparcado a la puerta de casa antes, pero ¿cómo voy a hacerlo después de lo que ha pasado? Parecerá otra de mis paranoias, más histeria por mi parte.

Viernes 14 de agosto

___

Hace ya cuatro semanas del asesinato de Jane y me cuesta creer lo mucho que ha cambiado mi vida desde entonces, en tan poco tiempo. El miedo y el remordimiento se han convertido en compañeros tan habituales que ya no recuerdo cómo era vivir sin ellos. Y perder mi coche ayer me ha afectado mucho. Si me hacía falta alguna prueba más de que voy camino de la demencia, ahí la tengo.

Es difícil no estar deprimida. Me siento, aletargada, en el salón, con la televisión encendida para que me haga compañía, sintonizada en el mismo canal amodorrante de siempre. Entra una llamada hacia las diez y, cuando veo que sufro un ataque de pánico inmediato, que se me queda el aire atrapado en los pulmones, que el corazón se me dispara hasta que me mareo, entiendo que me he acostumbrado a tener miedo cada vez que suena el teléfono. Ni siquiera me consuela que salte el contestador, señal de que no es una de sus llamadas, porque sé que terminará llamando.

Oigo el estrépito del buzón de correo, que me sobresalta. ¿Cómo he llegado a esto, a que cualquier ruido, no solo el timbre del teléfono, me acelere el corazón y me erice la piel? ¿Cuándo he empezado a estar tan aterrada? Me avergüenza. Me avergüenza no ser ya la persona fuerte que fui en su día, que todo me afecte. Me fastidia estar conteniendo la respiración, aguzando el oído para ver si oigo los pasos del cartero en la pista de tierra y asegurarme de que ha sido él y no el asesino quien ha metido algo por la puerta. Me fastidia que se me ponga el corazón en la boca cuando recojo el correo y encuentro una carta dirigida a mí; me fastidia que me tiemblen las manos mientras contemplo el sobre manuscrito, que me tiemblen las manos porque a lo mejor es de él. No quiero abrirla, pero, impulsada por algo más fuerte que yo, porque saber es mejor que no saber, la rasgo y encuentro dentro una cuartilla. La desdoblo despacio, casi sin atreverme a leer lo que está escrito en ella.

Estimada Cass:

Gracias por su carta. No se imagina cuánto me complace que tenga tan buen recuerdo de su comida con Jane. Cuando llegó a casa, me contó lo bien que se habían caído las dos, y me alegra ver que el sentimiento era recíproco. Le agradezco muchísimo que se haya tomado la molestia de escribirme; las cartas como la suya son importantísimas para mí en estos momentos tan terribles.

Le agradezco también que me pregunte por las niñas. Echan muchísimo de menos a su madre, pero, por suerte, son demasiado pequeñas para entender lo que ha ocurrido. Solo saben que mamá se ha convertido en un ángel.

Sé por su dirección que vivimos muy cerca, así que, si alguna vez me ve por la calle (lamentablemente mi cara es ya bastante conocida), por favor, acérquese a saludarme. Yo comprendo que la gente no sabe qué decir, pero es muy duro ver cómo te evitan.

Un cordial saludo,

Alex

Suelto de golpe el aire, que no me había dado cuenta de que estaba conteniendo, y se me empañan los ojos, del alivio de que se trate solo de una carta inocente y de la angustiosa tristeza que me produce el marido de Jane. Sus amables palabras de agradecimiento son como un bálsamo para mi alma, pese a que jamás las habría escrito si supiera que abandoné a Jane a su suerte esa noche. Cuando releo su carta, cada palabra es como una flecha que me perfora la conciencia, y de pronto no quiero más que contarle la verdad. Puede que censure mi conducta. Pero también puede, solo puede, que me diga que yo no podría haber hecho nada, que Jane estaba condenada a morir mucho antes de que yo pasara por allí. Y, si me lo dice él, quizá lo crea.

Suena el teléfono y me devuelve a la realidad, esa en la que no hay consuelo, ni perdón, solo un miedo y una persecución implacables. Lo cojo furiosa, y me dan ganas de gritarle que me deje en paz. Pero no quiero que sepa lo aterrada que estoy, así que esperamos, cada uno con nuestro propio plan de acción. Pasan los segundos. Entonces caigo en la cuenta de que, si yo percibo su amenaza, él tiene que percibir mi miedo. Estoy a punto de colgar cuando me doy cuenta de que hay algo distinto en esta llamada.

Aguzo el oído e intento averiguar qué es. De fondo, oigo un levísimo sonido, el murmullo casi imperceptible del viento, quizá, o el crujido suave de una hoja. Sea lo que sea, está claro que se encuentra al aire libre, e inmediatamente el miedo, que se me había agazapado en la boca del estómago, resurge en mi interior y amenaza con consumirme. Presa de un subidón de adrenalina, me dirijo al despacho; el pánico ya no me ciega y puedo asomarme a la ventana y descubrir que no hay nadie en la carretera. El alivio reemplaza al miedo, pero este, que detesta perder, me recuerda que eso no significa que el asesino no esté ahí, luego se apodera de mí y me salpica la piel de pequeñas gotas de sudor. Quiero llamar a la policía, pero algo —la razón, quizá— me dice que, aunque vinieran a registrar el jardín, no lo encontrarían. Mi torturador es demasiado listo para dejarse cazar.

No puedo quedarme en casa, como una seta, esperando lo que sea que me tiene preparado. Corro al vestíbulo, me calzo los primeros zapatos que encuentro, cojo de la mesa las llaves del coche y abro la puerta de la calle. Miro alrededor: el camino de entrada está despejado, pero no quiero arriesgarme, así que abro el coche desde donde estoy y recorro en unos segundos la distancia que me separa de él. Una vez dentro, echo el seguro de todas las puertas y cruzo deprisa la cancela, respirando agitadamente. Al pasar por delante de la casa que estaba en venta, descubro a un hombre en el jardín, y lo identifico con el que he visto rondar la casa. No veo si lleva un móvil en la mano, pero da igual. Podría ser el que me llama, podría ser el asesino de Jane, podría ser su amante secreto. Además, está perfectamente situado para ver cuándo se marcha Matthew al trabajo por las mañanas, para saber cuándo estoy sola.

Es hora de ir a la policía. Pero primero tengo que hablar con Matthew, tengo que contarle lo que sospecho y que me diga que podría tener razón, porque no quiero volver a equivocarme. Prefiero hacer el ridículo delante de él a hacerlo delante de la policía. ¿Cómo voy a pedirles que le hagan una visita al tipo de la casa de al lado sin tener ninguna prueba, ni el respaldo de mi marido? Ya piensan que soy imbécil por haber hecho saltar la alarma.

Con tanta agitación, casi me salto un semáforo en rojo y, como no quiero tener un accidente, trato de serenarme. Ojalá pudiera pasar el día con alguien, pero Rachel aún está en Siena y todos los demás están de vacaciones también, o se van mañana o algo así.

Al final, decido ir a Browbury, sin dejar de mirar por el retrovisor para asegurarme de que nadie me sigue. Aparco en la calle principal, decidida a buscar un sitio donde sentarme, matar el tiempo y fingir que almuerzo. Aliviada por tener un plan, busco a tientas el bolso y, consternada, me doy cuenta de que, con la prisa, me lo he dejado en casa. Necesito poder pagarme al menos una bebida, así que hurgo en la guantera en busca de alguna moneda. Un fuerte golpe en la ventanilla me da un susto de muerte y, al incorporarme, veo a John sonriéndome.

Incapaz de devolverle la sonrisa, me vuelvo hacia la guantera y la cierro, para darme tiempo. Serena de nuevo, giro la llave de contacto y bajo la ventanilla.

—¡Qué susto me has dado! —le digo, procurando sonreír.

—Lo siento —dice él, arrepentido—. No pretendía asustarte. ¿Te vas o llegas?

—Ambos. —Me mira perplejo—. Acabo de llegar, pero parece que me he dejado el bolso en casa, así que voy a tener que volver a buscarlo —le explico.

—¿Te puedo ayudar en algo?

Titubeo, sopesando mis opciones. No quiero que me malinterprete, pero sabe que estoy con Matthew. Y decididamente no quiero volver a casa, pero no puedo andar vagando sin rumbo por Browbury el resto del día sin dinero para tomarme al menos un café y comprarme el periódico.

—¿Me invitarías a un café?

—Estaba esperando a que me lo pidieras. —Se lleva la mano al bolsillo y saca dos monedas de una libra—. Hasta voy a pagarte el aparcamiento, a menos que quieras que te multen.

—No había caído en ese detalle —digo, haciendo una mueca—. Pero me vale con una libra; no voy a necesitar más de una hora.

—Salvo que me dejes invitarte a comer además de a café.

—¿Por qué no? —le digo, y me animo al pensar en las dos horas de mi día que voy a llenar—. Siempre que me permitas devolverte el favor.

—Hecho.

Se acerca al parquímetro, mete la moneda y me pasa el tique por la ventanilla.

—Gracias.

—Bonitos zapatos —me dice, señalándome a los pies cuando bajo del coche.

Me los miro y los veo enfundados en los viejos mocasines marrones que uso para arreglar el jardín y que eran de mi madre.

—He estado arrancando unas malas hierbas y se me ha olvidado cambiármelos —digo, riendo—. ¿Seguro que aún quieres que te vean conmigo?

—Por supuesto. ¿Adónde quieres ir?

—Elige tú.

—¿Qué te parece el Costello's?

—¿Tienes tiempo?

—Desde luego. ¿Y tú? No tienes prisa, ¿no?

—No, ninguna.

Lo paso tan bien en las dos horas siguientes que no quiero que se acaben. Me deprime pensar en volver a casa, con la única compañía de mis pensamientos, así que cojo el vaso enseguida y bebo un sorbo de agua.

—Gracias —le digo a John con sinceridad al verlo pedir la cuenta—. Me hacía mucha falta un rato así.

—A mí también.

—¿Y eso? —pregunto.

—Porque ando un poco descolocado desde que mi novia desapareció de escena. ¿Y tú? ¿Por qué necesitabas distraerte un par de horas? No seguirás recibiendo esas llamadas, ¿no?

—¿A qué te refieres? —le digo, mirándolo muy seria.

—Las del centro de telemárketin. A mis oídos les costó recuperarse de la tunda que les dieron.

—Aún me avergüenza hablar de eso —gruño.

—Espero que no fuera esa la razón por la que no viniste a tomar algo el viernes. Te echamos de menos.

—¡Se me olvidó por completo! —Mi ansiedad ataca de nuevo—. Lo siento mucho, John, ¡me siento fatal!

—No te preocupes. Lo cierto es que ya me dijiste que Matthew tenía un par de días libres y que a lo mejor ibais a algún sitio —me recuerda.

Sé que debería decir algo, preguntar si lo pasaron bien, pero estoy demasiado desolada para hablar.

—¿Te encuentras bien? —pregunta—. Pareces disgustada.

Asiento y miro a otro lado, a la bulliciosa calle y a todas esas personas que viven sus vidas.

—Es que está siendo un verano bastante raro.

—¿Te apetece hablar de ello?

Niego despacio con la cabeza.

—Pensarás que estoy loca.

—Nunca.

Lo miro y procuro sonreír.

—Lo cierto es que existe una posibilidad real de que me esté volviendo loca. Mi madre tuvo demencia unos cuantos años antes de morir y me preocupa que a mí me pase lo mismo.

Alarga el brazo y, por un momento, pienso que me va a coger la mano, pero coge el vaso.

—Demencia y locura no son lo mismo —dice, y bebe un sorbo de agua.

—No, no lo son —coincido.

—¿Te han diagnosticado demencia?

—No, aún no. Tengo que ver a un especialista, pero probablemente se me olvidará. —Nos echamos a reír los dos y descubro que no puedo parar—. Dios, qué bien sienta volver a reíme —digo, aún sonriente.

—Bueno, si te sirve de algo, a mí no me pareces loca en absoluto.

—Eso es porque no vives conmigo todos los días. A Matthew no le hace mucha gracia que no pare de hacer tonterías, ¿sabes?, como que se me olvide cambiarme de zapatos antes de salir, o que me deje el bolso en casa.

—Lo que dices es más típico de alguien que sale corriendo de casa que de alguien que está loco. —Me mira inquisitivo, y sus intensos ojos oscuros se niegan a abandonar los míos—. ¿Has salido corriendo?

—Ya no me gusta estar sola en casa —digo, encogiéndome de hombros.

—¿Desde el asesinato de Jane?

—Es que todo me asusta. Nuestra casa está demasiado aislada para mi gusto.

—Pero hay otras casas cerca, ¿no?

—Sí. —Titubeo y me pregunto si debería confesarle la verdadera naturaleza de las llamadas telefónicas que he estado recibiendo y hablarle del tipo de la casa de al lado, pero llega la camarera con la cuenta y pierdo la ocasión.

—Menos mal que pronto empiezan las clases —dice mientras saca la cartera—. Vamos a tener mucho que hacer, no habrá tiempo para rumiar mucho las cosas. —Hace una mueca—. El claustro es el 28. Por favor, no me digas que ya has preparado todo tu calendario de temas para el próximo trimestre.

—Ni siquiera me he mirado el plan de estudios —confieso.

Se estira, la camiseta se le levanta y se le ve la piel bronceada.

—Yo tampoco —reconoce, sonriente.

—¿En serio?

—Sí, en serio.

Suelto un suspiro de alivio.

—No sabes cómo me tranquiliza saberlo. Ayer me encontré a Connie en Castle Wells y me dijo que casi había terminado.

—¡Uf! —exclama, con cara de dolor.

Lo miro con curiosidad.

—Me dijo que no habías ido a su casa esa noche, ya sabes, después de la cena de fin de curso.

—No, la verdad es que no me apetecía.

—Ya —digo, asintiendo.

—Además, ¿para qué iba a ir si tú no estabas? —dice con desenfado.

—Para nada —confirmo—. Yo soy el alma de la fiesta.

Ríe.

—Exacto.

Pero los dos sabemos que no se refería a eso.

Salimos del restaurante y me acompaña al coche.

—Por cierto, ¿compraste el pijamita al final? —le pregunto.

—Sí. Uno azul con un elefante en la pechera. A mi amiga le sorprendió un poco. Me llevé ese porque me gustó, pero se me olvidó que el bebé era niña.

—Me alegra no ser la única que tiene mala memoria —bromeo.

—¿Ves? Ahí tienes la prueba de que le pasa a todo el mundo. ¿Vas a hacer algo interesante este fin de semana?

—Relajarme en el jardín, espero.

—Bueno, pues que descanses. Este es el tuyo, ¿no? —dice, señalando mi coche.

—Sí. —Le doy un abrazo—. Gracias, John, por todo.

—Un placer —me contesta, muy serio—. Nos vemos en el instituto, Cass. Conduce con cuidado.

Espera en la acera hasta que salgo de mi plaza y enfilo la calle, preguntándome qué puedo hacer para llenar el resto del día hasta que Matthew llegue a casa. Al llegar al cruce donde suelo tomar el desvío de la derecha, veo una señal que indica el camino a Heston y, cuando quiero darme cuenta, voy camino del pueblo en el que vivía Jane, el pueblo al que volvía la noche en que la asesinaron. Siento un pánico momentáneo porque no sé qué estoy haciendo, qué espero conseguir yendo allí, pero, por alguna razón, me siento impulsada a ir.

Solo tardo cinco minutos en llegar. Aparco en la calle que hay entre el parque y el pub y bajo del coche. El parque es pequeño, pero está muy bien conservado. Cruzo la puerta y recorro despacio los senderos, admirando la maravillosa variedad de flores. Los pocos bancos que hay a la sombra están ocupados, principalmente por parejas de ancianos que descansan de su paseo vespertino, así que veo uno al sol y me siento un rato, satisfecha de haber encontrado un sitio donde pasar las próximas horas. Pienso en Jane y me pregunto cuántas veces se sentaría en este banco, cuántas veces recorrería este sendero. En el extremo opuesto del parque, hay una zona infantil donde los niños pequeños se balancean sobre animales de madera, y la imagino ayudando a sus hijas a subirse y bajarse de ellos, o rondando nerviosa el tobogán mientras se tiraban por él, como hacen en estos momentos algunos de los adultos. Y, como de costumbre, me oprime el remordimiento que siento siempre que pienso en ella.

Mientras observo, preguntándome con tristeza si Matthew y yo podremos tener hijos algún día, veo a una niña que intenta bajarse de uno de los balancines y que, pese a su determinación, no lo va a conseguir porque se le ha enganchado un pie. Instintivamente, abro la boca para gritar, para advertir a uno de los adultos de que está a punto de volcar, pero antes de que pueda hacerlo se cae al suelo. Su llanto de dolor hace que un hombre salga corriendo hacia ella, pero otra niña le tiende los brazos porque también quiere bajarse de su balancín, así que la coge en brazos rápidamente antes de agacharse a atender a la accidentada. Y, mientras lo veo sacudirle la ropita y darle un beso en la cabeza rubia, caigo en la cuenta de que ese hombre es el marido de Jane.

Me quedo conmocionada. Lo miro fijamente, preguntándome si estaré equivocada, pero, como su foto ha salido con frecuencia en la prensa y la televisión durante las últimas semanas, su cara me es muy familiar. Además, las niñas parecen gemelas. Mi instinto me pide huir, salir del parque lo más rápido posible, antes de que me vea. Pero luego me calmo. Él no sabe que soy la persona que podría haber salvado a su mujer.

Se dispone a salir de la zona infantil, con la pequeña herida en brazos y la otra de la mano. Las dos lloran mientras enfilan el sendero hacia el banco en el que estoy sentada, y lo oigo intentar tranquilizarlas con promesas de tiritas y helado. Pero no consigue consolar a la que lleva en brazos, disgustada por los raspones de las rodillas, uno de los cuales le sangra bastante.

—¿Quiere un clínex para limpiárselo? —le pregunto casi sin darme cuenta.

Se detiene delante de mí.

—Me vendría bien —dice, aliviado—. Aún nos queda un trecho hasta casa.

Me saco uno del bolsillo y se lo doy.

—Está limpio.

—Gracias.

Sienta a la niña lesionada en el banco, a mi lado, se acuclilla delante de ella y le enseña el clínex.

—¿Ves lo que me ha dado esta señora tan amable? ¿Vemos si te cura la rodilla?

Presiona la herida suavemente con el pañuelo, absorbiendo la sangre, y las lágrimas de la niña cesan como por arte de magia.

—¿Mejor, Lottie? —le pregunta su hermana, mirándola angustiada.

—Mejor —contesta la otra, y asiente con la cabeza.

—Gracias a Dios que ha sido ahí. —El marido de Jane me mira muy serio—. Imagínese lo que se habría hecho si se hubiera caído en un suelo de hormigón, como nosotros cuando éramos pequeños. —Retira el clínex—. Ya está —dice.

Su pequeña se escudriña la rodilla y, aparentemente satisfecha, se baja del banco.

—A jugar —dice, y corre hacia la hierba.

—Y ahora ya no se quieren ir a casa —protesta él, irguiéndose.

—Son un encanto —le digo, sonriendo—. Preciosas.

—Casi todo el tiempo —coincide él—. Pero, cuando quieren, también pueden ser unos trastos.

—Echarán de menos a su madre. —Enmudezco, atónita ante lo que acabo de decir—. Lo... lo siento —tartamudeo—. Es que...

—Por favor, no se disculpe —dice él—. Al menos no finge no saber quién soy. Ni se imagina la cantidad de personas que vienen a Heston con la esperanza de tropezarse conmigo, como si fuera un famoso. Empiezan a hablar conmigo, por lo general sirviéndose de las niñas, y luego me preguntan por su madre, que si está en casa preparando la comida, o si tiene el pelo rubio como las niñas. Al principio, cuando aún no sabía lo que pasaba, me encontraba contándoles que su madre había muerto y, como insistían, tenía que explicarles que la habían asesinado. Entonces se hacían las sorprendidas y me decían lo mucho que lo sentían y lo terrible que debía de haber sido para mí. No me percaté hasta que una fue demasiado lejos y me preguntó cómo me lo había comunicado la policía. —Menea la cabeza, incrédulo—. Tiene que haber una palabra para ese tipo de gente, pero no sé cuál es. Por lo menos la tienda y el pub del pueblo están haciendo negocio con esto —añade con una sonrisa triste.

—Lo siento —repito. Quiero decirle quién soy, que he recibido su carta esta mañana, pero, después de lo que me ha contado, pensaría que, como las demás, he venido al parque esperando tropezarme con él, sobre todo porque no tengo un motivo real para estar en Heston. No es que él me haya invitado a ir a verlo, precisamente. Me levanto—. Más vale que me vaya.

—Espero que no sea por lo que he dicho.

A la intensa luz del sol, le veo canas en el pelo castaño y me pregunto si las tendría ya antes de la muerte de Jane.

—No, en absoluto —lo tranquilizo—. Tengo que volver.

—Bueno, gracias por echarme una mano —dice, señalando hacia donde juegan las niñas—. Ya se les ha olvidado, por suerte.

—De nada. —Intento sonreír, pero lo paradójico de sus palabras me lo impide—. Disfrute del resto de la tarde.

—Lo mismo digo.

Me alejo, con el corazón aporreándome el pecho y sus palabras de agradecimiento resonándome en los oídos. Se burlan de mí todo el camino hasta la puerta del parque y luego hasta el coche, y no sé qué demonios me ha llevado hasta aquí, salvo que haya sido la necesidad de absolución. ¿Qué pasaría si volviera y le dijese quién soy y que vi a Jane en el área de descanso esa noche? ¿Me dedicaría de nuevo esa sonrisa triste y me diría que da igual, que menos mal que no paré porque, si no, igual me habrían asesinado a mí también? ¿O lo dejaría pasmado mi no intervención, me señalaría con el dedo y le contaría a todos los que estuvieran en el parque que no hice nada por ayudar a su mujer? Como no tengo forma de saberlo, arranco el coche y vuelvo a casa, pero no pienso en otra cosa que en el marido de Jane y en las dos pequeñas que se han quedado huérfanas.

Aunque conduzco lo más despacio posible, llego a casa antes de las cinco. En cuanto cruzo la cancela, la ansiedad vuelve a apoderarse de mí y sé que no voy a poder entrar en casa hasta que vuelva Matthew, así que me quedo en el coche. Aun a la sombra, hace calor, por lo que bajo las ventanillas para que corra un poco el aire. Me suena el teléfono, avisándome de que tengo un mensaje, y cuando veo que es de Mary, apago el móvil. Estoy tan entretenida agobiándome por el trabajo sin hacer que no soy consciente de cómo pasa el tiempo; por eso, cuando veo el coche de Matthew enfilar la pista de tierra que conduce a nuestra casa, lo primero que pienso es que llega pronto. Luego echo un vistazo al reloj y veo que ya son las seis y media. Se detiene a mi lado y yo saco la llave del contacto, como si acabara de llegar.

—Te he ganado —digo, y le sonrío.

—Te noto acalorada —observa cuando me besa—. ¿No llevabas puesto el aire acondicionado?

—Solo he ido a Browbury, y no me he molestado en ponerlo para un trayecto tan corto.

—¿Has ido de compras?

—Sí.

—¿Has comprado algo bonito?

—No.

Nos dirigimos a la puerta y abre él con su llave.

—¿Y tu bolso? —pregunta, señalándome las manos vacías.

—En el coche. —Entro deprisa en casa—. Ahora voy a por él; necesito beber algo con urgencia.

—¡Espera, que desconecto la alarma! Ah, si no está activa. —Noto que frunce el ceño a mi espalda—. ¿No la has activado al salir?

—No, no me ha parecido necesario porque no iba a estar fuera mucho rato.

—Bueno, para futuras ocasiones, prefiero que la actives siempre. Ya que la tenemos, vamos a usarla.

Lo dejo que vaya a cambiarse, preparo té y lo saco al jardín.

—¿No me digas que has salido con eso? —pregunta cuando se reúne conmigo unos minutos después.

Me miro los pies. Para no preocuparlo más, suelto una falsa carcajada.

—No, me los acabo de poner.

Sonríe y se sienta a mi lado, estirando sus piernas largas.

—Entonces, ¿qué has hecho hoy, aparte de ir de compras a Browbury?

—He preparado unos cuantos temas más —contesto, sin saber por qué le oculto que me he encontrado con John.

—Qué bien. —Se mira el reloj—. Las siete y diez. Cuando te termines el té, cámbiate de zapatos y te llevo a cenar por ahí. Y así empezamos el fin de semana enseguida.

Se me cae el alma a los pies porque aún estoy llena, por la comida con John.

—¿Seguro? —pregunto dubitativa—. ¿No prefieres que nos quedemos en casa?

—No, salvo que quede pollo al curri del que hiciste el otro día.

—Lo siento.

—Pues vamos a tomarnos uno fuera.

—De acuerdo —digo, aliviada de que no proponga ir a comer pasta a Costello's.

Subo a cambiarme y cojo un bolsito del armario, me lo escondo debajo de la rebeca y, mientras activa la alarma, salgo al coche y hago como que lo saco de detrás del asiento. Vamos a Browbury y a nuestro restaurante hindú favorito.

—¿Conoces a nuestro nuevo vecino? —le pregunto mientras ojeamos la carta—. ¿Has hablado con él?

—Sí, ayer, cuando esperaba en la calle a que volvieras de Castle Wells. Pasó por delante de casa y empezamos a hablar. Por lo visto, su esposa lo dejó cuando estaban a punto de mudarse.

—¿Adónde iba?

—¿A qué te refieres?

—Me has dicho que pasaba por delante de casa…

—Sí, subía a la suya. Habría salido a dar un paseo. Lo invité a cenar con nosotros algún día.

Me da un vuelco el corazón.

—¿Y qué te respondió?

—Que vendrá encantado. Te parece bien, ¿no?

Miro la carta y finjo estudiarla.

—Mientras no sea el asesino…

Matthew suelta una carcajada.

—Lo dices en broma, ¿no?

—Por supuesto. —Fuerzo una sonrisa—. Bueno, ¿y cómo es?

—Parece bastante agradable.

—¿Qué edad tiene?

—No lo sé… sesenta y pocos, supongo.

—No me pareció tan mayor cuando lo vi.

—Es un piloto jubilado. Seguramente se tienen que mantener en forma.

—¿Le preguntaste por qué está siempre plantado delante de nuestra casa?

—No, porque no tenía ni idea de que hacía eso. Pero sí me dijo que le parecía preciosa, así que igual la ha estado admirando. —Me mira ceñudo—. ¿Siempre está plantado delante de nuestra casa?

—Lo he visto ahí un par de veces.

—Eso no es delito —dice, como si hubiera adivinado adónde quiero llegar con mis preguntas y quisiera advertirme de que no siga por ahí.

—Yo no he dicho que lo sea.

Me sonríe alentador.

—Vamos a decidir qué pedimos, ¿vale?

Me dan ganas de aclararle que un piloto jubilado de sesenta y pocos años bastante agradable también puede ser el asesino, pero sé que él no lo ve así, y que tampoco se lo va a decir a la policía.

Sábado 15 de agosto

El estruendo del buzón del correo cuando llega el cartero resuena por toda la casa mientras estamos desayunando. Matthew se levanta, con un trozo de tostada con mantequilla colgando de la boca, y sale al vestíbulo. Vuelve al poco con un par de cartas y un paquete pequeño.

—Toma, es para ti —dice, y me lo entrega.

Lo miro con aprensión. La carta de ayer era de Alex, pero dudo mucho que el paquete sea suyo también.

—¿Qué es?

—No sé. —Estudia el paquete envuelto en papel blanco liso—. ¿Algo que has comprado?

—Yo no he comprado nada.

Nerviosa, lo dejo en la mesa de la cocina; casi me da miedo tocarlo. ¿Me lo habrá enviado el de las llamadas anónimas?

—¿Estás segura? —me dice Matthew, poniéndome la mano en el hombro.

—Segurísima.

—¿Quieres que lo abra yo?

—No, déjalo —me apresuro a decir.

Aunque podría romper el embalaje fácilmente con las manos, me lo llevo al despacho. Cojo unas tijeras del cajón y rajo el papel. Dentro hay una cajita. La saco y levanto despacio la tapa, con el corazón alborotado. Sobre un cojín de terciopelo negro, veo un par de exquisitos pendientes de plata y, en cuanto los reconozco, me siento aliviada.

—Muy bonitos —dice Matthew, asomándose por encima de mi hombro.

No lo he oído seguirme.

—Son para Rachel —le digo, y cierro el estuche—. No esperaba que me los enviasen tan rápido.

—¿Por su cumpleaños?

Pienso en la casita de la isla de Ré.

—Sí —digo.

Con una sonrisa de aprobación, sale a cortar el césped. Guardo los pendientes en un cajón y me quedo allí de pie un momento, mirando por la ventana del despacho, al campo de enfrente, al otro lado de la carretera. Antes me sentía muy segura aquí, como si nada pudiera pasarnos jamás.

Suena el fijo. Me quedo paralizada, luego recuerdo que es fin de semana. Ese hombre nunca me ha llamado un sábado. Aun así, dejo que salte el contestador. Es Mary, que quiere saber si he recibido los distintos mensajes que me ha dejado sobre la fecha del claustro de profesores. Se me cae el alma a los pies. Pronto se acabarán las vacaciones y todavía no he hecho el trabajo que debía hacer. Sigue hablando y añade, como bromeando, que espera que no haya perdido el móvil porque también me ha mandado unos cuantos mensajes de texto.

Cuando Mary acaba su mensaje, vuelve a sonar el teléfono casi inmediatamente. Miro el número, preguntándome si, al final, Mary va a terminar siendo tan persistente como el de las llamadas anónimas, pero es Rachel, así que contesto.

—¡Hola! —digo, muy animada.

—Bueno, ¿cómo estás?

Volviéndome loca, me dan ganas de decirle.

—Ocupada, preparando el temario —le digo en cambio.

—¿Alguna llamada más?

—No, reciente, no —miento—. ¿Y tú? ¿Qué tal Siena?

—Precioso. Lo estoy pasando fenomenal, a pesar de Alfie. —Oigo una carcajada profunda al otro lado del teléfono—. Estoy deseando contártelo todo, pero salimos ya.

—¿No suenan campanas de boda, entonces? —pregunto, divertida.

—Ni mucho menos. De todas formas, ya me conoces: no soy de las que se casan. ¿Por qué no quedamos para comer el martes, a mi vuelta? El lunes es festivo. Será mi primer día de trabajo y me vendrá bien ilusionarme con algo. Además, tú no empiezas en el instituto hasta el miércoles, ¿no?

—No, así que comer contigo el martes me parece perfecto. ¿En el Sour Grapes?

—Nos vemos allí.

Cuelgo, y me doy cuenta de que solo me quedan dos semanas de vacaciones. Y eso es bueno y malo a la vez. Estoy deseando salir de casa, alejarme de esas llamadas, pero, con todo lo que aún tengo por hacer, la vuelta al instituto se me antoja imposible.

—¿Lista?

Alzo la mirada y veo a Matthew allí plantado, muy elegante, vestido con un pantalón caqui y un polo, y cargado con una pequeña bolsa de deporte.

—¿Lista? —repito, ceñuda.

—Para nuestra tarde en el balneario.

Asiento y me obligo a sonreír, pero no estoy lista porque se me había olvidado por completo que, ayer, en el restaurante, me sorprendió con una reserva de pareja para esta tarde en un balneario próximo a Chichester. Fuimos allí nada más prometernos, y ese detalle sirvió anoche para aliviar la tensión remanente tras nuestra conversación sobre el nuevo vecino.

—Solo tengo que calzarme —digo, estirándome la falda de algodón que me he puesto esta mañana en lugar de los pantalones cortos que suelo llevar.

A lo mejor esta mañana sí que me acordaba de lo del balneario.

Subo corriendo y meto deprisa un biquini en una bolsa, y pienso en qué más puedo necesitar.

—¡Tenemos que irnos ya, Cass!

—¡Voy!

Me quito el top sin mangas que llevo, abro la puerta del armario y busco algo un poco más elegante. Saco una camisa blanca de algodón con botones diminutos y me la pongo. En el baño, me paso un cepillo por el pelo. Estoy a punto de maquillarme un poco cuando Matthew vuelve a llamarme a gritos desde abajo.

—Cass, ¿no me has oído? ¡Que la reserva es para las dos!

Miro el reloj y veo que tenemos solo cuarenta y cinco minutos para llegar a Chichester.

—Perdona —digo mientras bajo corriendo las escaleras—. Estaba buscando el biquini.

Subimos al coche y, mientras salimos del recinto de la casa, apoyo la cabeza en el respaldo y cierro los ojos. Estoy agotada, pero aquí, en el coche, con Matthew, donde no corro ningún peligro, me siento segura. Volvemos bruscamente una esquina y, cuando me estampo contra la puerta, abro los ojos y pestañeo un par de veces, intentando averiguar dónde estamos. Entonces me doy cuenta.

—¡Matthew! —me oigo decir aterrada—. ¡No vamos bien!

Me mira de reojo, ceñudo.

—Vamos a Chichester.

—Ya lo sé, pero ¿¡por qué hemos cogido Blackwater Lane!? —exclamo, y se me traba la lengua.

—Porque, por aquí, nos ahorramos diez minutos. Si no, no llegamos.

Me da un vuelco el corazón. No quiero ir por ahí... ¡no puedo! Por el parabrisas, veo que nos acercamos al área de descanso y la cabeza me empieza a dar vueltas. Presa del pánico, me vuelvo hacia la puerta y agarro la manilla.

—¡Cass! —me grita, alarmado—. ¿Qué haces? ¡No te puedes bajar del coche! ¡Vamos a sesenta!

Pisa el freno con fuerza y el coche pega un brinco y me lanza hacia delante. Lo detiene en seco justo delante del área de descanso donde fue asesinada Jane. Alguien ha dejado flores y el envoltorio de plástico aletea con la brisa. Horrorizada de volver al lugar donde empezó mi pesadilla, me echo a llorar.

—¡No! —sollozo—. Por favor, Matthew, ¡no podemos pararnos aquí!

—¡Ay, Dios! —dice, hastiado. Mete la marcha como si fuera a arrancar, pero luego para—. Esto es de locos.

—Lo siento —sollozo.

—¿Qué quieres que haga? ¿Sigo conduciendo o quieres irte a casa?

Lo dice como si estuviera harto.

Estoy llorando tanto que apenas puedo respirar. Se acerca e intenta abrazarme, pero yo me zafo de él bruscamente. Suspirando, se dispone a hacer un cambio de sentido allí mismo para volver por donde veníamos.

—No —le digo, aún sollozando—. No puedo ir a casa, no puedo.

Se detiene en plena maniobra, dejando el coche peligrosamente atravesado.

—¿Qué demonios quieres decir con eso?

—Que no quiero ir a casa, ya está.

—¿Por qué no? —pregunta con calma, aunque percibo la tensión que subyace a esa calma y que oculta algo más grave.

—Ya no me siento segura allí.

Inspira hondo, para tranquilizarse.

—¿Esto es por el asesinato, otra vez? Venga, Cass, el asesino no ronda nuestra casa y no tiene ni idea de quién eres. Sé que la muerte de Jane te ha afectado mucho, pero tienes que superarlo.

Me vuelvo hacia él, furibunda.

—¿Cómo voy a superarlo si todavía no han atrapado al asesino?

—¿Y qué quieres que haga yo? He puesto alarmas por toda la casa. ¿Quieres que te deje en algún hotel? ¿Eso es lo que quieres? ¡Porque, si es eso, dímelo y lo hago!

Cuando llegamos a casa, me encuentro en un estado tal que Matthew llama al doctor Deakin, que se ofrece a visitarme a domicilio. Ni siquiera delante de él puedo dejar de llorar. Me pregunta por la medicación y, cuando Matthew le dice que no la he estado tomando regularmente, el doctor frunce el ceño y dice que, si me la prescribió, es porque la necesito. Bajo su mirada vigilante, me trago agradecida dos pastillas y espero a que me transporten a ese sitio donde ya nada importa. Y, mientras espero, me hace preguntas discretas, para ver si averigua qué me ha desatado la crisis. Oigo como Matthew le cuenta que me hice fuerte en el salón mientras él estaba en el trabajo y, cuando el doctor pregunta si he tenido algún otro comportamiento preocupante, le cuenta que la semana pasada me puse histérica porque creí ver un cuchillo de carnicero tirado en el suelo de la cocina cuando, en realidad, era un cuchillito. Noto que intercambian miradas y empiezan a hablar de mí como si no estuviera allí. Oigo la expresión «crisis nerviosa», pero me da igual porque las pastillas ya han empezado a obrar su magia.

El doctor Deakin se marcha, instando a Matthew a que se asegure de que descanso y a que lo llame si sufro un deterioro mayor. Paso el resto de la tarde tumbada, adormilada en el sofá, mientras Matthew ve la televisión a mi lado, cogido de mi mano. Cuando el programa termina, apaga la tele y me pregunta si hay algo más que me preocupe.

—Todo lo que tengo que preparar antes de que empiecen las clases —digo, y los ojos se me llenan de lágrimas a pesar de las pastillas.

—Pero ya lo tienes casi listo, ¿no?

He caído en las redes de mis propias mentiras.

—Una parte, pero aún me queda mucho y no creo que pueda acabarlo a tiempo.

—A lo mejor podrías pedirle ayuda a alguien.

—No, los demás ya tienen bastante con lo suyo.

—¿Te puedo ayudar yo?

—La verdad es que no. —Lo miro desesperada—. ¿Qué voy a hacer, Matthew?

—Si nadie te puede ayudar y no puedes hacerlo tú sola, pues no sé.

—Estoy tan cansada todo el tiempo…

Me aparta el pelo de la cara.

—Si ves que no puedes con todo, ¿por qué no solicitas la media jornada?

—No puedo.

—¿Por qué no?

—Porque es demasiado tarde para que encuentren a alguien que me reemplace.

—¡Bobadas! Si te hubiera ocurrido algo, tendrían que hacerlo.

Lo miro fijamente.

—¿Qué quieres decir?

—Que nadie es indispensable.

—Pero ¿por qué dices que podría haberme pasado algo?

Frunce el ceño.

—Era un ejemplo, nada más, como que, si te hubieras roto una pierna o te hubiese atropellado un coche, tendrían que buscarte un sustituto.

—Pero lo has dicho como si supieras que me va a pasar algo —insisto.

—¡No seas ridícula, Cass! —me dice furioso, y yo me estremezco, porque no suele levantarme la voz. Se da cuenta de que me ha asustado y suspira—. Es una forma de hablar, ¿vale?

—Perdona —mascullo.

Las pastillas están empezando a disolver el pánico y a reemplazarlo por sueño.

Me rodea con el brazo y me atrae hacia sí, pero estoy incómoda.

—Piénsate lo de pedirle a Mary que te deje volver con media jornada.

—O no volver —me oigo decir.

—¿Es eso lo que quieres, dejar de trabajar? —Se echa hacia atrás y me mira estupefacto—. El martes me dijiste que estabas deseando empezar.

—Lo que pasa es que no sé si voy a dar la talla, tal y como estoy ahora mismo. A lo mejor podría pedir un par de semanas más y volver a mediados de septiembre, en cuanto me encuentre mejor.

—No sé si te lo permitirán, salvo que el doctor Deakin diga que no estás en condiciones de trabajar aún.

—¿Crees que lo haría? —digo, aunque, en el fondo, sé que me tengo que callar, acordarme de las llamadas telefónicas, de Jane, de que no estoy a salvo en casa. Pero no consigo asir esos pensamientos lo bastante como para centrarme en ellos.

—Podría. Vamos a ver cómo te va con las pastillas que te estás tomando. Faltan dos semanas para que empiecen las clases. En cuanto te las tomes de forma regular, seguro que te encontrarás mucho mejor.

Viernes 28 de agosto

Matthew sale por la puerta. Desde el dormitorio, lo oigo arrancar el coche, conducir hasta la cancela y desaparecer por la carretera. Se hace el silencio en casa. Incorporándome con dificultad, alargo la mano para coger las dos pastillitas de color melocotón que tengo en la bandeja del desayuno, me las meto en la boca y me las trago con zumo de naranja. Ignoro las dos rebanadas de pan moreno tostado, cortadas por la mitad y dispuestas artísticamente en lugar de apiladas, y el cuenquito de yogur griego con granola, me recuesto en las almohadas y cierro los ojos.

Matthew tenía razón: ahora que me estoy tomando las pastillas de forma regular, me encuentro muchísimo mejor. Mi vida ha mejorado una barbaridad en la última... ¿semana? ¿En las últimas dos semanas? Abro los ojos, miro el reloj y me esfuerzo por ver la fecha. Viernes 28 de agosto, así que trece días. Puede que no recuerde muchas cosas, pero el 15 de agosto lo tengo grabado a fuego en la memoria como la fecha de mi crisis nerviosa. Además, era el cumpleaños de mamá. Me acordé cuando el doctor Deakin se marchó esa noche y, al caer en la cuenta de que no había ido a llevarle flores a la tumba, me empecé a angustiar otra vez y le eché la culpa a Matthew por no habérmelo recordado. Algo bastante injusto, teniendo en cuenta que nunca le dije cuándo cumplía años, aunque él se abstuvo de reprochármelo, diciéndome en su lugar que podía ir a llevárselas a la mañana siguiente.

Todavía no he ido porque me veo incapaz físicamente. Me tomo dos pastillas antes de acostarme, de forma que duermo toda la noche de un tirón y, por las mañanas, antes de irse al trabajo, siguiendo a rajatabla la recomendación del doctor Deakin de que descanse, Matthew me trae otras dos en la bandeja del desayuno. De ese modo, la ansiedad que siento siempre en cuanto se marcha a trabajar ya se ha atenuado cuando me ducho y me visto. Lo malo es que, a media mañana, me siento tan débil que me cuesta hasta poner un pie delante del otro. Me paso los días medio adormilada, tirada en el sofá, con la tele en el canal de la teletienda porque no tengo energías para cambiarlo. A veces, oigo de fondo que suena el teléfono, pero apenas cala en mi consciencia y, como nunca lo cojo, las llamadas son cada vez menos frecuentes. Sigue llamando, para que sepa que no se ha olvidado de mí, pero imagino lo mucho que lo frustrará que no le siga el juego.

La vida es fácil. Las pastillas, aunque son potentes, me permiten funcionar hasta cierto punto, porque hago la colada, cargo el lavaplatos y tengo la casa recogida. En realidad, nunca recuerdo haberlo hecho, y eso debería preocuparme más de lo que me preocupa, porque significa que las pastillas están causando estragos en mi memoria ya de por sí deteriorada. Si fuera sensata, reduciría la dosis a la mitad. Claro que, si fuera sensata, no habría tenido que tomármelas. A lo mejor, si comiera un poco más, no me harían tanto efecto, pero parece que he perdido el apetito además de la cabeza. El desayuno que Matthew me ha traído termina en el cubo de la basura y siempre me salto el almuerzo porque estoy demasiado grogui para comer. Así que la única comida que hago al día es la que preparo para Matthew por la noche.

Él no tiene ni idea de cómo paso el día. Como el efecto de las pastillas se pasa más o menos una hora antes de que llegue a casa, me da tiempo a despejarme, a pasarme un cepillo por el pelo, a maquillarme un poco y a preparar algo de cena. Y, cuando me pregunta, me invento que he estado trabajando y ordenando armarios.

Quiero aislarme completamente del mundo exterior. He recibido muchísimos mensajes de texto, de Rachel, de Mary y de Hannah, invitándome a tomar café, y de John, que quiere hablar del temario... Todavía no he respondido a ninguno porque no me apetece ver a nadie, y menos aún hablar del temario. La presión que aún siento aumenta y, de pronto, decido que la mejor solución es perder el teléfono. Si lo pierdo, no tendré que contestar a nadie. Además, como en casa apenas tengo cobertura, tampoco me sirve de mucho.

Voy a por el móvil. Tengo un par de mensajes en el buzón de voz y otros tres de texto, pero lo apago sin escuchar ni leer ninguno de ellos. Bajo al salón y busco un sitio donde esconderlo. Me acerco a una de las orquídeas, la levanto del tiesto, coloco el móvil en el fondo y vuelvo a poner la planta encima.

Por si las pastillas me hicieran olvidar que tengo demencia, siempre hay pequeños recordatorios de que mi cerebro se está desintegrando lentamente. Ya no sé cómo funciona el microondas: hace unos días, me quise preparar un chocolate a la taza, pero, al final, tuve que usar un cazo porque los distintos botones ya no me decían nada. Y no paran de llegarme por correo cosas que recuerdo haber visto en la teletienda, pero no recuerdo haber comprado.

Ayer me trajeron otro paquete. Matthew se lo encontró en el escalón de la puerta cuando llegó del trabajo.

—Esto estaba a la entrada —me dijo con serenidad, pese a que era el segundo en tres días—. ¿Has comprado algo más?

Le di la espalda para ocultarle mi confusión y deseé haber pedido algo que al menos cupiera en el buzón y que yo hubiera podido esconder antes de que él lo viese. El que llegara casi inmediatamente después del cortador de verduras en espiral del martes resultó humillante.

—Ábrelo a ver —le dije, para ganar tiempo.

—¿Por qué, es para mí? —Sacudió la caja—. Suena como si fuera algún tipo de herramienta.

Lo vi deshacer el embalaje mientras yo intentaba recordar, desesperadamente, qué había comprado.

—Un cortador de patatas.

Me miró intrigado.

—Me pareció divertido.

Me encojo de hombros, y recuerdo de pronto cómo habían convertido una patata en patatas fritas en cuestión de segundos.

—A ver si lo adivino: va con el cortador de verduras en espiral del martes. ¿De dónde demonios sacas todas estas cosas?

Le dije que había visto el anuncio en una de las revistas que vienen con el periódico del domingo porque sonaba mejor que reconocer que lo vi en la teletienda. En el futuro, para evitar la tentación, voy a tener que dejarme el bolso en el dormitorio. He adquirido la costumbre de bajármelo por las mañanas, por si tengo que salir corriendo, con lo que siempre tengo a mano la tarjeta de crédito. Claro que, aunque apareciera el de las llamadas anónimas, yo no podría ir muy lejos. Con las pastillas que estoy tomando, no puedo coger el coche, así que nada más podría salir al jardín, y eso no me serviría de mucho.

A veces creo que ha venido a casa. Me despierto sobresaltada, con el corazón aceleradísimo, convencida de que me ha estado vigilando por la ventana. Como mi instinto me pide que huya, intento levantarme de la silla, luego vuelvo a desplomarme en ella porque, en realidad, me da igual, y me digo que, si está ahí, genial, así por lo menos terminará todo. Estoy lo bastante lúcida para saber que las pastillas no solo son mi salvavidas, sino que también serán mi fin, de un modo u otro. O, por lo menos, el fin de mi matrimonio, porque ¿cuánto tiempo más puedo esperar que Matthew aguante mi comportamiento cada vez más extraño?

Como veo que las pastillas que me he tomado ya empiezan a atontarme un poco, me doy una ducha rápida y me pongo lo que se ha convertido en mi uniforme, unos vaqueros holgados y una camiseta, porque he llegado a la conclusión de que siguen presentables después de pasarme el día tirada en el sofá. Un día me puse un vestido y terminó tan arrugado tras estar todo el día durmiendo que Matthew bromeó con que parecía que había estado reptando entre los setos del jardín.

Dejo el bolso donde está, cojo la bandeja del desayuno, hago pedacitos la tostada y me la llevo al jardín para echársela a los pájaros. Ojalá pudiera sentarme un rato fuera y disfrutar del sol, pero solo me encuentro segura en casa, con todas las puertas cerradas con llave. No he vuelto a salir desde que empecé a tomarme las pastillas regularmente. He estado haciendo la cena con lo que había en la nevera y usando los tetrabriks de leche de larga duración que guardamos para emergencias. Anoche Matthew se dio cuenta de que no teníamos de nada, así que espero que me proponga ir a hacer la compra mañana.

Cuando vuelvo a entrar en casa, noto que me pesan las piernas y los brazos. Hurgo en la nevera y encuentro unas salchichas, luego hurgo en mi memoria en busca del modo de convertirlas en una cena. Sé que hay un par de cebollas por ahí y tiene que haber un tarro de tomate natural en la despensa. Resuelta la cena, me voy, agradecida, al salón y me derrumbo en el sofá.

Los presentadores de la teletienda son ya como amigos de toda la vida. Hoy promocionan unos relojes incrustados de cristalitos, y me alegro de estar demasiado cansada para subir al dormitorio a por el bolso. Empieza a sonar el fijo; cierro los ojos y dejo que me pueda el sueño. Me encanta esa sensación de ir desvaneciéndose lentamente y, unas horas más tarde, cuando las pastillas empiezan a perder efecto, ese suave despertar a la realidad. Hoy, mientras me abandono a ese limbo entre la vigilia y el sueño, percibo una presencia, de alguien que anda cerca. Tengo la sensación de que ese hombre está en el salón, mirándome desde arriba, no al otro lado de la ventana. Me quedo muy quieta, mis sentidos se agudizan con cada segundo, mi respiración es cada vez más superficial, mi cuerpo se tensa. Y, cuando ya no puedo soportar más la espera, abro de golpe los ojos, pensando que lo tengo ahí mismo, alzándose imponente sobre mí con un cuchillo en la mano, y yo con el corazón tan acelerado que me lo noto en el pecho, pero no hay nadie y, al girarme hacia la ventana, tampoco veo a nadie.

Cuando Matthew vuelve a casa una hora más tarde, el guiso de salchichas está en el horno, la mesa está puesta y, para compensar la ausencia de segundo plato, he abierto una botella de vino.

—Pinta bien —dice—. Pero antes me apetece una cerveza. ¿Te saco algo? —Se acerca a la nevera, abre la puerta. Hasta yo me estremezco al ver los estantes vacíos—. Ah, ¿no has ido a la compra hoy?

—He pensado que podíamos ir juntos mañana.

—Me dijiste que irías cuando volvieras de la reunión —dice, mientras saca una cerveza y cierra la nevera—. ¿Cómo ha ido, por cierto?

Miro subrepticiamente el calendario de la pared y veo las palabras claustro de profesores debajo de la fecha de hoy. Se me cae el alma a los pies.

—Al final, no he ido —contesto—. ¿Para qué, si no voy a volver a trabajar?

Me mira sorprendido.

—¿Cuándo has decidido eso?

—Ya lo hablamos, ¿no te acuerdas? Te dije que no me apetecía volver y me dijiste que podíamos hablarlo con el doctor Deakin.

—También dijimos que íbamos a ver cómo estabas después de tomar las pastillas dos semanas. Pero si eso es lo que quieres… —Saca el abrebotellas del cajón y le quita la chapa a la cerveza—. ¿Mary podrá encontrarte un sustituto con tan poco tiempo?

Miro a otro lado para que no me vea la cara.

—No lo sé.

Bebe un sorbo de cerveza, directamente de la botella.

—Bueno, ¿qué te ha dicho cuando le has contado que no vas a volver?

—No lo sé —mascullo.

—Algo te habrá dicho —insiste.

—Aún no se lo he dicho. Lo he decidido hoy.

—Pero querrá saber por qué no has ido a la reunión.

Llaman a la puerta y lo dejo que vaya a abrir él. Me siento a la mesa de la cocina y me sujeto la cabeza con las manos, preguntándome cómo se me ha podido olvidar el claustro de profesores. Hasta que no lo oigo disculparse profusamente con alguien no caigo en la cuenta de que es Mary quien ha venido y, horrorizada, rezo para que no la invite a entrar.

—Era Mary. —Levanto la cabeza y lo veo plantado delante de mí. Espera a que reaccione, a que diga algo, pero no puedo, ya no sé cómo—. Se ha ido —añade. Por primera vez desde que estamos casados, parece enfadado—. No le has contado absolutamente nada, ¿verdad? ¿Por qué no has contestado a ninguno de sus mensajes?

—No los he visto. He perdido el móvil —le digo, fingiéndome preocupada—. No lo encuentro por ninguna parte.

—¿Cuándo lo tuviste en la mano por última vez?

—Creo que la noche que salimos a cenar. No lo he usado mucho últimamente, por eso no me he dado cuenta hasta ahora.

—Tiene que estar en casa, en algún lado.

Niego con la cabeza.

—Lo he buscado por todas partes, y también he mirado en el coche. Incluso he llamado al restaurante, pero tampoco ellos lo han visto.

—Bueno, ¿y el ordenador, también lo has perdido? ¿Y por qué no has contestado al fijo? Por lo visto, todos tus compañeros han estado intentando localizarte: Mary, Connie, John... Al principio pensaban que igual nos habíamos organizado unas vacaciones de última hora, pero, al ver que hoy no asistías al claustro de profesores, Mary ha preferido venir a ver si todo iba bien.

—Son las pastillas —mascullo—. Me dejan fuera de combate.

—Entonces, más vale que le pidamos al doctor Deakin que te reduzca la dosis.

—No. —Niego con la cabeza—. No quiero.

—Si eres capaz de comprar cosas que ves en las revistas, también lo eres de atender a tus compañeros, especialmente a tu jefa. Mary se ha mostrado muy comprensiva, pero puede que esté enfadada.

—¡Deja de machacarme!

—¿De machacarte? ¡Te acabo de salvar el pellejo, Cass!

Como sé que tiene razón, reculo.

—¿Qué te ha dicho Mary?

Recupera la cerveza de la encimera, donde la ha dejado antes de ir a abrir.

—No me ha podido decir mucho. Le he dicho que has tenido problemas de salud durante el verano y que te estabas medicando, y no la ha sorprendido mucho. Por lo visto, el trimestre pasado ya la tenías preocupada.

—Ah —digo, desinflada.

—No te dijo nada en su día porque pensó que la fatiga te estaba volviendo olvidadiza y que estarías bien después del descanso estival.

Suelto una falsa carcajada.

—Entonces seguramente la aliviará que no vuelva —digo, muerta de vergüenza por que Mary haya detectado mis lapsus de memoria.

—Al contrario… Me ha dicho que te echarán de menos y que la avises en cuanto te veas con fuerzas para volver.

—Qué detalle por su parte —digo, sintiéndome culpable.

—Todos te apoyamos, Cass. Lo único que queremos es que te mejores.

Se me empañan los ojos.

—Lo sé.

—Tendrás que pedirle un certificado médico al doctor Deakin.

—¿Podrías pedírselo tú?

Noto que me mira fijamente.

—De acuerdo.

—¿Y podrías llevarme al súper? No quiero conducir mientras esté tomando las pastillas y hay que comprar comida.

—¿Tanto te afectan?

Titubeo, porque, si le digo que sí, igual le pide al doctor que me baje la dosis.

—Prefiero no arriesgarme a conducir, eso es todo.

—Me parece bien. Mañana vamos.

—¿No te importa?

—Claro que no me importa. Si hay algo que yo pueda hacer para facilitarte la existencia, lo que sea, dímelo y lo haré.

—Lo sé —le digo agradecida—. Lo sé.

Martes 1 de septiembre

Estoy deseando que Matthew me traiga la bandeja del desayuno para poder volver a tomarme las pastillas. Había olvidado que ayer era festivo, así que llevo ya tres días sin tomármelas. Los fines de semana no me las tomo por si se da cuenta de lo mucho que me afectan; las escondo en el cajón de la mesilla. Además, si él está en casa, no las necesito para pasar el día. Aunque sí para dormir; de lo contrario, me pasaría la noche en vela, pensando en Jane, en su asesinato, en su asesino, al que aún no han atrapado. Y que sigue llamándome por teléfono.

Durante el fin de semana, me he sorprendido un par de veces mirando las pastillas, preguntándome si podría tomarme quizá una, solo para calmarme. La primera vez fue el sábado por la mañana, cuando volvimos de hacer la compra, con el coche lleno hasta arriba. Nos tomamos un café por ahí y me gustó volver al mundo real, aunque fuera un rato. De nuevo en casa, estaba guardando comida, maravillada de que una nevera llena pudiera hacerme sentir de nuevo dueña de mi vida, cuando Matthew sacó una cerveza.

—Si le voy a dar a esto, más vale que empiece ya —dijo contento.

—¿A qué te refieres? —pregunté, pensando que igual insinuaba que necesitaba el alcohol para hacer frente a las complicaciones cada vez mayores que yo le planteaba.

—Bueno, si Andy prepara uno de sus pollos al curri hoy, seguramente beberemos cerveza.

Me entretuve todo lo posible guardando en la nevera los quesos que habíamos comprado, para ganar tiempo.

—¿Seguro que es esta noche cuando hemos quedado con Hannah y Andy?

—Sábado festivo, eso me dijiste. ¿Los llamo para confirmar?

El dato no me decía nada, pero no quería que pensara que lo había olvidado.

—No, no hace falta.

Le dio un sorbo a la cerveza y se sacó el móvil del bolsillo.

—Creo que me voy a asegurar de todas formas. No pierdo nada.

Llamó a Hannah, que le confirmó que nos esperaban.

—Por lo visto, tú llevas el postre —me informó Matthew al colgar.

—Ah, sí —dije, procurando disimular el pánico y confiando en tener ingredientes suficientes para hacer por lo menos algún tipo de bizcocho.

—Si lo prefieres, puedo ir a comprar algo a Bértrand's.

—Igual una de sus tartas de fresa —respondí agradecida—. ¿No te importa?

—No, claro que no.

Pese a haber evitado otro bochorno, mi estado de ánimo experimentó un descenso en picado. Eché un vistazo al calendario colgado de la pared y vi algo escrito en el recuadro del sábado. Esperé a que Matthew saliera de la cocina y me acerqué a leer lo que decía: Hannah y Andy a las 19.00. Procuré que no me deprimiera, pero me costó.

Luego, durante la cena, Hannah me preguntó si tenía ganas de volver al trabajo. No había pensado en lo que iba a decirle a la gente, por lo que se hizo un breve e incómodo silencio hasta que intervino Matthew.

—Cass ha decidido pedir una pequeña excedencia —le explicó.

Hannah tuvo la delicadeza de no preguntar por qué, pero, durante el café, la vi enfrascada en una conversación con Matthew, mientras Andy me entretenía con fotos del viaje que acababan de hacer.

—¿De qué hablabas con Hannah? —le pregunté en el coche, de vuelta a casa.

—Es normal que se preocupe por ti —me contestó—. Eres su amiga.

Y a mí me alegró que nos fuésemos derechos a la cama nada más llegar, porque así tenía una razón legítima para tomarme las pastillas.

Oigo los pasos de Matthew en la escalera; cierro los ojos y me hago la dormida. Si sabe que estoy despierta, querrá hablar, y yo solo quiero mis pastillas. Deja la bandeja en la mesilla y me besa la frente con ternura. Finjo que me despierto un poco.

—Sigue durmiendo —me dice en voz baja—. Nos vemos esta noche.

Antes de que llegue al borde de la escalera, ya tengo las pastillas en la boca. Luego, agotada por el esfuerzo que he tenido que hacer durante los tres últimos días, decido quedarme en la cama en lugar de vestirme y bajar al salón, como de costumbre.

De pronto, un timbre me despierta de un sueño profundo. Al principio, pienso que es el teléfono, pero al ver que sigue y sigue mucho más de lo que habría tardado en saltar el contestador, entiendo que alguien llama a la puerta con insistencia.

Me quedo tumbada, sin que me perturbe que haya alguien esperando a que abra. Para empezar, estoy demasiado drogada para que me importe y, además, dudo mucho que el asesino llame al timbre antes de entrar a matarme, así que será el cartero con más paquetes de cosas que no recuerdo haber comprado. Solo cuando la oigo gritar por la ranura del buzón del correo, sé que es Rachel.

Me pongo una bata, bajo y abro la puerta.

—Por fin —dice, aliviada.

—¿Qué haces aquí? —masculло, consciente de que arrastro las palabras.

—Habíamos quedado hoy para comer en el Sour Grapes.

La miro consternada.

—¿Qué hora es?

—Espera un momento. —Saca el móvil—. La una y veinte.

—Debo de haberme quedado dormida —me excuso, porque me parece más cortés que decirle que se me había olvidado.

—Cuando he visto que era la una menos cuarto y no aparecías, he intentado localizarte en el móvil, pero no contestabas, así que he probado con el fijo y, al ver que no lo cogías, me ha preocupado que hubieras tenido una avería por el camino, o un accidente —me explica—, porque sabía que si ibas a llegar tarde me lo habrías dicho. Por eso he pensado que era preferible acercarme y asegurarme de que estabas bien. ¡No sabes lo que me ha alegrado ver tu coche a la entrada!

—Siento que hayas tenido que venir hasta aquí —le digo, arrepentida.

—¿Puedo pasar? —dice, y entra sin esperar respuesta—. ¿Te importa que prepare un sándwich?

La sigo a la cocina y me siento a la mesa.

—Coge lo que quieras.

—Es para ti, no para mí. Tienes pinta de llevar días sin comer. —Saca pan del armario y abre la nevera—. ¿Qué está pasando, Cass? Me voy tres semanas a Siena y, cuando vuelvo, te encuentro así, desconocida.

—Ha sido un poco difícil —contesto.

Pone en la mesa un frasco de mayonesa, un tomate y un poco de queso, y busca un plato.

—¿Has estado enferma? —pregunta.

Está tan guapa con ese precioso bronceado y ese vestido blanco, corto y recto que me da vergüenza ir en pijama. Me envuelvo bien en la bata.

—Solo mentalmente.

—No digas eso. Pero tienes un aspecto horrible y hablas como si estuvieras borracha.

—Son las pastillas —digo, apoyando la cabeza en la mesa. Noto la madera fría bajo la mejilla.

—¿Qué pastillas?

—Las que me ha recetado el doctor Deakin.

Frunce el ceño.

—¿Por qué estás tomando pastillas?

—Para poder seguir adelante.

—¿Por qué, ha pasado algo?

Levanto la cabeza de la mesa.

—Solo el asesinato.

Me mira confundida.

—¿Te refieres al asesinato de Jane?

—¿Ha habido otro?

—¡Cass, eso fue hace semanas!

La veo un poco borrosa, así que pestañeo rápidamente, pero sigue borrosa, con lo que deduzco que es cosa mía.

—Lo sé, y el asesino aún anda suelto —digo, punzando el aire con el dedo.

Frunce el ceño de nuevo.

—No seguirás pensando que va a por ti, ¿no?

—Ajá —digo, y asiento con la cabeza.

—Pero ¿por qué?

Vuelvo a derrumbarme sobre la mesa.

—Aún recibo esas llamadas.

—Me dijiste que no.

—Lo sé. Pero ya no me molestan, gracias a las pastillas. Ahora ni siquiera contesto.

Por el rabillo del ojo, la veo extender la mayonesa en el pan, cortar el tomate y rebanar el queso.

—¿Y cómo sabes que es él quien llama?

—Lo sé.

Menea la cabeza desesperada.

—Sabes que este miedo tuyo no tiene justificación, ¿verdad? Me estás preocupando, Cass. ¿Y qué hay de tu trabajo? ¿No empiezan las clases mañana?

—No voy a incorporarme.

Deja de rebanar.

—¿Hasta cuándo?

—No lo sé.

—¿Tan mal estás?

—Peor.

Monta el sándwich y me pone el plato delante.

—Cómete esto, luego hablamos.

—Igual es preferible que esperemos a las seis.

—¿Por qué?

—Porque se habrá pasado el efecto de las pastillas y diré menos tonterías.

Me mira incrédula.

—¿Me estás diciendo que te pasas el día así? ¿Qué demonios te estás tomando? ¿Antidepresivos?

Me encojo de hombros.

—Creo que son más bien supresores de la imaginación.

—¿Qué piensa Matthew de que los tomes?

—Al principio, no le hacía mucha ilusión, pero ya se ha hecho a la idea.

Se sienta a mi lado, coge el plato y me ofrece el sándwich, porque yo no he hecho además de cogerlo.

—¡Come! —me ordena.

Después de comerme las dos mitades, le cuento todo lo sucedido en las últimas semanas: que vi aquel cuchillo enorme en la cocina, que pensaba que había alguien en el jardín, que me hice fuerte en el salón, que perdí el coche, que compré un cochecito de bebé, que no paro de comprar cosas de la teletienda; y, cuando llego al final, veo que no sabe qué decir, porque ya no puede fingir que lo que tengo es agotamiento.

—Lo siento mucho —dice, preocupada—. ¿Cómo lo lleva Matthew? Espero que te esté apoyando.

—Sí, mucho. Pero a lo mejor no lo haría si supiera lo difícil que va a ser para él todo esto en el futuro si al final tengo demencia como mi madre.

—Tú no tienes demencia —me dice con rotundidad, con severidad, incluso.

—Espero que tengas razón —digo, y pienso que ojalá yo lo tuviera tan claro.

Se marcha poco después y me promete que volverá a verme a la vuelta de otra de sus excursiones a Nueva York.

—Tienes mucha suerte —le digo con tristeza en el umbral de la puerta—. Ojalá yo pudiera irme de aquí.

—¿Por qué no te vienes conmigo? —me suelta, impulsivamente.

—Dudo que fuera una buena compañía.

—¡Pero te vendría fenomenal! Podrías relajarte en el hotel mientras yo estoy en el congreso y luego nos veríamos por la noche, para cenar. —Me coge la mano y me mira emocionada—. Por favor, di que sí, Cass, ¡lo pasaríamos tan bien...! Además, luego me voy a tomar unos días libres, así que podríamos pasarlos juntas también.

Durante una milésima de segundo, me siento tan entusiasmada como ella y tengo la sensación de que realmente podría hacerlo. Después, pongo los pies en la tierra y me doy cuenta de que jamás lo conseguiría.

—No puedo —le digo en voz baja.

—Sabes bien que eso no existe —me replica con rotundidad.

—Lo siento, Rachel, pero de verdad que no puedo. En otra ocasión, quizá.

Cuando se va, cierro la puerta de casa, sintiéndome más desgraciada de lo habitual. Hasta no hace mucho, no habría desaprovechado por nada del mundo la oportunidad de pasar una semana con Rachel en Nueva York. Ahora me angustio solo de pensar en subirme a un avión, en salir de casa siquiera.

Deseando olvidarme de todo, voy a la cocina y me tomo otra pastilla. Me deja fuera de combate tan rápido que solo me despierto cuando oigo que Matthew me llama por mi nombre.

—Perdona —mascullo, muerta de vergüenza de que me haya encontrado comatosa en el sofá—. Debo de haberme quedado dormida.

—No pasa nada. ¿Voy preparando la cena mientras te das una ducha para despejarte?

—Buena idea.

Me levanto medio grogui, subo, me doy una ducha de agua fría, me visto y bajo a la cocina.

—Hueles muy bien —me dice, levantando la vista del lavaplatos, que está descargando.

—Perdona que no lo haya hecho yo antes.

—Tranquila. Pero ¿has puesto la lavadora? Necesito la camisa blanca para mañana.

Me vuelvo de inmediato.

—La pongo ahora mismo.

—Hoy andas un poco perezosa, ¿eh? —bromea.

—Un poco —reconozco.

Paso al lavadero, separo las camisas del resto de la colada y las meto en la lavadora. Pero, cuando voy a encenderla, me quedo indecisa delante de la botonera, intentando recordar cuáles tengo que presionar, porque, para espanto mío, se me ha borrado de la cabeza.

—Mete esta también. —Sobresaltada, me vuelvo y veo a Matthew a mi espalda, con el torso descubierto y la camisa en la mano—. Perdona, ¿te he asustado?

—No, qué va —digo, aturdida.

—Parecías ida.

—Estoy perfectamente.

Cojo la camisa y la meto en la lavadora también. Cierro la puerta y me quedo allí plantada, con la mente en blanco.

—¿Va todo bien?

—No —contesto, tensa.

—¿Es por lo que te he dicho de que estás perezosa? —pregunta, arrepentido—. Lo he dicho en broma.

—No es por eso.

—Entonces, ¿qué?

Me arde la cara.

—No me acuerdo de cómo se pone la lavadora.

El silencio solo dura unos segundos, pero se me hace mucho más largo.

—Tranquila, ya lo hago yo —dice enseguida, ocupando mi lugar—. Ya está, no pasa nada.

—¡Claro que pasa! —grito, indignada—. ¡Si ya no me acuerdo de cómo se pone la lavadora es que mi cerebro ha dejado de funcionar correctamente!

—Eh, no te agobies —dice con ternura, e intenta abrazarme, pero me zafo de él.

—¡No! —grito—. ¡Estoy harta de fingir que todo va bien cuando no es así!

Paso por su lado dándole un empujón, cruzo la cocina y salgo al jardín. El aire frío me calma, pero la rápida desintegración de mi memoria me resulta aterradora.

Matthew me concede unos minutos, luego sale a por mí.

—Tienes que leer la carta del doctor Deakin —me dice sereno.

Me quedo helada.

—¿Qué carta del doctor Deakin?

—La que llegó la semana pasada.

—No la he visto.

Según lo digo, tengo un vago recuerdo de haber visto una carta con el membrete de la consulta.

—Se te habrá… Estaba en la mesa de la cocina, con todas las que no has abierto.

Pienso en el montón de cartas dirigidas a mí que he ido acumulando en las últimas dos semanas porque no me apetece abrirlas.

—Mañana las miraré —le digo, aterrada de pronto.

—Eso dijiste hace un par de días, cuando te pregunté por ellas. El caso es que… —Se interrumpe, pone una cara rara.

—¿Qué?

—Que he abierto la del doctor.

Me quedo boquiabierta.

—¿Has abierto mi correo?

—Solo la del doctor —dice enseguida—. Y solo porque no parecía que fueras a hacerlo tú. Pensé que podía ser importante, que a lo mejor quería verte o cambiarte la medicación o algo así.

—No tenías derecho a hacer eso —le digo, lanzándole una mirada asesina—. ¿Dónde está?

—Donde la dejaste.

Disfrazando de rabia el miedo que siento, entro airada en la cocina y empiezo a revisar el montón de cartas hasta que la encuentro. Me tiemblan los dedos cuando saco la cuartilla del sobre ya abierto. Me bailan delante de los ojos las siguientes palabras: «comentado sus síntomas a un especialista», «querría hacerle unas pruebas», «demencia precoz», «pida cita cuanto antes».

Se me cae la carta de las manos. Demencia precoz. Me paseo las palabras por la boca, como sopesándolas. Al otro lado de la puerta, un pájaro las recoge y empieza a canturrearlas: «Demencia precoz, demencia precoz, demencia precoz».

Matthew me abraza, pero yo estoy rígida de miedo.

—Bueno, ahora ya lo sabes —le digo, con voz llorosa—. ¿Satisfecho?

—¡Pues claro que no! ¿Cómo puedes decir algo así? Estoy triste. Y furioso.

—¿Por haberte casado conmigo?

—No, eso nunca.

—Si quieres dejarme, hazlo. Tengo dinero de sobra para ingresar en el mejor sanatorio que haya.

—Eh, no digas esas cosas —me reprende, zarandeándome un poco—. Ya te lo he dicho otras veces: no tengo intención de dejarte, jamás. Además, el doctor Deakin solo quiere hacerte unas pruebas.

—Pero ¿y si resulta que sí tengo eso? Sé lo que va a pasar, sé lo tremendamente frustrante que te va a resultar.

—Si llega ese momento, lo afrontaremos juntos. Aún nos quedan muchos años por delante, Cass, y podrían ser años muy buenos, aunque al final resulte que tienes demencia. Además, habrá alguna medicación que puedas tomar para retrasarla. Por favor, no te preocupes antes de tiempo. Sé que es difícil, pero tienes que ser positiva.

De alguna manera, consigo sobrevivir al resto de la tarde, pero estoy aterrada. ¿Cómo voy a ser positiva si no me acuerdo de cómo funcionan el microondas y la lavadora? Recuerdo lo que le pasaba a mamá con el hervidor y me echo a llorar otra vez. ¿Cuánto tardaré en no saber ni hacerme un té? ¿Cuánto tardaré en no saber ni vestirme? Al verme tan deprimida, Matthew me dice que podría ser peor, y yo le pregunto qué podría ser peor que perder la cabeza y, cuando veo que no sabe qué responder, me siento mal por ponerlo en ese brete. Sé que no sirve de nada que me enfade con él cuando está haciendo todo lo posible por ser optimista, pero es eso de matar al mensajero: me cuesta mostrarme agradecida cuando me ha robado la poca esperanza que me quedaba de que fuese otra cosa, no demencia, el motivo de mi pérdida de memoria.

Domingo 20 de septiembre

Estoy en la cocina, removiendo el *risotto* que he hecho para comer, con los ojos clavados en Matthew, que está arrancando las malas hierbas de los parterres del jardín. No lo veo, solo lo uso de punto de referencia mientras le doy vueltas a la cabeza, consecuencia del fin de semana y de la ausencia de fármacos.

Han pasado ya dos meses del asesinato de Jane y no tengo ni la más remota idea de dónde han ido a parar las últimas semanas. Gracias a las pastillas, han pasado en medio de una nebulosa indolora. Con dificultad, me retrotraigo en el tiempo e intento calcular cuándo recibí la carta del doctor Deakin proponiéndome que me hiciera las pruebas, y llego a la conclusión de que fue hace tres semanas. Tres semanas y aún no he conseguido reconciliarme con la idea de que podría tener demencia precoz. Puede que algún día sea capaz de digerirlo —tengo las pruebas a finales del mes que viene—, pero, de momento, no quiero tener que hacerlo.

Jane me ronda la cabeza. Su rostro sigue ahí, su expresión tan borrosa como el día en que la vi en el bosque, y me entristece no recordar apenas qué aspecto tenía. Todo parece haber ocurrido hace tantísimo tiempo... Aunque el de las llamadas anónimas aún anda por ahí. Durante la semana, cuando estoy sola en casa, soy consciente de que el teléfono suena cada cierto tiempo a lo largo de todo el día. A veces, en medio de la neblina de mi cerebro, oigo a Hannah, o a Connie, o a John, que me dejan un mensaje en el contestador. Pero, cuando se corta antes de que pueda cogerlo, sé que es él.

Sigo comprando cosas de la teletienda, solo que ahora he subido de nivel y pido joyas en vez de utensilios de cocina. El viernes, Matthew volvió del trabajo cargado con un paquete que el cartero había dejado en el escalón de la entrada, y se me encogió el corazón de pensar que iba a tener que jugar otra vez a adivina lo que contiene.

—Huele a mi plato favorito —dijo, sonriente, antes de venir a darme un beso, mientras yo intentaba averiguar qué había comprado.

—Me ha parecido una buena forma de empezar el fin de semana.

—Genial. ¿Otro utensilio de cocina? —dijo, sosteniendo en alto la caja.

—No —contesté, confiando en que no lo fuera.

—¿Qué es entonces?

—Un regalo.

—¿Para mí?

—No.

—¿Puedo verlo?

—Si quieres...

Cogió unas tijeras y abrió de un corte el embalaje exterior.

—¿Cuchillos? —preguntó, sacando del paquete dos estuches planos de piel.

—¿Por qué no lo abres y lo ves? —propuse. De pronto, recordé lo que era—. Perlas —dije—. Son unos pendientes de perlas.

Levantó la tapa de uno de los estuches.

—Muy bonitos.

—Son para Rachel —le dije a modo de confidencia.

—Pensaba que ya le habías comprado unos…

—Estos son para Navidad.

—Si aún estamos en septiembre, Cass.

—No tiene nada de malo comprar con antelación, ¿no?

—No, supongo que no. —Sacó la factura y soltó un silbido por lo bajo—. ¿Desde cuándo te gastas cuatrocientas libras en una de tus amigas?

—Puedo hacer lo que me dé la gana con mi dinero —repuse, a la defensiva, de pronto consciente de que había hecho bien no contándole lo de la casita de la isla de Ré que le había comprado a Rachel.

—Claro que puedes. ¿Para quién es el otro juego?

Solo se me ocurre que olvidara que había hecho el pedido y lo hiciera dos veces.

—Había pensado que me los podías regalar por mi cumpleaños.

Frunció el ceño, menos dispuesto a seguirme la corriente que antes.

—¿No tienes unos ya?

—Como estos, no —dije, confiando en que no apareciera un tercer juego.

—De acuerdo.

Noté que me miraba intrigado. Últimamente lo hace mucho.

En cuanto el risotto está listo, llamo a Matthew y nos sentamos a comer. Cuando estamos terminando, llaman a la puerta. Matthew va a abrir.

—No me habías dicho que venía Rachel —dice, haciéndola pasar a la cocina.

Aunque sonríe, sé que no se alegra mucho de verla. Yo sí, pero también me ha pillado desprevenida porque no tengo ni idea de si me he olvidado de que iba a venir o se ha plantado en mi casa por iniciativa propia.

—Cass no lo sabía, se me ha ocurrido pasarme a charlar un rato —dice, saliéndome al rescate—. Pero, si molesto, me voy.

Me mira inquisitiva.

—No, en absoluto —contesto enseguida, porque me fastidia que Matthew siempre le haga pensar que no es bienvenida—. Hemos terminado de comer hace nada. ¿Tú has comido o te preparo algo?

—Un expreso estaría fenomenal.

Matthew, que está de pie, no se mueve, así que me acerco yo al armario y saco unas tazas.

—¿Quieres uno tú también? —le pregunto.

—Por favor.

Pongo una taza en la cafetera y cojo una cápsula del soporte.

—Bueno, ¿cómo estás? —me pregunta Rachel.

—Bien —contesto—. ¿Y tú? ¿Qué tal el viaje?

Continúo preguntándole vaguedades, porque no recuerdo adónde ha ido.

—Como siempre. ¡Adivina lo que he comprado en el aeropuerto a la vuelta!

Meto la cápsula por la ranura, pero, en lugar de deslizarse hacia dentro, se queda atascada arriba.

—¿Qué? —le pregunto a la vez que empujo la cápsula.

—Un reloj Omega.

Saco la cápsula y vuelvo a intentarlo, consciente de que Matthew no me quita el ojo de encima.

—Guau. Seguro que es precioso —digo.

La cápsula sigue sin entrar.

—Lo es. Me apetecía darme un capricho.

Empujo la cápsula e intento meterla a la fuerza.

—Desde luego —digo—. Te lo mereces.

—Hay que levantar la palanca primero —me dice Matthew en voz baja.

Colorada como un tomate, hago lo que me dice y la cápsula encaja en su sitio.

—¿Quieres que lo haga yo? —me propone—. A lo mejor a Rachel y a ti os apetece sentaros un rato en el jardín. Yo os llevo el café.

—Gracias —digo.

—¿Te encuentras bien? —me pregunta Rachel en cuanto salimos a la terraza—. A lo mejor tendría que haberte llamado antes de venir, pero he estado en Browbury esta mañana y, de repente, me han dado ganas de pasar a saludarte.

—Tranquila, no eres tú, soy yo —digo, y la hago reír—. No me acordaba de cómo funcionaba la cafetera. Primero me pasó con el microondas, luego con la lavadora. Lo siguiente será que no sepa vestirme. —Hago una pausa y me preparo para darle la gran noticia—. Resulta que a lo mejor tengo demencia precoz.

—Sí, me lo dijiste hace un par de semanas.

—Ah —digo, desinflada.

—Aún no te han hecho las pruebas, ¿no?

—No, aún no.

—¿Y las pastillas, todavía las estás tomando?

—Sí. —Bajo la voz—. Pero nunca me las tomo los fines de semana porque no quiero que Matthew sepa lo mucho que me afectan. Finjo que lo hago y las escondo en el cajón de la mesilla.

Frunce el ceño al oír eso.

—¡Cass! Si tanto te afectan, ¡a lo mejor no deberías tomarlas nunca! O al menos tomar una dosis más pequeña.

—A lo mejor, pero no quiero. Sin ellas no aguantaría toda la semana. Me ayudan a olvidar que estoy sola en casa, me ayudan a olvidar las llamadas anónimas.

—¿Te sigue llamando?

—Intermitentemente.

Me pone una mano en el brazo.

—Tienes que contárselo a la policía, Cass.

La miro a la cara.

—¿Para qué? Dudo que puedan hacer algo al respecto.

—Eso no lo sabes. Te harán un seguimiento de las llamadas entrantes o algo así. ¿Qué opina Matthew?

—Cree que ya no me llama.

—Aquí viene Matthew con nuestro café —me interrumpe a voz en grito para advertirme de su presencia. Él le pone una taza delante y ella lo mira con dulzura—. Gracias.

—Dadme una voz si os apetece otro.

—Lo haremos.

Rachel se marcha una hora más tarde, después de ofrecerse a venir a recogerme el viernes siguiente para llevarme a tomar algo por la noche. Sabe que ya no me fío de mí misma al volante y que me fastidia depender de que otros me saquen de casa y me lleven por ahí. La añoranza que siento por la vida que solía llevar es como un dolor físico. Pero no es la demencia la que me ha robado mi independencia, lo sé, aunque ese día llegará. Son el remordimiento y el miedo los que han infestado cada uno de mis instantes de vigilia desde que pasé con el coche por delante del de Jane hace dos meses. Son el remordimiento y el miedo los que me han menoscabado. Si Jane no hubiera entrado en mi vida, si nunca la hubiera conocido, si no la hubieran asesinado, yo habría podido digerir la noticia de que tengo demencia precoz. Le habría plantado cara y ahora estaría sopesando mis opciones en vez de pasarme el día dormida en el sofá.

La súbita consciencia de en qué me he convertido y de por qué lo he hecho se transforma en una inmensa llamada de atención. Me saca de mi letargo y me impulsa a tomar medidas positivas. Pienso en lo que podría hacer para darle un giro a mi vida, o al menos encarrilarla de nuevo, y decido volver a Heston. Si alguien puede ayudarme en mi búsqueda de la tranquilidad de espíritu, ese es Alex, el marido de Jane. No espero que me libre del remordimiento que siento porque eso siempre lo llevaré conmigo, pero me pareció un hombre bueno y compasivo y, si ve que siento de verdad no haberme parado a ayudar a Jane esa noche, a lo mejor le sale del alma perdonarme. Y quizá entonces, solo quizá, yo pueda empezar a perdonarme a mí misma. Incluso puede que consiga superar el miedo, alimentado tan cuidadosamente por el de las llamadas anónimas. No soy tan ingenua como para pensar que todos mis problemas se van a solucionar con una excursión a Heston. Pero al menos es un comienzo.

Lunes 21 de septiembre

Añado las pastillas que Matthew me ha traído esta mañana al pequeño montón que tengo ya en el cajón de la mesilla porque, si voy a ir en coche a Heston hoy, necesito estar despejada. Paso un buen rato en la ducha, dejando que me caiga el agua encima y, cuando por fin salgo, me siento mucho más animada de lo que me he sentido en mucho tiempo. Casi renacida. A lo mejor por eso, cuando suena el teléfono alrededor de las diez, decido cogerlo. Para empezar, quiero asegurarme de que las llamadas no eran solo producto de mi imaginación y, además, me cuesta creer que siga llamando pese a que no le he cogido el teléfono en Dios sabe cuánto.

El aspaviento que oigo al descolgar me indica que lo he pillado por sorpresa y, satisfecha de haber conseguido desconcertarlo, me veo mucho más capaz de hacer frente al silencio del otro lado. Mi respiración, por lo general agitada por el miedo, es ahora regular.

—Te he echado de menos.

Esas palabras susurradas se deslizan suavemente por la línea telefónica y me golpean como una fuerza invisible. Resurge el miedo y me eriza el vello, me ahoga con su veneno. Tiro el teléfono. «Eso no quiere decir que esté cerca —me digo, procurando recuperar parte de la calma que sentía antes—. Que te haya hablado no significa que te esté vigilando.»

Respiro hondo unas cuantas veces y me recuerdo que el que lo haya sorprendido que contestara demuestra que no sabe exactamente lo que estoy haciendo en cada momento. Pero me cuesta no volver a asustarme. ¿Y si decide hacerme una visita, ahora que sabe que he vuelto al mundo de los vivos?

Entro en la cocina y miro instintivamente primero a la ventana, luego a la puerta de servicio. Compruebo el pomo: para mi tranquilidad, sigue intacto. Nadie puede entrar salvo que yo le abra.

Voy a hacer café, pero, al recordar la lucha que tuve ayer con la cafetera, me sirvo un vaso de leche en su lugar, preguntándome por qué ese hombre habrá decidido hablarme hoy cuando nunca lo ha hecho antes. A lo mejor ha querido desestabilizarme porque, por primera vez, no ha percibido mi miedo. Me siento de pronto victoriosa de haber conseguido cambiar algo fundamental entre nosotros. No es que lo haya puesto precisamente al descubierto, pero he conseguido que revele una parte de sí mismo, aunque fuera solo un susurro.

No quiero llegar a Heston demasiado pronto, así que recojo un poco la casa para olvidarme de que estoy sola. Pero no consigo tranquilizarme. Me preparo un poleo menta con la esperanza de que me calme y me siento a bebérmelo en la cocina. El tiempo pasa muy despacio, pero, con mucha fuerza de voluntad, consigo aguantar hasta las once y entonces me marcho, y activo la alarma al salir. Mientras cruzo Browbury, recuerdo el último día que estuve aquí, el día en que me encontré con John, y calculo que sería hace unas cinco semanas. Cuando recuerdo lo asustada que estaba ese día porque pensaba que el asesino andaba en el jardín, me pongo muy furiosa de pensar que alguien me haya podido infundir un miedo así. ¿Y dónde han ido a parar esas cinco semanas? ¿Qué ha sido de mi verano?

Llego a Heston. Dejo el coche en la misma calle y cruzo al parque. No hay rastro del marido de Jane, ni de las niñas, aunque tampoco esperaba que fuese tan fácil. No quiero ni pensar en que ni siquiera vaya al parque, ni en qué voy a hacer si se niega a escucharme, así que me siento un rato en un banco vacío y disfruto de la agradable sensación del sol de septiembre en mi rostro.

Hacia las doce y media, me dirijo al *pub,* parando primero en la tienda para comprar el periódico. Pido un café en la barra y me lo llevo al jardín. Hay un número asombroso de personas almorzando ya y, de pronto, siento que llamo la atención, no solo porque estoy sola, sino porque todos parecen conocerse, o por lo menos son clientes habituales.

Me instalo en una mesita que hay a la sombra de un árbol, un poco apartada de las demás, y abro el periódico. Los titulares no son muy interesantes, y paso a la siguiente página. Entonces me salta a la vista un artículo titulado «¿Por qué no han detenido a nadie?». No me hace falta leerlo para saber que habla del asesino de Jane.

Junto con el artículo, hay una fotografía de una mujer joven, una amiga de Jane, que parece tan frustrada como yo por la lentitud de la investigación policial. «Alguien tiene que saber quién es el asesino», citan sus palabras, un sentimiento en el que ahonda el periodista. «Hace dos meses, una joven fue brutalmente asesinada —prosigue el artículo—. Alguien, en alguna parte, debe saber algo.»

Cierro el periódico, con el estómago revuelto. Que yo sepa, la policía ha dejado de solicitar que la persona que la vio viva en el coche esa noche vuelva a ponerse en contacto con ellos, pero este último artículo podría reactivar su solicitud. Estoy demasiado nerviosa para quedarme sentada, así que me marcho del *pub* y empiezo a caminar por la calle en busca del marido de Jane, porque no quiero irme con las manos vacías, ahora menos que nunca. No tengo ni idea de dónde vive, si en el mismo pueblo o en la nueva urbanización construida en las afueras, pero, al pasar por delante de una fila de casitas de piedra, veo dos triciclos idénticos aparcados en uno de los jardines delanteros. Sin darme la oportunidad de vacilar, enfilo el sendero que conduce a la casa y llamo a la puerta con los nudillos.

Lo veo observarme por la ventana, pero tarda tanto en salir a abrir que pienso que no va a hacerlo.

Me mira desde el umbral de la puerta.

—La mujer del clínex —dice en un tono ni agradable ni desagradable.

—Sí —confirmo, contenta de que me haya recordado—. Siento molestarle, pero ¿podría hablar con usted unos minutos?

—Si es periodista, no.

Niego con la cabeza enseguida.

—No soy periodista.

—Si es médium o algo parecido, tampoco me interesa.

Sonrío un poco, y casi deseo que fuera esa la razón de mi visita.

—No, nada de eso.

—A ver si lo adivino: Jane y usted se conocían desde hace mucho tiempo y viene a decirme lo mucho que lamenta haber perdido el contacto con ella.

Niego otra vez.

—No exactamente.

—Entonces, ¿de qué quiere hablar conmigo?

—Soy Cass.

—¿Cass?

—Sí. Le escribí hace unas semanas. Jane y yo comimos juntas justo antes de... —me interrumpo, porque no sé muy bien qué decir.

—¡Ah, claro! ¿Por qué no me lo dijo cuando nos vimos el otro día en el parque? —me pregunta ceñudo.

—No sé. Seguramente porque no quería que pensara que me estaba entrometiendo. Pasaba por Heston ese día y recordé que Jane me había hablado del parque, así que decidí parar. No se me ocurrió que podría encontrarme con usted.

—Me paso la vida allí —dice, con cara de pena—. Las niñas nunca se cansan del parque. Quieren ir todos los días, aunque llueva.

—¿Cómo están?

—Lo llevan muy bien. —Abre la puerta del todo—. Pase. Ahora están dormidas, así que dispongo de unos minutos. —Lo sigo al salón, donde el suelo está repleto de juguetes y Jane me mira desde un montón de fotos familiares—. ¿Le apetece un té?

—No, gracias —digo, de pronto nerviosa.

—Me ha dicho que quería hablar conmigo...

—Sí.

De repente, se me llenan los ojos de lágrimas y hurgo en el bolso en busca de un pañuelo, furiosa conmigo misma.

—Siéntese, por favor. Está claro que algo le ronda la cabeza.

—Sí —digo de nuevo, y tomo asiento en el sofá.

Él se acerca una silla y se sienta frente a mí.

—Tómese su tiempo.

—Vi a Jane esa noche —digo, retorciendo con los dedos el pañuelo de papel.

—Sí, lo sé, en una fiesta. Recuerdo que Jane me lo contó.

—No, no esa noche. La noche en que fue... —La palabra «asesinada» se me atasca en la garganta—. La noche en que la mataron. Yo iba por Blackwater Lane y pasé por delante de su coche en el área de descanso.

Se queda mudo tanto rato que pienso que ha entrado en shock o algo así.

—¿Se lo ha dicho a la policía? —pregunta al fin.

—Sí. Soy yo quien llamó para decir que aún estaba viva cuando la vi.

—¿Vio algo más?

—No, solo a Jane. Pero no sabía que era ella. Llovía muchísimo y no pude distinguirla. Vi que era una mujer, pero nada más. No supe que era Jane hasta después.

Exhala con fuerza, y su aliento queda suspendido en el aire, entre los dos.

—¿Vio a alguien más en el coche con ella?

—No. Si hubiera visto a alguien, habría informado a la policía.

—Entonces, ¿no paró?

Agacho la cabeza, incapaz de mirarlo a los ojos.

—Pensé que había tenido una avería, así que me estacioné delante de ella. Creí que bajaría del coche, pero no lo hizo; llovía a mares, de modo que esperé a que me diera las luces o tocara el claxon para indicarme que necesitaba ayuda y, al ver que no lo hacía, di por supuesto que habría llamado a alguien que no tardaría en llegar. Sé que tendría que haber bajado del coche y haber ido corriendo a confirmar que estaba bien, pero me pudo el miedo: se me ocurrió que podía ser una trampa de esas y preferí llamar a la policía o a la grúa una vez en casa, porque estaba a solo unos minutos de mi domicilio, y pedir que se acercaran a echar un vistazo. Pero, cuando llegué, algo me distrajo y se me olvidó. A la mañana siguiente, al enterarme de que habían asesinado a una mujer joven, me sentí… Bueno, no tengo palabras para describir cómo me sentí… No podía creer que se me hubiera olvidado llamar… No paraba de pensar en que, de haberlo hecho, probablemente seguiría viva. Me sentía tan culpable que no fui capaz de contárselo a nadie, ni siquiera a mi marido, porque pensé que, si lo hacía, me señalarían con el dedo, me acusarían de su muerte por no haberla ayudado. Y con razón. Después, cuando supe que se trataba de Jane, me quedé hecha polvo. —Me trago las lágrimas—. Aunque no sea la asesina, me siento tan responsable de su muerte como quien la mató.

Me preparo para afrontar su rabia, pero él se limita a menear la cabeza.

—No piense eso —me dice.

—¿Sabe qué es lo peor? —prosigo—. Después me dio por pensar que, si hubiera bajado del coche, probablemente me habrían asesinado a mí también. Y me alegré de no haberlo hecho. ¿En qué clase de persona me convierte eso?

—En una mala persona, no —dice amablemente—. Solo en un ser humano.

—¿Por qué está siendo tan amable? ¿Por qué no está furioso conmigo?

Se levanta.

—¿Es eso lo que quiere? —dice, mirándome desde arriba—. ¿A eso ha venido? ¿Quiere que le diga que es responsable de la muerte de Jane y que es un ser horrible? Porque, si eso es lo que espera, se ha equivocado de persona.

Niego con la cabeza.

—No he venido por eso.

—Entonces, ¿qué quiere?

—No sé cuánto tiempo más voy a poder vivir con este remordimiento.

—Tiene que dejar de culparse.

—Nunca lo conseguiré.

—Mire, Cass, si busca mi perdón, se lo otorgo gustosamente. No la culpo por no parar; si hubiera sido al revés, dudo mucho que Jane hubiera parado a ayudarla, la habría aterrado la idea, igual que a usted.

—Pero al menos se habría acordado de enviar a alguien a echar un vistazo.

Coge una foto de las gemelas, todo sonrisas y rizos rubios.

—La muerte de Jane ya ha arruinado demasiadas vidas —dice en voz baja—. No permita que le arruine la suya.

—Gracias —le digo, con los ojos llenos de lágrimas otra vez—. Muchas gracias.

—Siento que haya estado tan angustiada. ¿Me deja que le prepare un té ahora?

—No quiero molestarlo.

—Iba a hacerme uno cuando ha llegado, así que no es ninguna molestia.

Cuando vuelve con el té, ya he conseguido recomponerme. Me pregunta por mí, y le cuento que soy profesora, sin mencionar que estoy de baja en estos momentos. Hablamos de sus niñas y reconoce que le está costando ser padre a jornada completa, sobre todo porque echa de menos su trabajo, y añade que, cuando sus compañeros le propusieron que comiese con ellos la semana pasada, fue la primera vez desde la muerte de Jane que se sintió con ánimo de volver a ver a alguien.

—¿Y qué tal? —le pregunto.

—Al final no fui porque no tenía con quien dejar a las niñas. Los abuelos viven demasiado lejos para venir hasta aquí en cualquier momento, aunque sí se acercan los fines de semana. Pero a los padres de Jane aún les cuesta mucho, ya sabe, ver a las niñas. Se parecen mucho a ella.

—¿No hay nadie por la zona que pueda echarle una mano?

—La verdad es que no.

—Yo me ofrezco encantada a cuidarlas en cualquier momento —digo. Parece que le choca mi propuesta—. Perdone, he dicho una tontería… No me conoce y, lógicamente, no me va a confiar a sus hijas.

—Bueno, le agradezco el ofrecimiento de todos modos.

Apuro el té, consciente de lo violento de la situación.

—Más vale que me vaya —digo, y me levanto—. Gracias por recibirme.

—Mientras le haya servido para tranquilizarse...

—Sí —digo—, me ha servido.

Me acompaña a la puerta y, de pronto, siento la necesidad imperiosa de confesarle lo de las llamadas anónimas.

—¿Hay alguna otra cosa que quiera contarme? —pregunta.

—No, nada —digo, porque no quiero molestarlo más.

—Adiós, entonces.

—Adiós.

Camino despacio hacia la cancela, preguntándome si he perdido la ocasión, porque no pienso volver a plantarme en su puerta sin ser invitada.

—¡A lo mejor nos vemos en el parque algún día! —me grita.

—A lo mejor —digo, y caigo en la cuenta de que me estaba observando—. Adiós.

Son cerca de las cuatro cuando llego a casa, demasiado tarde para tomarme la pastilla, así que decido no entrar y quedarme en el jardín hasta que venga Matthew. No le voy a decir que he salido hoy, porque, si no, tendré que mentirle sobre adónde he ido y, si lo hago, seguro que luego no me acuerdo de lo que le he dicho y me sale el tiro por la culata. El calor me da sed y, a regañadientes, entro en casa, acordándome de desactivar la alarma primero, y me dirijo a la cocina. Abro la puerta y me sorprendo detenida en el umbral. Exploro la estancia con la mirada; un escalofrío me recorre la espalda. Todo parece en orden, pero sé que no es así; sé que, desde que me he marchado esta mañana, algo ha cambiado.

Vuelvo despacio al vestíbulo y me quedo lo más quieta posible, aguzando el oído para poder detectar el más mínimo ruido. Nada, solo silencio, aunque eso no significa que no haya nadie ahí. Cojo el teléfono de su base, en la mesa del vestíbulo, y vuelvo a salir con sigilo por la puerta principal, que cierro a mi espalda. Me alejo de la casa, asegurándome de permanecer dentro del recinto de la vivienda para no perder la cobertura inalámbrica y, con dedos temblorosos, marco el número de Matthew.

—¿Te importa que te llame luego? —me pregunta—. Estoy en una reunión.

—Creo que ha entrado alguien en casa —le digo con cautela.

—Espera un segundo.

Lo oigo disculparse y arrastrar la silla, y unos segundos más tarde vuelve a estar al teléfono.

—¿Qué pasa?

—Ha entrado alguien en casa —le digo, procurando disimular mi agitación—. He salido a dar un paseo y, al volver, he notado que alguien había estado en la cocina.

—¿En qué lo has notado?

—No sé —digo, frustrada de pensar que vuelvo a sonar como si estuviera loca.

—¿Falta algo? ¿Han entrado a robar? ¿Es eso lo que insinúas?

—No sé si han entrado a robar, solo sé que ha habido alguien en casa. ¿No puedes venir, Matthew? No sé qué hacer...

—¿Has activado la alarma antes de irte?

—Sí.

—¿Y cómo va a entrar nadie sin que salte?

—No lo sé.

—¿Hay algún indicio de que hayan forzado las cerraduras?

—No lo sé. No me he quedado dentro lo bastante para averiguarlo. Mira, esto es una pérdida de tiempo. ¿Y si está ahí dentro todavía? ¿No crees que deberíamos llamar a la policía? —Titubeo un momento—. El asesino de Jane aún anda suelto.

No dice nada, y sé de inmediato que ha sido una estupidez mencionarlo.

—¿Estás completamente segura de que ha entrado alguien en casa? —pregunta.

—Pues claro que sí. No me lo voy a inventar. Y a lo mejor sigue ahí.

—Entonces más vale que llamemos a la policía. —Percibo su recelo—. Ellos llegarán allí antes que yo.

—Pero ¿vas a venir?

—Sí, salgo ahora.

—Gracias.

Me llama al poco para decirme que la policía llegará enseguida. Aunque vienen pronto, lo hacen con tranquilidad, por lo que deduzco que Matthew no ha mencionado la palabra «asesino». El vehículo policial se detiene delante de la cancela e identifico a la policía que vino el día en que me saltó la alarma.

—¿Señora Anderson? —dice, enfilando la pista de tierra que conduce a la casa—. Soy la agente Lawson. Su marido me ha pedido que venga. Por lo visto, piensa usted que hay alguien en su casa...

—Sí —contesto enseguida—. He salido a dar un paseo y, al volver, he notado que alguien había entrado en la cocina.

—¿Ha visto algún indicio de allanamiento, cristales en el suelo o algo así?

—Solo he entrado en la cocina, así que no sé.

—¿Y cree que esa persona sigue ahí?

—No lo sé. No me he quedado dentro lo bastante para averiguarlo. He salido directamente aquí y he llamado a mi marido.

—¿Tiene llave de la puerta principal?

—Sí —digo, y se la doy.

—Quédese aquí, por favor. Yo la aviso cuando pueda entrar sin peligro.

Entra en casa y la oigo gritar si hay alguien allí y luego, durante los siguientes cinco minutos o así, no oigo nada en absoluto. Sale al fin.

—He hecho un registro exhaustivo de la vivienda y no encuentro nada que indique que haya habido algún intruso —dice—. No se ha forzado ninguna entrada, todas las ventanas están perfectamente cerradas y todo parece en orden.

—¿Está segura? —pregunto angustiada.

—¿Quiere entrar a echar un vistazo? —me propone—. Para comprobar que no falta nada y esas cosas.

Entro de nuevo, detrás de ella, y registro todas las habitaciones, pero, aunque no veo nada fuera de sitio, sé que ha habido alguien allí.

—Lo noto —digo, desesperanzada, cuando me pregunta cómo lo sé.

Volvemos a la cocina.

—¿Le parece que nos tomemos un té? —me propone la agente Lawson, sentándose a la mesa.

Voy a encender el hervidor y me detengo en seco.

—Mi taza —digo, volviéndome hacia ella—. La he dejado aquí cuando me he ido y ya no está. Por eso sé que ha entrado alguien: mi taza no está donde estaba.

—A lo mejor la ha metido en el lavaplatos —dice.

Abro el lavaplatos y la veo allí.

—¡Sabía que no me estaba volviendo loca! —exclamo victoriosa. Ella me mira con recelo—. Yo no la he metido ahí —le explico—. La he dejado en la encimera.

Se abre la puerta y entra Matthew.

—¿Va todo bien? —pregunta, mirándome nervioso.

Dejo que sea la agente Lawson la que hable con él, mientras le doy vueltas sin parar a la posibilidad de estar equivocada sobre dónde he dejado la taza. Pero sé que no.

Me vuelvo de nuevo hacia la agente Lawson, que acaba de terminar de contarle a Matthew que no ha encontrado ningún indicio de que haya entrado nadie en la casa.

—Pero sí que ha entrado alguien —insisto—. Mi taza no se ha puesto sola en el lavaplatos.

—¿A qué te refieres? —pregunta Matthew.

—Antes de salir, he dejado la taza en la encimera y, cuando he vuelto, estaba en el lavaplatos —vuelvo a explicar.

Me mira con resignación.

—Seguramente no te acuerdas de que la has metido, nada más. —Se vuelve hacia la agente Lawson—. Mi mujer a veces tiene problemas de memoria y se le olvidan las cosas.

—De acuerdo —contesta la policía, y me mira compasiva.

—¡No tiene nada que ver con mi memoria! —digo, enfadada—. No soy imbécil. ¡Sé lo que he hecho y lo que no!

—Pero a veces no lo sabes —me dice Matthew con delicadeza.

Abro la boca para defenderme, pero la cierro enseguida. Si quisiera, Matthew podría ponerle a la agente una retahíla de ejemplos de ocasiones en las que he olvidado algo que había hecho. En el silencio que sigue, me doy cuenta de que, aunque insista hasta ponerme azul, jamás van a creer que he dejado la taza en la encimera.

—Lamento que haya hecho el viaje en balde —le digo, muy seria.

—No hay problema. Más vale prevenir que curar —dice, amable, la agente.

—Creo que voy a ir a echarme un rato.

—Buena idea. —Matthew me sonríe alentador—. Enseguida subo.

Después de que se marche la policía, espero a que Matthew suba a verme. Como no sube, bajo yo a su encuentro. Está en el jardín, bebiendo a sorbitos una copa de vino como si no lo preocupase nada en este mundo. Siento una punzada de rabia.

—Me alegra ver que no te importa en absoluto que haya entrado alguien en casa —le digo, y lo miro con incredulidad.

—Venga ya, Cass. Si lo único que ha hecho ha sido meter una taza en el lavaplatos, no creo que sea una amenaza, ¿no?

No tengo claro si está siendo sarcástico, porque es la primera vez que lo veo así. La vocecilla de mi conciencia me advierte: «¡Cuidado, no lo presiones demasiado!». Pero no puedo parar la rabia que siento.

—¡Supongo que solo me creerás el día que llegues a casa y me encuentres degollada!

Deja la copa de vino en la mesa.

—¿Eso es lo que crees que va a pasar? ¿Que alguien va a entrar en casa y te va a asesinar?

De pronto caigo en la cuenta.

—¡Da igual lo que piense porque, de todas formas, nadie me hace ni caso!

—¿Y te sorprende? Tus temores no tienen fundamento, ninguno en absoluto.

—¡Me ha hablado!

—¿Quién?

—¡El asesino!

—Cass... —gruñe.

—¡Que es verdad! ¡Y ha estado en casa! ¿No lo entiendes, Matthew? ¡Todo ha cambiado!

Menea la cabeza, desesperado.

—Estás enferma, Cass: tienes demencia precoz y estás paranoica. ¿Por qué no lo aceptas de una vez?

La crueldad de sus palabras me anula. No sé qué decir, así que le doy la espalda y entro en casa. Paso por la cocina para tomarme otras dos pastillas, y espero que venga detrás. Pero no viene, así que subo al dormitorio, me desnudo y me meto en la cama.

Martes 22 de septiembre

Cuando abro los ojos, ya es de día y, de pronto, me vuelve a la cabeza todo lo sucedido la noche anterior. Giro la cabeza hacia Matthew y me pregunto si intentaría despertarme cuando vino a acostarse para pedirme perdón por esas palabras tan hirientes. Pero su lado de la cama está vacío. Miro el reloj: son las ocho y media. La bandeja de mi desayuno está en la mesilla, lo que significa que ya se ha ido a trabajar.

Me incorporo con la esperanza de ver una notita apoyada en el vaso de zumo, pero solo hay un cuenco de cereales, una jarrita de leche y las dos pastillas. La aprensión me produce náuseas. Aunque diga que nunca me va a dejar, que siempre estará conmigo, esa súbita aspereza suya me ha desconcertado. Entiendo que debe de aterrarlo estar casado con una mujer que no para de dar la lata con que la persigue un asesino, pero ¿no debería intentar llegar al fondo de mis miedos en vez de descartarlos sin más? Pensándolo bien, nunca se ha sentado a hablar conmigo tranquilamente, a preguntarme por qué pienso que el asesino me persigue. Si lo hubiera hecho, quizá yo habría confesado que vi a Jane esa noche.

Entre lágrimas de soledad, alargo la mano para coger las pastillas y el zumo con el que tragármelas, desesperada por aplacar el dolor. Pero no encuentro consuelo, ni siquiera cuando empieza a vencerme el sueño, porque lo único que siento es una tremenda desesperación, y miedo a lo que podría depararme el futuro. Si tengo demencia y Matthew me abandona, no me quedará otro remedio que pasar el resto de mis días en una residencia adonde irán a verme mis amigos por obligación, obligación que desaparecerá en cuanto deje de recordar quiénes son. Las lágrimas aumentan y se convierten en enormes hipidos de desdicha y, cuando más tarde me despierto con un gemido espantoso y la cabeza a punto de estallarme, tengo la sensación de que mi pesar interno se ha materializado en dolor físico. Intento abrir los ojos, pero descubro que no puedo. Me noto el cuerpo ardiendo y, al llevarme la mano a la cabeza, veo que la tengo empapada de sudor.

Consciente de que pasa algo horrible, intento salir de la cama; las piernas no me sostienen y me caigo al suelo. Me puede el sueño, pero un sexto sentido me dice que no debo rendirme a él y, en su lugar, me centro en procurar moverme. Me resulta imposible y solo se me ocurre, en medio del aturdimiento, que me ha dado un ictus o algo así. Se me activa inmediatamente el instinto de supervivencia y sé que mi única salvación es buscar ayuda cuanto antes, así que, a cuatro patas, llego al borde de las escaleras y ruedo como puedo al vestíbulo. Aunque el dolor me deja casi inconsciente, haciendo un esfuerzo sobrehumano, repto, con la ayuda de los brazos, hasta la mesa donde está el teléfono. Quiero llamar a Matthew, pero sé que debo contactar primero con Emergencias, de modo que marco el número y, cuando me contesta una mujer, le digo que necesito ayuda. Farfullo de tal manera que temo que no me entienda. Me pregunta cómo me llamo y respondo que Cass; luego quiere saber desde dónde llamo y, nada más darle nuestra dirección, el teléfono se me escapa de la mano y se estampa contra el suelo.

—Cass, Cass, ¿me oye?

La voz es tan débil que resulta fácil ignorarla, pero me insiste tanto que, al final, termino abriendo los ojos.

—Ya vuelve —oigo que dice alguien—. Se está despertando.

—Cass, me llamo Pat, y quiero que me atienda, ¿de acuerdo? —Consigo enfocar un rostro encima de mí—. La vamos a llevar al hospital enseguida, pero ¿podría decirme si es esto lo que se ha tomado?

Me enseña la caja de pastillas que me recetó el doctor Deakin y, cuando la reconozco, asiento brevemente con la cabeza.

Noto que unas manos me agarran, me levantan, y luego el aire frío en la cara durante unos segundos mientras me sacan a una ambulancia.

—¿Matthew? —pregunto débilmente.

—Lo verá en el hospital —me dice una voz—. ¿Podría decirme cuántas se ha tomado, Cass?

Estoy a punto de preguntarle a qué se refiere cuando empiezo a vomitar con violencia y, al llegar al hospital, estoy tan débil que ni siquiera puedo sonreírle a Matthew, que me mira desde arriba, con la cara pálida de preocupación.

—Podrá verla luego —le dice una enfermera con rotundidad.

—Se pondrá bien, ¿verdad? —pregunta él, afligido, y me siento peor por él que por mí misma.

Me someten a tantísimas pruebas que hasta que la doctora empieza a hacerme preguntas no caigo en la cuenta de que cree que me he tomado una sobredosis.

La miro estupefacta.

—¿Una sobredosis?

—Sí.

Niego con la cabeza.

—No, yo jamás haría algo así.

Me mira como si no me creyera y, perpleja, le pido ver a Matthew.

—Gracias a Dios que estás bien —dice, y me coge la mano. Me mira angustiado—. ¿Ha sido por mí, Cass? ¿Por lo que te dije? Si es así, lo siento mucho. Si hubiera pensado por un segundo que podías hacer esto, no habría sido tan duro.

—No me he tomado una sobredosis —le digo llorosa—. ¿Por qué todo el mundo me dice lo mismo?

—Les has dicho a los sanitarios que sí.

—No, ni hablar. —Intento incorporarme—. ¿Por qué iba a decir algo que no es verdad?

—Procure no alterarse, señora Anderson. —La doctora me mira severa—. Aún está muy enferma. Por suerte, no ha habido que hacerle un lavado de estómago porque ha vomitado casi todas las pastillas en la ambulancia, pero tiene que quedarse en observación durante las próximas veinticuatro horas.

Me agarro con fuerza al brazo de Matthew.

—Lo habrá entendido mal. La sanitaria me ha enseñado las pastillas que me recetó el doctor Deakin y me ha preguntado si esas eran las que había tomado, así que le he dicho que sí, porque son las que tomo. No quería decir que me hubiera tomado una sobredosis.

—Me temo que la analítica revela que sí lo ha hecho —dice la doctora.

Miro a Matthew, suplicante.

—Me he tomado las dos que tú me has traído con el desayuno, pero luego ya no he tomado ninguna más, lo juro. Ni siquiera he bajado a la cocina.

—Estas son las cajas que los sanitarios han traído de la casa —dice la doctora, y le entrega una bolsa de plástico a Matthew—. ¿Sabría usted decirme si falta alguna? No pensamos que se haya tomado muchas, quizá una docena o así.

Matthew abre la primera de las dos cajas.

—Esta caja la empezó hace solo un par de días y faltan ocho pastillas, o sea, que está bien, porque se toma cuatro al día, dos por la mañana y dos por la noche —dice, y se lo enseña a la doctora—. Y la otra caja está entera, como debería ser —prosigue, después de revisar el contenido—. No sé de dónde las puede haber sacado.

—¿Existe alguna posibilidad de que su mujer las haya ido almacenando?

Molesta por la forma en que me han excluido de la conversación, me dispongo a recordarles que estoy presente cuando, de pronto, recuerdo el montoncito de pastillas del cajón de mi mesilla.

—No, habría notado que faltaba alguna —dice Matthew—. Soy yo quien se las da antes de irme al trabajo por las mañanas. Así me aseguro de que no se le olvida tomárselas. —Hace una pausa—. No sé si lo saben, se lo he dicho a una de las enfermeras, pero es posible que mi mujer tenga demencia precoz.

Mientras hablan de mi posible demencia, pienso en si he podido, de algún modo, sacar las pastillas del cajón sin saber lo que estaba haciendo. No quiero creer que lo he hecho, pero, cuando recuerdo lo desgraciada y desesperanzada que me sentía y las ganas que tenía de olvidarme de todo, llego a la conclusión de que, a lo mejor, después de tomarme las dos pastillas que me ha traído Matthew, he metido la mano en el cajón y me he tomado también las otras. ¿Habré querido, inconscientemente, poner fin a esta vida que de pronto se me ha hecho insoportable?

Debilitada ya por el incidente, pierdo de golpe la poca energía que me queda. Agotada, me recuesto en la almohada y cierro los ojos para contener en vano las lágrimas que se me escapan ya por los rabillos.

—Cass, ¿te encuentras bien?

—Estoy cansada —murmuro.

—Creo que es preferible que la deje dormir —dice la doctora.

Noto los labios de Matthew en mi mejilla.

—Te veo mañana —me promete.

Lunes 28 de septiembre

Al final, tuve que admitir que me había tomado las pastillas, porque la prueba estaba ahí, en mi torrente sanguíneo. Reconocí que tenía unas cuantas escondidas en el cajón de la mesilla, pero insistí en que no las había almacenado con la intención de suicidarme, y les expliqué que solo las había guardado allí porque los días en que Matthew estaba conmigo no me hacía falta tomármelas. Cuando me preguntaron por qué no se lo había contado a Matthew, les tuve que decir que no quería que él supiera que las pastillas me dejaban tan fuera de combate que no podía hacer nada. Matthew se mostró algo escéptico y señaló que eso no era del todo cierto porque, que él supiera, yo seguía estando operativa a un nivel aceptable, así que rectifiqué y dije que apenas sabía lo que hacía. Lo único bueno es que, como me tomé tan pocas, no lo registraron como un intento de suicidio, sino como una llamada de atención.

Cuando me trajo a casa la noche siguiente, lo primero que hice fue subir al dormitorio y mirar en el cajón. Las pastillas no estaban. Aunque no se atreva a decírmelo, sé que no cree que me las tomara accidentalmente. Y eso no es más que otro clavo en el ataúd de nuestra relación. No es culpa suya; ni me imagino lo que debe de ser para él pasar de tener una mujer que, al principio del verano, estaba algo distraída a encontrarse con una que, al final del verano, está loca, paranoica y suicida.

Insistió en tomarse el resto de la semana libre, pese a que le dije que no hacía falta. Lo cierto es que habría preferido que hubiera ido a trabajar porque necesitaba estar a solas para pensar en qué iba a ser de mi vida. La sobredosis accidental me hizo ver lo valiosa que es la vida y estaba decidida a recuperar el control de la mía mientras aún pudiera. Empecé negándome a tomar las nuevas pastillas azules que me recetaron y le dije a Matthew que prefería salir adelante sin ellas porque necesitaba volver a vivir en el mundo real.

Con todo lo ocurrido, se me olvidó que había quedado con Rachel (o tal vez lo habría olvidado de todas formas), por lo que no la esperaba cuando se plantó en la puerta de casa el viernes por la noche.

—Si me das diez minutos... —le dije, contenta de verla—. Seguro que Matthew te prepara un té mientras esperas.

Matthew me miró sorprendido.

—¿No irás a salir de verdad?

—¿Por qué no? —Lo miré ceñuda—. No soy una inválida.

—No, pero después de lo sucedido... Sabes que Cass ha estado ingresada, ¿verdad? —añadió, volviéndose hacia Rachel.

—No, no tenía ni idea. —Me miró perpleja—. ¿Por qué? ¿Qué ha pasado?

—Te lo cuento mientras cenamos —dije apresuradamente. Miré a Matthew, desafiándolo a que me impidiera salir—. No te importa cuidarte tú solo esta noche, ¿verdad?

—En absoluto, es que...

—Estoy perfectamente —insistí.

—¿Seguro, Cass? —terció Rachel poco convencida—. Si has estado enferma...

—Me vendrá de maravilla salir un rato —sentencié.

Diez minutos más tarde estábamos de camino, y aproveché el viaje para contarle lo de mi sobredosis accidental. La horrorizó que las pastillas pudiesen llevarme a hacer, inconscientemente, algo tan peligroso, pero me pareció que se alegraba cuando le aseguré que no tenía intención de seguir medicándome. Por suerte, entendió que no me apeteciera ahondar en lo ocurrido, y el resto de la noche hablamos de otras cosas.

El sábado, diez semanas después de que mi vida se derrumbara, Matthew me trajo un té en la taza por la que se montó semejante jaleo el lunes por la tarde, y de pronto empecé a darle vueltas a todo otra vez. Recordaba perfectamente haberla dejado en la encimera y, aunque no siempre puedo fiarme de mi memoria, estaba convencida de que no la había metido en el lavaplatos antes de salir de la cocina. ¿Quién lo había hecho, entonces? La única persona que tiene llave de casa, aparte de mí, es Matthew, pero sabía que no había sido él porque, como es tan metódico, siempre empieza a llenar el lavaplatos por el fondo, y estaba prácticamente vacío. Además, si hubiera venido a casa en plena mañana, me lo habría dicho. Lo cierto es que soy yo la que llena primero la parte de delante y, si me puedo tomar una sobredosis sin saber lo que hago, es lógico suponer que también puedo meter una taza en el lavaplatos sin recordar haberlo hecho.

No sé bien cómo, hemos superado el fin de semana, con Matthew siguiéndome disimuladamente a todas partes como si yo fuera una bomba de relojería a punto de estallar. Lo cierto es que, aunque no ha suspirado de alivio esta mañana por poder volver por fin a la oficina, sé que le ha costado hacerme de canguro, pese a que, sin pastillas, soy mucho más coherente. Sin embargo, mi sobredosis accidental lo tiene de los nervios, y solo de pensar que yo pudiera hacer alguna locura mientras está en casa conmigo le impide relajarse a mi lado.

En cuanto se marcha al trabajo, me levanto, porque quiero estar fuera de casa para cuando llame ese hombre. Podría limitarme a ignorar la llamada, pero sé que, si lo hago, seguirá llamando hasta que lo coja, y eso terminará desestabilizándome. Y yo necesito estar tranquila porque voy a volver a Heston a ver al marido de Jane.

Mi idea es llegar a primera hora de la tarde, cuando es más probable que las gemelas duerman, de modo que, de camino, hago escala en Browbury, desayuno tranquilamente y paso el resto de la mañana comprándome ropa nueva, porque ya no me vale nada de lo que tengo.

A Alex no parece sorprenderlo mucho verme a la puerta de su casa otra vez.

—Sospechaba que volvería —me dice, y me hace pasar—. Sabía que algo más le rondaba la cabeza.

—Si quiere, puede volver a pedirme que me vaya —le digo—. Solo que espero que no porque, si usted no puede ayudarme, no se me ocurre quién.

Me ofrece un té, pero, de pronto nerviosa por lo que voy a decir, lo rechazo.

—¿Y qué puedo hacer por usted? —pregunta, llevándome al salón.

—Va a pensar que estoy loca —le advierto mientras me siento en el sofá. No dice nada, así que inspiro hondo—. Muy bien, allá voy. El día que me puse en contacto con la policía para informar de que había visto viva a Jane, hicieron un llamamiento público para que la persona que los había llamado contactara de nuevo con ellos. Al día siguiente, recibí una llamada anónima. No le di mucha importancia, pero hubo otra un día después y un par más al otro, y empecé a asustarme. No eran de esas en las que el que llama respira fuerte, con eso habría podido; solo se oía silencio, pero yo sabía que había alguien al otro lado. Cuando se lo conté a mi marido, me dijo que serían llamadas fallidas de algún centro de telemárketin, pero empecé a vivir con el temor de que el teléfono sonara de nuevo porque... Bueno, sospechaba que quien me llamaba era el asesino de Jane.

Hace un ruidito, una especie de aspaviento, pero, como no dice nada, sigo.

—No le habría costado mucho localizarme por el coche. Cuando me estacioné delante del de Jane, estuve parada unos minutos, así que podría haber visto la matrícula a pesar de la lluvia. Cuanto más me llamaba, más me traumatizaba. Supuse que pensaba que lo habría visto e intentaba disuadirme de que hablara con la policía, aunque yo solo vi a Jane. Decidí ignorar las llamadas, pero entonces empezó a llamar sin parar hasta que lo cogía, y caí en la cuenta de que nunca llamaba cuando mi marido estaba en casa, lo que me hizo pensar que vigilaba la vivienda.

»Estaba tan aterrada que insistí en que nos instalaran una alarma, pero, aun así, consiguió colarse y dejarnos un regalito en la cocina, un cuchillo carnicero, idéntico al de las fotos de la policía. Al día siguiente, me pareció que estaba en el jardín y me hice fuerte en el salón. Mi médico me recetó unas pastillas que me dejaban fuera de combate, física y mentalmente, pero eran la única forma de sobrellevar las llamadas. Luego, el lunes pasado, cuando volví a mi domicilio después de estar aquí, tuve la sensación de que alguien había entrado en casa mientras yo estaba fuera. No faltaba nada, ni había nada roto, pero sabía que ese tipo nos había hecho una visita. Lo tenía tan claro que llamé a la policía, pero no encontraron ningún indicio de allanamiento y, cuando vi que la taza que yo había dejado en la encimera antes de salir se había metido solita en el lavaplatos, supe que estaba en lo cierto. Era la prueba de que alguien había entrado en casa, solo que, cuando lo mencioné, todos me miraron como si estuviera loca.

—Hago una pausa para tomar aliento—. Como tengo demencia precoz, se me olvidan tantas cosas que ya nadie me cree. Pero sé que ese hombre estuvo en casa el lunes pasado. Y ahora me aterra convertirme en su próxima víctima. Y lo que quiero saber es: ¿qué hago? La policía ya piensa que deliro y, si les digo que el asesino va a por mí, no me creerán, sobre todo porque, para empezar, no puedo demostrar que me ha estado llamando. Parezco trastornada, ¿verdad? —añado, sin esperanza.

Guarda silencio un momento y lo imagino pensando en una forma discreta de librarse de mí.

—Me ha estado llamando, de verdad —digo. Lo miro y lo veo de pie, junto a la librería, apoyado en ella, meditando lo que acabo de contarle—. Necesito que me crea.

—La creo —contesta.

Lo miro con cautela y me pregunto si lo dirá solo por complacerme.

—¿Por qué? Nadie más me cree.

—Una corazonada, supongo. Además, ¿por qué se iba a inventar una cosa así? No parece de esas personas a las que les gusta llamar la atención. Si lo fuera, ya habría ido a la policía y a los medios.

—Las llamadas podrían ser fruto de mi imaginación.

—El solo hecho de que lo reconozca lo hace improbable.

—Entonces, ¿cree sinceramente que me ha estado llamando el asesino de Jane? —pregunto, porque necesito que me lo confirme.

—No. Creo que la han estado llamando, pero no el asesino de Jane.

—No me diga que esas llamadas son de un centro de telemárketin —le ruego, sin molestarme en disimular mi decepción.

—No, es obvio que hay algo más. Alguien la está acosando, indudablemente.

—¿Y qué le hace pensar que no es el asesino quien me llama?

—Que no es lógico. Mire, ¿qué vio exactamente al pasar por delante del coche de Jane? Si hubiera podido verla bien, la habría reconocido. Pero me dijo que no.

—No pude distinguir sus rasgos —confirmo—. Me pareció rubia, nada más.

—De modo que, si hubiera visto a alguien sentado a su lado, como mucho podría haber dicho si era rubio o moreno.

—Sí, pero el asesino no lo sabe. Igual piensa que lo vi bien.

Se aparta de la librería y viene a mi lado.

—¿Aunque estuviera al lado de Jane, en el asiento del copiloto? La policía cree que lo recogió antes de llegar al área de descanso. En ese caso, no se habría sentado atrás, ¿no?

—No —respondo, y me pregunto cómo le habrán sentado los rumores sobre la infidelidad de su mujer.

—Además, su razonamiento tiene otro fallo: si piensa que podría proporcionar a la policía información clave sobre él, ¿por qué iba a dejarla vivir? ¿Por qué no matarla sin más? Ya ha matado una vez, ¿por qué no otra?

—Pero, entonces, si no llama él, ¿quién lo hace?

—Eso es lo que debe averiguar. Pero le aseguro que esas llamadas no son del asesino de Jane. —Alarga el brazo y me coge la mano—. Créame.

—No sabe cuánto me gustaría. —Se me llenan los ojos de lágrimas—. ¿Sabe lo que hice el martes por la mañana? Me tomé una sobredosis. No lo hice a propósito, ni siquiera fui consciente de que había ingerido un montón de pastillas, pero supuse que lo había hecho porque, en el fondo, mi vida se me estaba haciendo intolerable.

—Si hubiera podido ahorrarle todo esto, lo habría hecho —dice en voz baja—, pero no tenía ni idea de que el asesinato de Jane pudiera afectar tanto a alguien ajeno a la familia.

—Es extraño —digo—: debería aliviarme que no sea el asesino quien me ha estado llamando, pero al menos antes creía saber quién era. Ahora podría ser cualquiera.

—Quizá esto la sorprenda, pero es muy posible que sea alguien a quien conoce.

Lo miro horrorizada.

—¿Alguien a quien conozco?

—¿Papá?

Una de las niñas aparece en el umbral de la puerta, en camisetita y pañal, y aferrada a un conejo de peluche. Alex se levanta y la coge en brazos mientras yo me seco las lágrimas apresuradamente.

—¿Louise aún duerme? —pregunta, y le da un beso.

—Loulou duerme —dice la niña, asintiendo con la cabeza.

—¿Te acuerdas de la señora que nos dio un pañuelo en el parque?

—¿Ya se te ha curado la rodilla? —le pregunto. Estira la pierna para que lo vea yo misma—. Qué bien —digo, sonriente—. Ha desaparecido. —Miro al marido de Jane—. Lo dejo a lo suyo. Gracias otra vez.

—Espero haberla ayudado.

—Sí, lo ha hecho. —Me vuelvo hacia su hija—. Adiós, Charlotte.

—Se acuerda —me dice él, complacido.

Me acompaña a la puerta.

—Por favor, piense en lo que le he dicho.

—Lo haré.

—Cuídese.

Son tantas las emociones que me asaltan que me resulta imposible conducir, así que busco un banco en el parque y me siento un rato. Parte del miedo que me ha acompañado durante las últimas diez semanas, desde aquella primera llamada, ha desaparecido. Aunque tanto Matthew como Rachel me han dicho siempre que era absurdo suponer que me llamaba el asesino, ellos no saben que vi a Jane esa noche, por lo que no comprenden mi temor. Sin embargo, al marido de Jane le he facilitado todos los datos y, al repasar su razonamiento sobre por qué las llamadas no pueden ser del asesino, me cuesta encontrarle pegas. Pero ¿y su otro razonamiento, el de que quien me llama es alguien cercano a mí?

Vuelve el miedo, el doble de grande, y se instala en mí, robándome el aliento para hacerse hueco. Me seca la boca, me llena la cabeza de nombres. Podría ser cualquiera. El marido de alguna de mis amigas, ese hombre encantador que viene a limpiar los cristales cada equis meses, el tipo de la alarma, el nuevo vecino de nuestra calle, el padre de alguno de mis alumnos... Repaso mentalmente los hombres que conozco y termino sospechando de todos. No me pregunto por qué iba a querer alguno hacer algo así, me pregunto: ¿por qué no? Cualquiera de ellos podría ser el psicópata.

No quiero que venga Alex con las niñas y me encuentre aquí sentada como una vulgar acosadora, así que me voy del parque. Debería marcharme a casa, pero ¿y si descubro que ha vuelto a colarse alguien? Ya han burlado la alarma una vez, pero ¿cómo? Alguien con suficientes conocimientos técnicos. ¿El tipo de Superior Security Systems? Recuerdo la ventana que me encontré abierta después de que se fuera ese día. A lo mejor la amañó para poder entrar y salir a placer. ¿Será él quien me llama?

Me resisto a volver a casa, por eso regreso a Browbury y busco una peluquería en la que me cojan sin cita. Hasta que no me encuentro sentada delante del espejo sin otra cosa que hacer que mirarme en él, no me doy cuenta de lo mucho que me han arrebatado estos dos últimos meses. Me veo demacrada y la peluquera me pregunta si he estado enferma, porque mi pelo revela signos de estrés. Decido no contarle que tengo demencia precoz, ni que me tomé una sobredosis hace unos días.

Paso tanto rato en la peluquería que el coche de Matthew ya está a la entrada cuando vuelvo. Mientras aparco delante de la puerta, esta se abre de golpe.

—¡Menos mal! ¿Dónde estabas? —pregunta, histérico—. Me tenías preocupado.

—He ido a Browbury de compras y a cortarme el pelo —digo con suavidad.

—Pues la próxima vez déjame una nota, o llámame para decirme que vas a salir. No puedes salir así, a la buena de Dios.

—¡No he salido a la buena de Dios! —replico.

—Ya sabes a qué me refiero.

—Pues no. No voy a empezar a decirte a estas alturas absolutamente todo lo que hago, Matthew. No lo hacía antes y no voy a hacerlo ahora.

—Antes no tenías demencia precoz. Te quiero, Cass, y es lógico que me preocupe por ti. Por lo menos cómprate otro móvil para que te pueda localizar.

—De acuerdo —digo, poniéndome en su lugar—. Mañana me lo compro, te lo prometo.

Martes 29 de septiembre

Cuando suena el teléfono a la mañana siguiente, pienso en lo que me dijo Alex de que me llama alguien a quien conozco y contesto.

—¿Quién eres? —pregunto, más intrigada que asustada—. No eres quien pensaba que eras, así que ¿quién eres?

Cuelgo, sintiéndome extrañamente victoriosa, pero, para consternación mía, vuelve a llamar inmediatamente. Me quedo allí plantada, preguntándome si cogerlo, sabiendo que, si no lo hago, llamará hasta que lo haga. Pero no quiero darle lo que busca, no quiero quedarme ahí en silencio, sumisa. Ya no. He perdido demasiadas semanas de mi vida. Si no quiero perder más, tengo que empezar a plantarle cara.

Como me preocupa terminar derrumbándome, salgo al jardín para alejarme de ese timbre impertinente. Se me ocurre dejar el teléfono descolgado para que comunique cuando llame, pero tampoco quiero enfurecerlo más. La otra opción es pasar el día fuera y volver cuando Matthew ya esté aquí, pero estoy harta de verme obligada a salir. Lo que necesito es entretenerme con algo.

Veo las tijeras de podar, que están donde las dejé hace dos meses —la víspera del día en que Hannah y Andy vinieron a la barbacoa—, en el alféizar, con mis guantes, y decido recortar un poco las plantas. Me lleva como una hora adecentar los rosales, luego sigo arrancando malas hierbas hasta la hora de comer, maravillada de que quienquiera que me llama tenga tanto tiempo libre para invertirlo en tan fútil ejercicio porque, a estas alturas, ya se habrá dado cuenta de que no lo voy a coger. Intento deducir el tipo de hombre que es, pero sé que sería un error estereotiparlo como solitario con dificultades para socializar. Podría ser un pilar de la sociedad, un hombre de familia, un tipo con montones de amigos e intereses. Lo único que sé con certeza ahora es que es alguien a quien conozco, y eso me aterra menos de lo que quizá debería.

Me tranquiliza darme cuenta de que, de no haber sido por el asesinato, esas llamadas jamás habrían supuesto un problema. Me habría reído de él, lo habría llamado patético y le habría dicho que, si no dejaba de acosarme, llamaría a la policía. Solo que no lo hice porque creí que era el asesino y el miedo me paralizaba de tal modo que me impedía reaccionar. Cuando pienso en todo el tiempo que lleva saliéndose con la suya, me dan muchas ganas de desenmascararlo.

Hacia la una, las llamadas, que ya son menos frecuentes, cesan de pronto por completo, como si ese hombre hubiera decidido hacer un descanso para almorzar. O a lo mejor le ha salido un callo en el dedo de tanto marcar mi número. Sigo su ejemplo y me preparo algo de comer, satisfecha de haber sido capaz de estar en casa sola tanto tiempo. Sin embargo, cuando dan las dos y media y veo que no ha vuelto a llamar, empiezo a inquietarme. Aunque estoy decidida a sacarlo de su escondite, todavía no me siento preparada para hacerlo.

Por si decide hacerme una visita, voy al cobertizo y saco una azada, un rastrillo y, lo que es más importante, un cortasetos y me traslado a la parte delantera de la casa, donde me siento más segura. Mientras estoy retirando las flores muertas de los parterres, el vecino de la casa de al lado, el expiloto, pasa por delante y esta vez saluda. Lo miro, lo tanteo. La conversación con Alex me ha venido tan bien que el vecino ya no me parece siniestro, sino triste, así que le devuelvo el saludo.

Paso en el jardín más o menos otra hora, atenta al teléfono, y cuando termino, me llevo una tumbona a la parte de atrás para descansar hasta que llegue Matthew. Pero no consigo relajarme. Quiero recuperar mi vida, pero sé que no lo lograré hasta que sepa quién es mi torturador. Y, para eso, voy a necesitar ayuda.

Voy al vestíbulo y llamo a Rachel.

—¿Podrías hacerme un hueco cuando salgas de trabajar?

—¿Va todo bien? —me pregunta.

—Sí, todo bien, pero necesito que me ayudes con una cosa.

—¡Qué intriga! Podemos quedar en Castle Wells, si quieres, pero no llegaré hasta las seis y media. ¿Te vale?

Vacilo, porque no he vuelto allí desde que perdí el coche en el aparcamiento, pero no puedo pedirle que venga ella siempre a Browbury cuando trabaja a diez minutos de Castle Wells.

—¿En el Spotted Cow?

—Nos vemos ahí.

Le dejo una nota a Matthew para que sepa que voy a Castle Wells a comprarme un móvil nuevo. No quiero volver a dejar el coche en el aparcamiento grande, así que busco sitio en uno de los pequeños y me dirijo a la zona comercial. Al pasar por delante del Spotted Cow, me asomo al ventanal para ver si ya está lleno y veo a Rachel sentada a una mesa en el centro del local. Justo cuando me estoy preguntando qué hace ahí ya, una hora antes de nuestra cita, alguien se acerca a su mesa y se sienta con ella. Y, de pronto, me encuentro mirando fijamente a John.

Pasmada, me agacho enseguida y vuelvo a toda prisa por donde venía, alejándome del Spotted Cow, contenta de que ninguno de los dos me haya visto. Rachel y John. La cabeza me va a mil, pero solo porque jamás se me habría ocurrido que pudieran estar juntos. Porque ¿están juntos? Intento recordar el lenguaje corporal que he visto y, definitivamente, se tienen confianza. Pero ¿de pareja? Sin embargo, cuanto más lo pienso, más sentido le veo. Los dos son inteligentes, guapos y divertidos. Los imagino saliendo por la noche, riéndose a carcajadas y bebiendo, y de pronto me inunda la tristeza. ¿Por qué no me han dicho nada? Sobre todo Rachel.

Aminoro la marcha, consciente de que la idea de que estén juntos no me agrada. Aunque quiero muchísimo a Rachel, John es demasiado buenazo para ser feliz con ella. Y demasiado joven. Me fastidia ser tan crítica, pero me complace estar sobre aviso, por si Rachel decide contarme después, cuando nos veamos, que está saliendo con John. Puede que no, claro. A lo mejor solo se ven como examantes, en cuyo caso Rachel no me lo dirá. Ahora que lo pienso, nunca me ha hablado de los hombres con los que sale, seguramente porque no le duran mucho.

Caigo en la cuenta de que no voy a encontrar una tienda de telefonía por donde voy, así que cruzo la calle y vuelvo al centro sin pasar por el Spotted Cow. Un poco más adelante veo la Boutique del Bebé y me pongo como un tomate al recordar cómo fingí estar embarazada ese día. Cuando llego a la tienda, me sorprendo empujando la puerta, y me cuesta creer que de verdad vaya a confesar que mentí sobre mi embarazo, pero, si quiero recuperar mi vida, tengo que ponerla en orden, de modo que me acerco al mostrador, aliviada de que no haya clientes y de que la dependienta sea la misma.

—No sé si se acuerda de mí —empiezo. Me mira intrigada—. Vine hace un par de meses y compré un pijamita.

—Sí, claro que me acuerdo —dice, sonriente—. Salimos de cuentas más o menos para la misma fecha, ¿no?

Me hace un repaso y, al ver que no tengo tripa, me mira consternada.

—Lo siento —dice con recelo.

—Tranquila —replico enseguida—. En realidad, no estaba embarazada. Yo creía que sí, pero no.

Me dedica una mirada compasiva.

—¿Fue uno de esos embarazos psicológicos? —pregunta, y como me he ganado el derecho a conservar intacto un poquito de dignidad, le digo que quizá me hice demasiadas ilusiones.

—Estoy segura de que pronto lo conseguirá —me dice.

—Eso espero.

—Si me lo permite, creo que comprar el cochecito fue un poco prematuro. No sé bien qué podemos hacer, pero, si le pregunto a la gerente, seguro que accede a que se lo recompremos con un pequeño descuento.

—No he venido a intentar devolver el cochecito —la tranquilizo, consciente de que eso es lo que cree—. Me lo quedo encantada. Solo he venido a saludar.

—Me alegro de que lo haya hecho.

Me despido y me dirijo a la puerta, asombrada de lo bien que me siento.

—Por cierto, ¿era ese el que quería, verdad, el azul marino?

—Sí —digo, sonriente.

—Menos mal. Si me equivoco de cochecito, esa amistad suya me mata.

Salgo a la calle con esas palabras resonándome en los oídos: «esa amistad suya». ¿Lo habré entendido mal? ¿Se referirá a la pareja que había en la tienda ese día? Igual no le quedó claro qué cochecito había encargado y, cuando salí, les preguntó a ellos si era el azul el que yo quería. Pero ha dicho «esa amistad», no «esas amistades» y, además, sabía que eran solo otros clientes con los que había coincidido en la tienda. Entonces, ¿a quién se refiere?

Aunque la verdad me mira de frente, me niego a aceptarla. El único que sabía que estuve en la tienda ese día es John, y no quiero creer que fue él quien pidió que me enviaran el cochecito a casa, porque tendría que preguntarme por qué. La cabeza me va a mil otra vez. Vuelvo a cruzar la calle y me dirijo a Costas, adonde fuimos después de que me tropezara con él al salir de la Boutique del Bebé. Pido un café y me siento junto al ventanal, con los ojos clavados en la tienda de enfrente, intentado deducir qué pasó.

Podría ser algo de lo más inocente. John siempre ha sentido debilidad por mí; quizá, cuando entró en la tienda y mencionó que yo le había recomendado un pijama para el bebé de su amiga, la dependienta le habló de mi supuesto embarazo con toda naturalidad y, emocionado por mí, decidió hacerme un regalo. Claro que no habría elegido algo tan caro. Además, si era un regalo, ¿por qué me lo envió anónimamente? ¿Y por qué, cuando nos vimos al poco en Browbury, no mencionó ni el embarazo ni el cochecito? ¿Se avergonzaba de lo que había hecho? No tiene sentido.

La alternativa, la posibilidad de que no fuera algo completamente inocente, me acelera el corazón. ¿Me estaba siguiendo John ese día, y el día en que me tocó con los nudillos en la ventanilla del coche, en Browbury? Ahora que lo pienso, es extraño que me lo encontrase dos veces en menos de diez días. ¿Encargaría que me enviasen el cochecito anónimamente para asustarme? Por entonces, él no podía saber que creería que lo había encargado yo misma porque aún no le había contado lo de mi demencia. Se lo dije el día que comimos juntos en Browbury. ¿Y por qué iba a hacer algo así? «Porque te quiere», me susurra la voz de mi conciencia. ¿Me quiere lo bastante como para odiarme?

Cuando caigo en la cuenta de que todo apunta a que John podría ser el de las llamadas anónimas, siento náuseas. Él sabía lo nerviosa que estaba desde el asesinato de Jane y, cuando le comenté lo aislada que estaba nuestra casa, me dijo que había otras alrededor, pero ¿cómo lo sabía si él nunca ha estado en mi casa? Estoy tan furiosa con él que tengo que reprimir las ganas de ir directamente al Spotted Cow y plantarle cara delante de Rachel. Porque, antes de hacerlo, debo estar completamente segura de todo.

Le doy muchas vueltas, procuro verlo desde distintos ángulos, pero, aunque me cueste creerlo, todo parece señalarlo como mi torturador. Me retrotraigo al mes de julio, cuando le grité al de las llamadas anónimas que me dejara en paz y resulta que era John quien me llamaba, y se fingió sorprendido. Ha sido él todo el tiempo. Y yo me disculpé y le dije que estaba recibiendo llamadas molestas de un centro de telemárketin. Cuánto debió de reírse para sus adentros mientras fingía haberme llamado para invitarme a tomar una copa con Connie y los otros compañeros. Yo le dije que no estaba segura de si podría porque Matthew se había tomado libres los dos días siguientes. Y, en esos días, no hubo llamadas. Hasta el momento es oportuno: como en verano no hay clases, tenía todo el tiempo del mundo para mortificarme. Qué disparate. Si alguien me hubiera dicho esta mañana que es John quien me está llamando, me habría reído en su cara.

Entonces se me ocurre algo que me cae como un mazazo. La noche del asesinato de Jane, John no fue a casa de Connie. Jane y él jugaban juntos al tenis, me lo dijo él. ¿Serían amantes? ¿Sería él quien había quedado con ella esa noche? ¿La mataría él? La respuesta tiene que ser no. Pero entonces me acuerdo de que me comentó que su novia, a la que ninguno conocíamos, había desaparecido de escena.

Y Rachel, ¿qué? Si John y ella están juntos, podría correr peligro. Pero, si de verdad están juntos, a lo mejor sabe lo que ha hecho. De pronto me cuesta respirar. Se me pasan tantas posibilidades por la cabeza que me veo tentada de volver directamente a casa sin acercarme siquiera al Spotted Cow. Me miro el reloj; tengo cinco minutos para decidir.

Al final, opto por ver a Rachel. Por el camino, me preparo para cualquier eventualidad: que John esté con ella, que no esté, que Rachel me cuente lo suyo con John, que no me diga absolutamente nada de él... Si no lo hace, ¿le comento mis sospechas? Si hasta a mí me parecen absurdas, descabelladas.

Cuando llego, el *pub* está tan abarrotado que menos mal que Rachel lleva allí ya más de una hora porque, de lo contrario, no habríamos encontrado sitio.

—¿No había una mesa más tranquila? —intento bromear, porque parece que nos rodea un grupo de estudiantes franceses.

—Acabo de llegar —me abraza—, hemos tenido suerte de encontrar una libre.

Al oír la mentira, se me revuelven las entrañas.

—Voy a por algo de beber —me ofrezco—. ¿Qué te apetece?

—Una copa pequeña de vino, por favor, que tengo que conducir.

La espera en la barra me da la oportunidad de decidir qué voy a decirle cuando me pregunte por qué quería que nos viéramos, porque ya no necesito su ayuda para localizar al de las llamadas anónimas. A menos que no sea John, que yo me haya montado una película con lo que me ha dicho la dependienta de la tienda.

—Bueno, ¿de qué quieres hablar? —me dice en cuanto me siento.

—De Matthew —le digo.

—¿Por qué, pasa algo?

—No, que se acercan las Navidades. Me gustaría prepararle algo muy especial. Se lo he puesto muy difícil, entre unas cosas y otras, y querría compensárselo. Iba a preguntarte si se te ocurría algo. A ti se te da muy bien todo esto.

—Aún faltan dos meses —me dice, ceñuda.

—Lo sé, pero últimamente no soy capaz de estar en todo. He pensado que, si me ayudas a planear algo, por lo menos podrás recordarme lo que es.

Ríe.

—De acuerdo. ¿Qué habías pensado? ¿Un fin de semana fuera? ¿Un paseo en globo aerostático? ¿Una sesión de caída libre? ¿Un curso de cocina?

—Cualquiera de esas sería una idea excelente, salvo, quizá, el curso de cocina —digo, y durante la siguiente media hora me propone una cosa detrás de otra, y yo digo que sí a todo porque tengo la cabeza en otro sitio.

—No lo vas a poder hacer todo —dice, exasperada—, aunque, como el dinero no es problema, igual sí.

—Bueno, me has dado ideas de sobra —le digo, agradecida—. ¿Y tú, qué? ¿Alguna novedad desde el domingo?

—No, lo mismo de siempre —dice, y hace una mueca.

—No me has llegado a contar lo del tío de Siena, ya sabes, el hermano.

—Alfie. —Se levanta—. Perdona, tengo que ir al baño, vuelvo enseguida.

Mientras no está, decido que voy a tener que meter a John en la conversación como sea y seguir por ahí, pero, cuando vuelve, en lugar de sentarse, se queda de pie.

—No te importa que te abandone, ¿verdad? —dice—. Es que mañana tengo mucho lío y quiero irme a casa.

—No, vete —digo, sorprendida de que se marche tan pronto—. Me iría contigo, pero necesito un café antes de coger el coche.

Se agacha y me da un abrazo de despedida.

—Hablamos esta semana —promete.

La observo intrigada mientras sale, abriéndose paso entre los estudiantes franceses, porque nunca la he visto irse con tanta prisa. ¿Habrá quedado con John? A lo mejor la está esperando en algún lado, en otro pub. Cuando llega a la puerta, una de las estudiantes francesas suelta un berrido y veo que intenta llamarla para que vuelva.

—*Madame, madame!* —grita.

Pero Rachel ya se ha ido. La estudiante empieza a pelearse con uno de los chicos que tiene al lado. Pierdo el interés y me vuelvo hacia una camarera que pasa por mi lado para pedirle que me traiga un café.

—Perdone. —Levanto la vista y veo a la chica francesa plantada delante de mí con un pequeño móvil negro en la mano—. Lo siento, pero mi amigo le ha robado esto a su amiga.

—No, no es suyo —le digo, mirando el teléfono—. Ella tiene un iPhone.

—*Oui* —insiste—. Mi amigo, ese de allí —dice, volviéndose a señalar al chico con el que se estaba peleando—, se lo ha quitado del bolso.

—¿Y por qué ha hecho algo así? —le digo, indignada.

—Una *pari,* una apuesta. Ha estado muy mal. He querido devolvérselo a ella, pero él no me lo daba. Ahora ya lo tengo y se lo doy a usted.

Miro al chico al que ha señalado. Me sonríe y junta las manos como suplicando, luego me hace una reverencia.

—Es muy malo, ¿verdad?

—Sí —confirmo—. Pero no creo que sea de mi amiga. A lo mejor se lo ha quitado a otra persona.

Se vuelve hacia su compañero y, tras una rápida conversación a gritos en francés en la que todos parecen asentir con la cabeza, se gira de nuevo hacia mí.

—*Oui* —dice otra vez—. Sí. Ha pasado por delante y él lo ha sacado del bolso. —Me mira angustiada—. Si lo prefiere, se lo doy al hombre de la barra.

—No, está bien —digo, y lo cojo—. Gracias. Yo se lo devuelvo. Espero que su amigo no me haya quitado nada a mí —añado, ceñuda.

—No, no —se apresura a decir.

—Bien, gracias.

La chica regresa con sus amigos y yo le doy vueltas al teléfono en la mano, no del todo convencida de que sea de Rachel. Parece uno de los modelos de prepago más básicos del mercado, de esos de concha. ¿Se lo habrá dado John? Es como si todo se derrumbase a mi alrededor y ya no supiera en quién confiar, ni siquiera en mí misma. Levanto la tapa y entro en la lista de contactos. Solo hay un número registrado. Vacilo un momento y me planteo si de verdad quiero llamar. Me siento como una acosadora, pero ni siquiera estoy segura de que sea el teléfono de Rachel y, de todas formas, no hace falta que diga nada, bastará con que oiga quién contesta.

Nerviosísima, marco el número. Me contestan enseguida.

—¿Para qué coño me llamas? Habíamos quedado en que solo mensajes de texto.

Aunque hubiera querido hablar, no habría podido porque, de pronto, me quedo sin respiración.

El ruido de los estudiantes franceses que se levantan para marcharse me devuelve a la realidad. Miro el teléfono que sostengo en la mano y caigo en la cuenta de que, con el susto, se me ha olvidado colgar. La llamada se ha cortado de todas formas, pero, con la cabeza a mil, intento calcular si, durante ese par de minutos en que la comunicación aún estaba activa, se ha podido oír algo incriminatorio. En cualquier caso, la persona que estaba al otro lado solo habrá oído las voces de los que me rodeaban, no el latido frenético de mi corazón. Igual ha colgado mucho antes porque se ha dado cuenta de que pasaba algo.

Llega mi café y me lo bebo de un trago, consciente de que Matthew se estará preguntando dónde estoy porque, en mi nota, no le he dicho que había quedado con Rachel, solo que iba a comprarme un móvil. Me dirijo deprisa al coche y escondo el móvil de Rachel al fondo de la guantera. Quiero volver a casa cuanto antes, pero me niego a atajar por Blackwater Lane, así que piso a fondo el acelerador y pienso en qué le voy a decir a Rachel cuando me llame, porque me va a llamar.

—Ya sé que me has dejado una nota, pero no pensaba que fueras a volver tan tarde —protesta Matthew cuando entro en la cocina.

Me da un beso.

—Lo siento, he quedado con Rachel para tomar algo.

La habitación está fría, comparada con el exterior, y huele un poco a tostadas.

—Ah, eso lo explica. ¿Te has comprado un móvil nuevo?

—No, no tenía claro cuál coger, pero te prometo que me lo compro mañana.

—Si quieres, podemos mirar distintos modelos en Internet —me ofrece—. Por cierto, te ha llamado Rachel. Me ha pedido que la llamaras cuando llegases.

Me da un vuelco el corazón.

—Ahora la llamo. Voy a darme una ducha primero, hace mucho calor ahí fuera.

—Parecía muy urgente.

—Bueno, pues la llamo ya.

Voy al vestíbulo a por el fijo y me lo llevo a la cocina.

—¿Vino? —me pregunta Matthew mientras marco el número de Rachel.

La botella ya está abierta, así que asiento, con el teléfono pegado a la oreja.

—Hola, Cass.

Es la primera vez que la noto tan agitada, aunque se esfuerza por disimularlo.

—Me ha dicho Matthew que me has llamado —digo.

—Sí, oye, ¿sabes si alguien se ha encontrado un móvil después de que yo saliera del pub? Se me ha debido de caer en algún sitio.

—No puede ser, porque te estoy llamando al móvil —replico con toda lógica.

—No era mi teléfono, se lo estaba guardando a un amigo. Se me ha debido de caer del bolso o algo así.

«A un amigo.» La expresión me cae como una losa.

—¿Has llamado al Spotted Cow, a ver si alguien lo ha encontrado?

—Sí, no lo tienen.

—Un momento… ¿Era uno negro pequeñito?

—Sí, eso es. ¿Sabes dónde está?

—Probablemente cruzando el Canal, a estas alturas. ¿Te acuerdas de ese grupo de estudiantes franceses que estaban sentados a nuestro lado? Pues, después de que te fueras, han empezado a tontear con ese móvil, tirándoselo unos a otros e intentando quitárselo. No he prestado mucha atención porque pensaba que era de uno de ellos.

Enmudece de espanto.

—¿Estás segura?

—Sí. Se estaban mofando porque era un móvil de esos antiguos. No creo que fuera el que le guardabas a tu amigo —añado, mostrándome poco convencida—. Ya no los usa nadie.

—¿Sabes si aún están en el pub, esos estudiantes franceses?

Imaginarla saliendo disparada hacia Castle Wells me resulta perversamente satisfactorio.

—Seguían ahí cuando me he ido. Parecía que tenían para rato —digo, con la tranquilidad de que ya se habrán ido cuando llegue allí, porque ya hacían ademán de marcharse cuando he salido del pub.

—Entonces voy a ir a ver si lo recupero.

—Buena suerte, espero que lo encuentres.

Cuelgo, y me alivia haberlo logrado.

—¿De qué iba todo eso? —pregunta Matthew, ceñudo.

—Ha perdido un móvil en el pub y lo han cogido unos estudiantes franceses —le explico—. Va para allí, a ver si consigue recuperarlo.

—Muy bien —dice, asintiendo con la cabeza.

—¿Qué te apetece cenar esta noche? ¿Un filete?

—Es que he quedado con Andy para tomar una pinta en el pub. ¿No te importa?

—No, ve. ¿Comerás algo allí?

—Sí, no te preocupes.

Me estiro y bostezo.

—En ese caso, me acostaré pronto.

—Procuraré no despertarte cuando vuelva —promete, y se saca las llaves del coche del bolsillo.

Lo veo dirigirse a la puerta de la calle.

—Te quiero —le grito.

—Yo te quiero más —me dice él, volviéndose a sonreírme.

Espero a que haya sacado el coche del recinto y luego un poco más, por si acaso. Después corro a mi coche a por el móvil, el que Rachel me ha dicho que le estaba guardando a un amigo.

De vuelta en casa, voy al salón y me siento en el sofá. Tiemblo tanto que no puedo ni levantar la tapa del teléfono. Me meto en los mensajes de texto y miro el último que ha recibido, justo antes de salir del Spotted Cow.

Mar 19.51
Aguanta.
Ya queda poco, te lo prometo.

Subo al anterior, el que ha enviado ella, probablemente desde el baño.

Mar 19.50
Falsa alarma, nada interesante que contar.
Me voy, estoy harta.
¿Terminará esto algún día? ☹.

Y los anteriores, poco antes, esa misma tarde.

Mar 18.25
Ya me cuentas luego.

Mar 18.24
Hecho: desprestigio asegurado.
Le he pedido que se lo diga a la directora, seguramente colará.
Estoy esperándola.

Y luego el resto de los mensajes de hoy, empezando por el primero de esta mañana.

Mar 10.09
Problema.
Esta mañana me ha dicho que sabe que no soy el asesino.

Mar 10.09
¡No jodas!

Mar 10.10
Tampoco parecía asustada.

Mar 10.10
¿Qué vas a hacer?

Mar 10.10
Llamar.
Hasta que se canse, como antes.

Mar 10.52
¿Qué tal?

Mar 10.53
No lo coge.

Mar 10.53
¿Seguro que no se ha ido?

Mar 10.53
Segurísimo.

Mar 10.53
Insiste.

Mar 10.54
Eso hago.

Mar 16.17
Flipa, me acaba de llamar, quiere hablar.
¿De qué será?

Mar 16.19
¿De las llamadas de hoy?
Entérate de lo que puedas.

Mar 16.21
Hemos quedado en CW.
Estaré allí con J, así mato dos pájaros de un tiro.

Llego a la conclusión de que va a ser mucho más fácil empezar por el principio. Entonces descubro que los mensajes empiezan el 17 de julio, la noche en que tomé el atajo de Blackwater Lane y vi a Jane en el coche.

17 jul 21.31
¿Me recibes?

17 jul 21.31
Sí ☺.

17 jul 21.31
Bien. Recuerda: nada de llamadas, solo mensajes cuando esté en el trabajo o sepas que no anda cerca.
Lleva siempre este móvil encima.
Te leeré todas las noches cuando esté dormida.

17 de jul 21.18
Me va a costar no verte en los próximos meses.

17 jul 21.18
Piensa en la pasta.
Si te hubiera dado algo, no estaríamos así.
Ahora nos lo vamos a quedar todo.

17 jul 21.18
¿Funcionará?

17 jul 21.19
Claro. Mira cómo va ya.
Cree que se le olvidan las cosas.
Y son tonterías. Verás cuando la liemos de verdad.

17 jul 21.19
Ojalá tengas razón. Luego le escribo lo del regalo de Susie.
Si cuela, podremos respirar tranquilos.

18 jul 10.46
¡Buenos días!
Va de camino adonde habéis quedado.

18 jul 10.46
Aquí la espero.
¿Ha dicho algo del regalo de Susie?

18 jul 10.47
No, pero parecía nerviosa.

18 jul 10.47
Espero que mi mensaje haya funcionado.
¿Has oído lo de esa mujer asesinada?

18 jul 10.47
Sí, qué horror.
Ya me cuentas cómo va.

18 jul 12.56
¡Joder, ha ido de miedo!
Te aviso: va para casa.

18 jul 12.56
¿Ya? ¿No comíais juntas?

18 jul 12.56
Ha perdido el apetito ☺.

18 jul 12.57
¿Tan bien se te ha dado?

18 jul 12.57
De perlas, está hecha polvo.

18 jul 12.58
¿Se ha tragado que se le había olvidado el regalo?

18 jul 12.58
Le he dicho que lo propuso ella.
¡Ha sido genial verla fingir que se acordaba!
¿Has puesto el dinero? Porque lo va a mirar.

18 jul 12.58
160 en el cajón.

18 jul 12.59
¡Bingo!

Tardo como una hora en leer todos los mensajes y volver adonde había empezado, con el último de Rachel, enviado desde el lavabo de señoras del Spotted Cow. Casi todos los leo con los ojos empañados y otros se me quedan grabados a fuego en la memoria mucho después de haber pasado al siguiente. Solo con esos me basta para emprender el camino hacia la verdad, una verdad que me da un poco de miedo afrontar porque sé que acabará conmigo. Sin embargo, cuando recuerdo todo lo que he pasado estos tres últimos meses, y que aún sigo en pie, me doy cuenta de que soy más fuerte de lo que pienso.

Cierro los ojos y me pregunto cuándo empezarían Matthew y Rachel su aventura. Pienso en cuando se conocieron, más o menos un mes antes de que Matthew apareciera en mi vida. Yo ya estaba enamorada de él, y desesperada por que a Rachel le gustara, pero no se habían caído muy bien. O eso me pareció entonces. A lo mejor fue un flechazo y se fingieron distantes para disimularlo. A lo mejor se hicieron amantes poco después, antes incluso de que Matthew se casara conmigo. Me duele pensar que mi matrimonio no ha sido más que una farsa, una forma de que Matthew y Rachel se hicieran con mi dinero. Quisiera creer que de verdad me quería y que empezó a codiciar después, y que fue Rachel la que le metió esa idea en la cabeza, pero aún no lo sé.

Me levanto despacio, con la sensación de haber envejecido cien años en las últimas dos horas. Aún llevo el móvil de Rachel en la mano y sé que tengo que esconderlo antes de que vuelva Matthew. No ha salido con Andy, ha salido con Rachel, a ayudarla a buscar el telefonito negro que contiene tantas pruebas incriminatorias. Exploro la habitación y mis ojos se posan en las orquídeas alineadas en el alféizar de la ventana. Mi móvil aún sigue escondido en uno de los tiestos. Me acerco, saco otra planta de su maceta, coloco el móvil en el fondo y vuelvo a meter la orquídea. Y luego me voy a la cama.

Hasta que no oigo el coche de Matthew entrando en el recinto de la casa no me doy cuenta del peligro que corro. Como

Rachel y él hayan localizado a los estudiantes franceses, sabrán que tengo el móvil. Me destapo de golpe y bajo de la cama de un salto; me cuesta creer que me haya acostado en lugar de llevarle el móvil a la policía. Pero estaba tan aturdida, y tan triste, que no he pensado con claridad. Ahora es demasiado tarde. Sin mi móvil y con el fijo abajo, no tengo forma de llamar.

El estruendo de la puerta del coche al cerrarse me hace salir disparada al baño, donde busco algo con lo que defenderme. Abro de golpe el armarito, veo un cortaúñas, pero no me parece lo bastante dañino. Suena la llave de Matthew en la cerradura y, presa del pánico, agarro un bote de laca y corro al dormitorio. Me meto en la cama y escondo la laca debajo de la almohada, quitándole el tapón. Luego, tumbada boca abajo, mirando a la puerta, cierro los ojos y me finjo dormida, aferrada al bote de laca que tengo escondido. Entonces, como un teletipo, los mensajes me pasan por la cabeza.

20 sep 11.45
Me aburro.

20 sep 11.51
Pues pasa a ver la cafetera.
Tenemos una nueva.

20 sep 11.51
¿En serio?
Creí que no querías que nos viéramos.

20 sep 11.51
Puedo hacer una excepción.
Y necesito que indagues.

20 sep 11.51
¿El qué?

20 sep 11.52
Por qué está bien los fines de semana y grogui entre semana.

20 sep 11.52
Vale, ¿a qué hora?

20 sep 11.53
A las dos.

20 sep 23.47
Te has arriesgado mucho besándome en la entrada.

20 sep 23.47
Ha merecido la pena.
¿Sabes algo?

20 sep 23.47
No se toma las pastillas los findes.
Para que no sepas que la dejan grogui.
Las guarda en un cajón.
Vamos, que solo toma las dos del zumo.

20 sep 23.49
¿Te ha dicho en qué cajón?

20 sep 23.49
El de la mesilla.

20 sep 23.49
Voy a ver.

20 sep 23.53
Cierto, había once.
Se me ha ocurrido una idea genial.

20 sep 23.53
Me estás poniendo a cien.

20 sep 23.54
Sobredosis.

20 sep 23.54
¡¡No!! ¡¡No hagas eso!!

20 sep 23.54
Parecerá un intento de suicidio, que está desequilibrada.

20 sep 23.55
¿Y si se muere?

20 sep 23.55
Problema resuelto.
Pero no pasará. Lo investigaré, tranquila.

Oigo sus pasos sigilosos en las escaleras y, con cada escalón que sube, el corazón me late un poco más fuerte, como el redoble de un tambor que anticipase su llegada. Cuando se detiene a los pies de la cama, alcanza un nivel tal que me cuesta creer que él no lo oiga, ni note cómo se estremece mi cuerpo bajo el edredón. Seguro que percibe mi miedo, igual que yo noto que está ahí de pie, mirándome. ¿Sabrá que tengo el teléfono? ¿O estoy a salvo, al menos una noche más? La espera se hace insoportable, luego imposible. Me muevo un poco y entorno los ojos.

—Ya has vuelto —mascullo soñolienta—. ¿Lo has pasado bien con Andy?

—Sí, te manda recuerdos. Duérmete otra vez, voy a darme una ducha.

Cierro los ojos, obediente, y él sale de la habitación. En cuanto sus pasos se pierden por el pasillo, el teletipo continúa pasándome mensajes por la cabeza.

21 sep 16.11
Problema.
Sabe que has estado en casa.

21 sep 16.11
¿Cómo?

21 sep 16.11
No sé, he llamado a la policía.

21 sep 16.12
¿Qué? ¿Para qué?

21 sep 16.12
Me lo ha pedido.
Habría sido raro que me negara.
Voy para casa, a ver si te puedo encubrir.

21 sep 23.17
Dime algo.
Estoy agobiada, necesito saber qué ha pasado.

21 sep 23.30
Tranquila, todo bien.

21 sep 23.30
¿Cómo sabe que he estado ahí?

21 sep 23.30
Has metido su taza en el lavaplatos.
Se ha dado cuenta.

21 sep 23.31
¿Sí? No me acuerdo.

21 sep 23.31
¿Quién tiene demencia precoz?

21 sep 23.31
Te veo muy contento para haber estado a punto de cagarla.

21 sep 23.31
Ha salido mejor de lo que esperaba.

21 sep 23.32
¿Por?

21 sep 23.32
Cuando se ha ido la policía, le he dicho que está paranoica
y tiene demencia precoz.
Ha salido disparada, se ha tomado dos pastillas.

21 sep 23.33
¿Y?

21 sep 23.33
Mañana le echaré en el zumo las trece del cajón.
Más las dos que se toma, quince.
Y dos que lleva ya encima.
Con eso bastará.

21 sep 23.34
¿En serio lo vas a hacer?

21 sep 23.34
No quiero desaprovechar la oportunidad.
Ahora o nunca.

21 sep 23.34
¿Funcionará?

21 sep 23.35
Diré que nos peleamos.
Tú di que la viste deprimida ayer.
Que te dijo lo de las pastillas del cajón, pero que no pensaste que las usara.

21 sep 23.36
No la matarán, ¿no?

21 sep 23.36
No, se pondrá fatal.
Mañana iré a comer a casa, como para hacer las paces.
La encontraré inconsciente y llamaré a una ambulancia.

22 sep 08.08
Ya está.
Me voy al trabajo, vuelvo en un par de horas.

22 sep 08.09
¿Y si no se bebe el zumo?

22 sep 08.09
Intentará suicidarse de otro modo.

22 sep 11.54
Me acaban de llamar del hospital.
Voy para allá.

22 sep 11.54
¿Ha funcionado?

22 sep 11.55
Eso parece. Ella misma ha llamado a la ambulancia.
Luego te cuento.

Me doy cuenta de que la ducha no está abierta, de que Matthew no está en el baño. Se me pone el corazón a mil, del miedo. ¿Dónde está? En la silenciosa oscuridad, aguzo el oído y oigo el murmullo de su voz procedente del dormitorio de enfrente. Rachel y él deben de estar aterrados de que el móvil pueda llegar, de algún modo, a manos de la policía, y de que eso ponga fin a su juego. ¿Estarán lo bastante asustados como para matarme? ¿O por lo menos obligarme a tomar suficientes pastillas como para que parezca que he intentado suicidarme otra vez, aunque esta vez con éxito? Tumbada en la cama, esperando a que vuelva, aferrada a la laca, me siento más aterrada que en toda mi vida. Sobre todo ahora que sé lo del cuchillo.

08 ago 23.44
Ha ido de perlas con los médicos.

08 de ago 23.44
¿Le han mandado pastillas?

08 ago 23.44
Sí, pero no se las quiere tomar.
Hay que convencerla.

08 ago 23.45
Tengo lo que necesitas.

08 ago 23.45
¿Qué?

08 ago 23.45
Un cuchillo carnicero.
Como el del asesino.

08 ago 23.46
¡¿De dónde ha salido?!

08 ago 23.46
Londres.
Se lo puedo dejar en algún sitio.
Darle un susto.

08 ago 23.46
No, llamará a la policía.
¿Y las huellas?
Dudo que funcione.

08 ago 23.47
Funcionará si lo planeamos bien.

08 ago 23.47
Lo pensaré.

09 ago 00.15
Lo he pensado.

09 ago 00.17
¿Estás despierta?

09 ago 00.20
¡Ahora sí! ¿Se te ha ocurrido algo?

09 ago 00.20
Sí, pero es largo para contarlo aquí.
Te llamo.

09 ago 00.20
¿No era arriesgado hablar?

09 ago 00.21
En situaciones desesperadas, medidas desesperadas...

09 ago 20.32
He dejado abierta la puerta de atrás.
Haz lo que hemos dicho y sal pitando.
Espero que no la caguemos.

09 ago 20.33
Confía en mí, saldrá bien ☺.

09 ago 23.49
Hola.

09 ago 23.49
¡Por fin! La he oído gritar, ¡estaba deseando saber qué había pasado!

09 ago 23.50
Me cuesta creer que haya salido bien, estaba histérica.

09 ago 23.50
Menos mal que no ha ido la poli.

09 ago 23.51
La he convencido de que eran imaginaciones suyas.

09 ago 23.51
Te lo dije.
He dejado el cuchillo en el cobertizo, ¿vale?

09 ago 23.52
Vale... Igual lo necesitamos otro día.

¿Y si, en este preciso instante, Rachel está intentando convencer a Matthew de que baje al cobertizo, coja el cuchillo y me mate? Si me cortase el cuello, la gente pensaría que el asesino de Jane ha vuelto al ataque. Matthew daría fe de que he estado recibiendo llamadas anónimas y se lamentaría por no haberme creído cuando le decía que ese hombre iba a por mí. Rachel le proporcionaría una coartada para esta noche, diciendo que le había pedido que fuera a verla porque, después de quedar conmigo en el *pub,* estaba preocupada. El cuchillo no lo encontrarían jamás, como no se ha encontrado el que usaron para matar a Jane. Y se me conocería como Cass Anderson, la segunda víctima del asesino del bosque.

Se abre la puerta del cuarto de invitados. Contengo la respiración y espero a ver en qué dirección va: si baja las escaleras y sale al jardín o recorre el descansillo en dirección al dormitorio. Si sale al jardín, ¿me dará tiempo a bajar al salón, coger el móvil de Rachel de debajo de la orquídea y huir de casa antes de que vuelva? ¿Me voy a pie o cojo el coche? Si cojo el coche, el ruido del motor lo hará venir corriendo detrás. Si me voy a pie, ¿cuánto avanzaré antes de que descubra que ya no estoy en la cama? Cuando oigo acercarse sus pasos por el descansillo, me alivia muchísimo no tener que tomar ninguna decisión. Salvo que ya lleve el cuchillo, que lo haya sacado del cobertizo antes de entrar en casa.

Entra en el dormitorio y tengo que hacer un esfuerzo sobrehumano por no salir de un brinco de la cama y rociarle los ojos de laca, atacar antes de que me ataque. El dedo que tengo puesto en el cabezal del frasco me tiembla tanto que dudo que pudiera apuntar bien, y la sola idea de no poder incapacitarlo antes de que me inmovilice él me deja quieta donde estoy. Oigo el murmullo de su ropa mientras se desnuda y procuro respirar de manera uniforme, como lo haría una persona profundamente dormida. Si se mete en la cama y descubre que tiemblo como una hoja, sospechará. Y esta noche mi vida depende de que sepa mantener la calma.

Miércoles 30 de septiembre

Cuando amanece, me cuesta creer que sigo viva. Matthew tarda una angustiosa eternidad en irse al trabajo y, en cuanto se marcha, me visto deprisa y bajo a la cocina, a esperar su llamada, sabiendo bien que hoy, precisamente, tengo que interpretar mi papel a la perfección. Hoy, más que nunca, debo ser quien quiere que sea.

Pensé que no tendría miedo ahora que sé quién me hace las llamadas anónimas, pero ser consciente de hasta dónde puede llegar me aterra aún más, y eso me viene de maravilla cuando suena el teléfono hacia las nueve. Como ayer hablé con él, cuando le pregunté quién era, sé que hoy también voy a tener que decirle algo, o le extrañará que mi recién recuperada seguridad en mí misma haya desaparecido de un día para otro. Así que, una vez más, le pregunto quién es y luego, justo antes de colgar, le pido que me deje en paz con una vocecilla que espero que suene lo bastante atemorizada.

Tengo mucho que hacer hoy si quiero desenmarañar su red de mentiras y engaños, de modo que conduzco directamente a casa de Hannah, confiando en que no haya salido. Por suerte, su coche está delante de la puerta.

Parece sorprendida de verme y solo cuando, algo avergonzada, me pregunta si me encuentro bien, sospecho que

Matthew le ha contado que he intentado suicidarme. No tengo tiempo para averiguar qué le ha dicho exactamente, por lo que le comento que estoy ya casi completamente recuperada, y confío en que baste con eso. Me invita a café y, cuando se lo rechazo con la excusa de que tengo prisa, sé que se pregunta para qué he ido a verla.

—Hannah, ¿recuerdas la barbacoa que os preparamos en casa a finales de julio? —pregunto.

—Sí, claro —contesta—. Comimos esos entrecots marinados tan ricos que Matthew compró en el mercado ecológico —dice, y se le iluminan los ojos al recordarlos.

—Igual esta pregunta te parece rara, pero ¿os invité yo cuando nos encontramos en Browbury?

—Sí, me dijiste que queríais organizar una barbacoa.

—Pero ¿te dije cuándo? ¿Te dije que vinierais el domingo?

Lo piensa un momento mientras se envuelve la cintura con sus brazos delgados.

—¿No nos invitasteis al día siguiente? Sí, eso fue, Matthew nos dijo que le habías pedido que llamara él porque tú estabas ocupada en el jardín.

—Vale, ya me acuerdo —le digo, fingiéndome aliviada—. Es que últimamente he tenido problemas de memoria y hay varias cosas que no sé si se me han olvidado de verdad o es que no han sucedido como creo que sucedieron. Igual te parece raro...

—Puedo entenderlo —dice, sonriente.

—Por ejemplo, no paro de darle vueltas a vuestra invitación a cenar de hace un par de semanas, porque no recuerdo que nos invitarais...

—Eso es porque fue con Matthew con quien hablé —me interrumpe—. Os había dejado un par de mensajes, uno en el fijo y otro en tu móvil y, como tú no me llamabas, llamé yo a Matthew.

—Y a él se le olvidó decirme que me habías pedido que llevara el postre.

—No se lo dije yo —protesta—. Me lo propuso él.

Para justificar las preguntas que le acabo de hacer, le digo que puede que tenga demencia precoz y le pido que no se lo cuente a nadie de momento porque aún me estoy haciendo a la idea. Y luego me marcho.

24 jul 15.53
Quiere que quedemos en Browbury, parece preocupada. ¿Sabes por qué?

24 jul 15.55
El de la alarma la ha puesto nerviosa, igual es eso. ¿Puedes?

24 jul 15.55
Sí, nos vemos a las seis.

24 jul 15.55
Dime si es algo que podamos usar.

24 jul 23.37
Hola, ¿cómo ha ido?

24 jul 23.37
Bien, nada reseñable, que el de la alarma la ha asustado.

24 jul 23.37
¿Te ha dicho que se ha encontrado con Hannah?

24 jul 23.38
Sí.

24 jul 23.38
Que los ha invitado a una barbacoa en casa, pero sin fecha.
Lo voy a usar.

24 jul 23.38
¿Cómo?

24 jul 23.38
No sé.
Por cierto, le he dicho que voy a la plataforma.

24 jul 23.39
¿Cómo se lo ha tomado?

24 jul 23.39
**No muy bien. Le he dicho que se lo conté, piensa que lo
ha olvidado.**
**Lo he puesto en el calendario, por si mira. Se me da de
miedo imitar letras.**

24 jul 23.39
¡Me lo apunto!

25 jul 23.54
Hola, ¿qué tal?

25 jul 23.54
Bien, pero te echo de menos. Lo paso fatal ☹.

25 jul 23.54
Son solo dos meses.
Se me ha ocurrido algo para la barbacoa con H y A.

Necesito que llames mañana a las diez y te hagas pasar por Andy.

25 jul 23.54
¿?

25 jul 23.55
Tú sígueme la corriente.

26 jul 10.35
¡Gracias, Andy!

26 jul 10.35
Jajaja, ¿ha funcionado?

26 jul 10.35
Estoy comprando salchichas para barbacoa.

26 jul 10.36
¿En serio se ha creído que los invitó?

26 jul 10.36
¡Sí!

26 jul 10.37
Me alucina que sea tan fácil.

26 jul 10.37
☺

Cuando salgo de casa de Hannah, me voy a la empresa de seguridad, en el parque empresarial, y entro en recepción. Una mujer me recibe desde detrás de un escritorio desordenado.

—¿Puedo ayudarla en algo? —me pregunta con una son-risa.

—Hace un par de meses, su empresa nos instaló una alar-ma, ¿podría facilitarme una copia del contrato? Me temo que lo he extraviado.

—Sí, por supuesto —dice, y me mira inquisitiva.

—Anderson —le digo.

Teclea el nombre en el ordenador.

—Aquí está.

El documento sale de la impresora y ella alarga el brazo y me lo entrega.

—Gracias.

Lo miro un momento y veo la fecha de instalación, sábado 1 de agosto, y la firma de Matthew abajo.

20 jul 23.33
Alucina, hoy me ha dicho que quiere una alarma.
Lo he organizado para que llame alguien el viernes.

20 jul 23.33
¡Lo siento! Culpa mía, le he dicho que estáis aislados y nece-sitáis alarma. No creí que se lo tomaría en serio.

20 jul 23.34
Si nos la ponen, se complicará todo.

20 jul 23.34
No si me dices el código ☺.

27 jul 08.39
¡Buenos días!

27 jul 08.40
Pensaba que llamarías. ¿Vas para la plataforma?

27 jul 08.41
No, estoy en el parque empresarial, esperando a que abra la empresa de seguridad.

27 jul 08.41
¿Por qué?

27 jul 08.41
Voy a contratar la alarma y hacerle creer que ha sido ella.

27 jul 08.42
¿Cómo?

27 jul 08.42
Contrato de pega y firma falsa.

27 jul 08.43
¿Sabes hacerlo?

27 jul 08.44
Pan comido. Te dije que se me da bien.
Ya abren. Luego te cuento.

27 jul 10.46
Voy en el tren a Aberdeen. Instalan la alarma el sábado por la mañana.
Tengo que estar allí, sin ella, ¿cómo lo hago?

27 jul 10.47
Luego te digo.
Buen viaje.

29 jul 09.36
¡Las llamadas la tienen aterrada!
No quiere quedarse sola, le he dicho que vaya a un hotel.

29 jul 09.36
Qué suerte tienen algunas.

29 jul 09.37
Pronto tú y yo, prometido.
Me viene bien, no estará el sábado cuando instalen la alarma.
Pero necesito un favor.

29 jul 09.38
Dime…

29 jul 09.38
Llama luego y deja un mensaje.
Hazte pasar por los de seguridad y confirma la instalación del viernes.

29 jul 09.39
El sábado…

29 jul 09.39
No, el viernes. Tú hazme caso.
Vuelve a llamar mañana.

29 jul 09.40
Vale.

31 jul 16.05
Hola, ¿ya has vuelto de la plataforma?

31 jul 16.34
Acabo de llegar. Estoy en casa, me voy al hotel.
Le he dicho que me he encontrado al de la alarma en la
puerta.
Me llevo el formulario de pega para que vea que la contrató.

31 jul 16.35
A ver si cuela.

31 jul 16.35
Seguro.

31 jul 19.13
Ha colado.

31 jul 19.14
¡Creerá que se está volviendo loca!

31 jul 19.14
De eso se trata, ¿no?

Salgo de la empresa de seguridad y me dirijo a Castle Wells. La dependienta de la Boutique del Bebé está ocupada con una clienta, así que espero, procurando controlar mi impaciencia.

—A ver si lo adivino —me dice al verme allí de pie—: ¿se ha pensado mejor lo de quedarse con el cochecito?

—En absoluto —la tranquilizo—, pero hay algo que quería preguntarle. Cuando vine ayer, me dijo que esa amistad mía la habría matado si me hubiera enviado el cochecito equivocado.

—Eso es —asiente.

—¿Cómo ocurrió? —pregunto—. Siento curiosidad, porque no me lo esperaba en absoluto. Apareció de la nada.

—Yo le propuse enviárselo cuando estuviese más cerca la fecha porque... bueno, nunca se sabe. Pero ella quiso mandarlo enseguida.

—¿Y cómo surgió? ¿Quería comprarme algo y le pidió consejo?

—Más o menos. Entró un par de minutos después de que usted saliera y me dijo que era amiga suya. Me preguntó si había estado mirando algo en particular y yo le dije que ya había comprado un pijamita, y la pareja que había aquí le comentó, de broma, que también le había gustado el cochecito, y ella dijo que era perfecto y lo encargó sin más, en ese mismo momento. —Me mira angustiada—. Pensé que había metido la pata porque se quedó pasmada cuando le comenté que salíamos de cuentas para la misma fecha, pero me dijo que estuviera tranquila, que ya sabía que estaba embarazada, que solo le sorprendía que me lo hubiera contado a mí.

—El caso es que me emocioné tanto con la posibilidad de estar embarazada que se lo conté a dos de mis amigas, pero no sé cuál de las dos me envió el cochecito, porque no llevaba tarjeta. ¿Podría decirme su nombre? Me gustaría darle las gracias.

—Desde luego. Si me permite un segundo, se lo miro en el ordenador. ¿Sería tan amable de recordarme su nombre?

—Cassandra Anderson.

—Ah, sí, aquí está. Vaya, no hay nombre. No rellenó esa parte.

—¿Se acuerda de qué aspecto tenía?

Piensa un momento.

—A ver... más bien alta, pelo moreno y rizado... Lo siento, me parece que no la estoy ayudando mucho.

—No, al contrario. Sé perfectamente quién es. Genial, ahora ya le puedo dar las gracias. —Hago una pausa—. Por cierto, ¿recuerda haber hablado con mi marido?

—¿Con su marido? No, creo que no.

—Llamó aquí el día en que me entregaron el cochecito, ¿el jueves?, porque pensaba que lo habían enviado por error.

—Me temo que no recuerdo nada de eso. ¿Seguro que habló conmigo? Verá, soy la única que está en la tienda entre semana.

—Debí de entenderlo mal —sonrío—. Gracias, me ha sido de gran ayuda.

04 ago 11.43
Me ha pedido que quedemos en Castle Wells, parece agobiada.

04 ago 11.50
La he vuelto a llamar.
¿Vas?

04 ago 11.51
Sí. Espero que sea rápido, tengo mucho lío.
Luego te cuento.

04 ago 14.28
Buenas noticias: piensa que la llama el asesino.

04 ago 14.29
¡¿Qué?!
Igual está loca de verdad.

04 ago 14.29
Si se vuelve loca ella sola, mejor.
He respaldado tu versión de la barbacoa.
Le he dicho que me dijo que invitó a H y A el domingo.

04 ago 14.30
Bien.

04 ago 14.31
Tengo lío, luego hablamos.

04 ago 14.38
Alucino…

04 ago 14.39
¿No tenías lío?

04 ago 14.39
Al volver al aparcamiento, la he visto entrar en la tienda de bebés.

04 ago 14.39
¿En la tienda de bebés?
¿Y qué hacía ahí?

04 ago 14.40
Yo qué sé.

04 ago 14.40
Entérate.

04 ago 14.40
No tengo tiempo, de verdad.

04 ago 14.40
Pues lo buscas.
¿Para qué va a entrar en una tienda de bebés?
Hay que saberlo, usar todo lo posible en su contra.

04 ago 14.41
Vale.

04 ago 15.01
No te lo vas a creer.

04 ago 15.01
Por fin.
¿Cómo has tardado tanto?

04 ago 15.02
No seas cascarrabias.
Traigo buenas noticias.

04 ago 15.02
Dime…

04 ago 15.02
¡Vas a ser papá!

04 ago 15.03
¿De qué coño hablas?

04 ago 15.03
¿Seguro que te hiciste la vasectomía?

04 ago 15.03
¡Pues claro!
¿Qué pasa?

04 ago 15.03
Alucina, le ha dicho a la dependienta que está embarazada.
Le he encargado un cochecito.

04 ago 15.03
¿?

04 ago 15.04
Por lo visto, le ha encantado.
Le haremos creer que lo ha encargado ella, como la alarma.

04 ago 15.04
Dudo que cuele dos veces.

04 ago 15.04
Hay que intentarlo.
Si no cuela, diremos que se han equivocado.
Pero tienes que estar en casa el viernes, para la entrega.

04 ago 15.05
Vale, me tomo un par de días libres.
Haré de marido preocupado.
Ya veré cómo arreglo lo del cochecito.

04 ago 15.06
Yo quiero un par de días contigo ☹.

04 ago 15.06
Todo llegará.
Oye, me he escapado a casa y he cambiado el código de la alarma.
Con suerte, la hará saltar.

04 ago 15.07
Va a tener un día de mierda.

04 ago 15.07
Y que haya muchos más ☺.

04 ago 23.37
¿Qué tal lo de la alarma?

04 ago 23.38
Ojalá hubieras estado aquí.
Ha venido la policía.

04 ago 23.38
¿Se ha creído que había metido mal el código?

04 ago 23.38
Ni lo ha dudado.

04 ago 23.38
Se lo cree todo.

04 ago 23.39
Muy fuerte, ¿verdad?

06 ago 23.45
¿Preparado para recibir el cochecito mañana?

06 ago 23.47
☺

06 ago 23.47
¿Usarás lo del embarazo?

06 ago 23.47
Si puedo...

07 ago 23.46
Gracias por la compra.

07 ago 23.46
Me alegra que te guste.
¿Qué tal?

07 ago 23.47
Muy divertido.
Se ha hecho un lío tremendo.
Me había comprado una sorpresa, una cabaña para el jardín.
Creía que el paquete era la cabaña, y hablábamos de cosas distintas.

07 ago 23.47
¿?

07 ago 23.47
Tranquila, ha ido bien.
Dice que no ha encargado el cochecito, he fingido que llamaba a la tienda.
Luego le he reprochado lo del embarazo, le he dicho que la dependienta me había dado la enhorabuena.

07 ago 23.48
¿Y qué ha dicho?

07 ago 23.48
Que esa chica pensó que estaba embarazada y le siguió la corriente.

07 ago 23.48
¡Qué raro! ¿Y lo del cochecito?

07 ago 23.49
Se lo ha creído.

07 ago 23.49
¿En serio?
Está jodida de verdad.

07 ago 23.49
Lo mejor es que la he convencido de que vaya al médico.
Tiene cita mañana.

07 ago 23.50
No le hará gracia que hables con él antes.
¿Y si no le manda pastillas?

07 ago 23.50
Se las mandará. Le he dicho que está paranoica y muy
tensa.
Con suerte, su comportamiento lo confirmará.

De la Boutique del Bebé voy al instituto en el que trabajaba antes, y llego justo en el descanso de la comida. Pienso en John y me sonrojo de vergüenza por haberlo culpado tan pronto, incluso del asesinato de Jane. Claro que aún no sé si es inocente; quedó con Rachel, ¿no? Me viene a la cabeza la cara de Jane y vuelvo a sentir la misma tristeza de siempre. Pero no puedo pensar en ella ahora, aún no.

Empujo la puerta de recepción. Los pasillos están vacíos y, mientras los recorro, me doy cuenta de lo mucho que añoro todo. Llego a la sala de profesores, inspiro hondo y entro.

—¡Cass! —Connie se levanta de un brinco, tirando al suelo su ensalada, y viene a darme un abrazo enorme—. Dios,

¡cuánto me alegro de verte! ¿Sabes cuánto te echamos de menos?

Otros compañeros se me acercan también, me preguntan cómo estoy y me dicen que se alegran de verme. Después de asegurarles que estoy bien, pregunto dónde están John y Mary.

—John está vigilando el comedor y Mary, en su despacho —contesta Connie.

A los cinco minutos, voy para el despacho de Mary. Parece tan contenta de verme como los demás, y eso me tranquiliza.

—Quería disculparme por haberos dejado tirados —le explico—. Para empezar, el día del claustro de profesores.

—Bobadas —dice, tan elegante como siempre, con un traje de chaqueta azul marino y una blusa rosa—. Tu marido avisó con suficiente antelación y no ha habido problema. Solo lamento no haber podido verte cuando pasé aquella noche a llevarte unas flores. Me dijo que dormías.

—Debí haberte escrito para darte las gracias —digo con fingido remordimiento, porque no quiero que sepa que Matthew no me dio las flores.

—No seas tonta. —Me mira con prudencia—. Debo decir que no esperaba verte tan bien. ¿Seguro que no puedes incorporarte aún? Te echamos de menos.

—Me encantaría —digo con tristeza—, pero, como sabes, he estado enferma. De hecho, creo que ya observaste que algo no iba bien el último trimestre.

Niega con la cabeza.

—No detecté nada en absoluto, me temo. De haber sabido que estabas tan angustiada, habría intentado ayudarte. Ojalá hubieras hablado conmigo.

—¿No le dijiste a mi marido que habías notado que no estaba al cien por cien?

—Solo le dije, cuando llamó para informarme de que no ibas a volver, que eres la más eficiente y organizada de mi plantilla.

—¿Te dijo por qué no iba a volver?

Me mira con franqueza.

—Me dijo que habías sufrido una crisis nerviosa.

—Me temo que exageró un poco.

—Eso pensé, sobre todo porque tu certificado médico solo hablaba de estrés.

—¿Podría verlo?

—Sí, claro. —Se acerca al archivador y busca entre las carpetas—. Toma.

Cojo el documento y lo examino un instante.

—¿Me harías una copia?

No me pregunta para qué y yo no le doy más explicaciones.

—Enseguida —dice.

16 ago 23.52

Buenas noticias: he atajado por el bosque para ir a Chichester, como me dijiste.
Se ha puesto histérica.
He llamado al médico, le ha dicho que se tome las pastillas todos los días.

16 ago 23.52

¡Por fin!

16 ago 23.52

Hay más: no quiere volver al trabajo.
Vamos bien.

16 ago 23.53

Menos mal.

Hay que rematar.
¿Podré colarme en tu casa mañana?

16 ago 23.53
La dejaré fuera de combate con las pastillas.
Pero ten cuidado.

17 ago 10.45
Estoy en tu casa, está frita.
¿Cuántas le has dado?

17 ago 10.49
Las dos del zumo y las dos que le han recetado.
No entendía por qué no cogía el teléfono.
¿Dónde está?

17 ago 10.49
Como un tronco delante de la tele.
He comprado unas cositas de la teletienda.

17 ago 10.49
¿Por qué?

17 ago 10.50
Para que crea que ha sido ella.
Dijiste que ya me había pedido unos pendientes, ¿por qué no?

17 ago 10.50
Tampoco te pases.

17 ago 10.50
☺

20 ago 14.36
¿Estás en mi casa?

20 ago 14.36
Sí, he recogido un poco.
Pensará que ha sido ella.
Si no, dile que lo has hecho tú antes de irte, se sentirá fatal.

24 ago 23.49
He llamado a la directora y le he dicho lo de la crisis nerviosa.
Y que no la esperen, que no se incorpora.

24 ago 23.49
¿Qué ha contestado?

24 ago 23.49
Que siente no haberlo visto venir.
Quiere un certificado médico.

26 ago 15.09
¿Qué tal?

26 ago 15.10
Preferiría estar en Siena.
La lavadora aún no ha llegado, ahora dicen que el martes.
Te he planchado unas camisas.

26 ago 15.10
Gracias.
Te llevaré a Siena cuando acabe todo.
Oye, gracias por lo de las patatas.

26 ago 15.11
Me alegro de que te gusten.
Llegará otra cosa en unos días.

28 ago 17.21
¿Cómo va?

28 ago 17.37
La directora quiere traerle unas flores.

28 ago 17.38
¿Qué le has dicho?

28 ago 17.38
Que sí, pero le diré que no está para visitas y tiraré las flores.
Tengo el certificado, solo habla de estrés.

28 ago 17.38
Mierda.

28 ago 17.38
Tampoco habla de crisis nerviosa.
Voy a falsificar una carta para las pruebas de la demencia.

28 ago 17.39
Es tan ingenua que se lo tragará.
Espero que no te importe, me he pedido unos pendientes de perlas.

28 ago 17.39
Te los mereces.

31 ago 23.49
¿Qué tal tu día?

31 ago 23.50
Como siempre.
No me ha dicho que coméis juntas mañana.

31 ago 23.50
Bien, se le habrá olvidado.
Tengo que ir a tu casa cuando lleven la lavadora.
Fingiré que voy a ver por qué no ha venido a comer.

01 sep 15.17
¿Qué tal?

01 sep 15.18
La lavadora ha llegado a las once. Ella, dormida todo el rato.
Luego he llamado al timbre como si acabara de ir a ver por qué no ha venido a comer.
Pensaba que no me iba a abrir la puerta.

01 sep 15.18
¿Cómo estaba?

01 sep 15.18
Casi no la entendía.
Está fatal. Me ha empezado a hablar del asesinato, que había visto el cuchillo.
Parece loca de atar.

01 sep 15.19
Bien.

Eso le voy a decir hoy.

01 sep 23.27
¿Se lo has dicho?

01 sep 23.28
Sí, seguía frita cuando he llegado.
Le he pedido que pusiera la lavadora.
No ha sabido. Le he enseñado la carta del médico sobre
las pruebas.

01 sep 23.29
¿Cómo se lo ha tomado?

01 sep 23.29
¿Tú qué crees?

Dejo a Mary poco después y le prometo que seguiremos en contacto. Cuando salgo del edificio, alguien me llama. Al volverme, veo a John que corre hacia mí.

—No me digas que te ibas sin saludarme… —me reprocha.

—No quería interrumpir tu vigilancia en el comedor —miento, porque aún no estoy segura de si es amigo o enemigo.

Me escudriña.

—¿Cómo estás?

—Bien.

—Estupendo.

—No pareces muy convencido —le digo.

—No esperaba verte por aquí tan pronto, nada más.

—¿Por qué no?

Parece avergonzado.

—Bueno, después de lo que has pasado…

—¿A qué te refieres?

—Me lo ha contado Rachel —dice, algo violento.

—¿Qué te ha contado?

—Que te tomaste una sobredosis.

Asiento despacio.

—¿Cuándo te lo ha dicho?

—Ayer. Me llamó aquí, al instituto, y me propuso quedar para tomarnos una copa cuando terminara mi jornada. Estuve a punto de decirle que no, temía que se me insinuara otra vez, pero me dijo que quería hablarme de ti, por eso accedí a verla.

—Sigue —le digo.

—Quedamos en Castle Wells y me contó que la semana pasada te tomaste una sobredosis y que tuvieron que llevarte de urgencia al hospital. Me sentí fatal y me arrepentí de haber aceptado un no por respuesta cuando Matthew me dijo que no podía ir a verte.

—¿Cuándo fue eso? —pregunto, ceñuda.

—Después de que Mary nos informara de que habías decidido no incorporarte al trabajo. No me lo podía creer porque, cuando nos vimos en Browbury, no mencionaste que fueras a dejar tu puesto y me dio la impresión de que algo no iba bien. No me cuadraba. Mary me dijo que tenías estrés y sabía que el asesinato de Jane te había afectado mucho, pero pensé, estúpido de mí, que a lo mejor conseguía hacerte cambiar de opinión. Lo que pasa es que Matthew me dijo que no estabas para visitas y, cuando Rachel me contó que te habías tomado una sobredosis, no entendía cómo podías haber sufrido semejante bajón en tan poco tiempo. —Hace una pausa—. ¿Te tomaste una sobredosis, Cass?

Niego enseguida con la cabeza.

—No a propósito. Ingerí más pastillas de las que debía sin ser consciente de que lo hacía.

Parece aliviado.

—Rachel me pidió que se lo dijera a Mary. Le parecía que debía saberlo.

—¿Se lo has dicho?

—No, claro que no, no me corresponde a mí hacer algo así. —Vacila un instante—. Sé que consideras a Rachel una buena amiga, pero no sé si ella se comporta como tal. Me pareció una traición por su parte que me hablara a mí de tu sobredosis. Ándate con cuidado, Cass.

—Lo haré —digo, y asiento con la cabeza—. Si te vuelve a llamar en los próximos dos días, no le digas que me has visto, ¿vale?

—No lo haré —promete—. Cuídate, Cass. ¿Volveré a verte?

—Desde luego —digo, y le sonrío—. Te debo una comida, ¿recuerdas?

Cojo el coche y me alejo del instituto, contenta con lo que he conseguido de momento. Pienso en ir a ver al doctor Deakin, pero dudo que me den cita con tan poca antelación. Además, me basta con saber que, en su opinión, solo tengo estrés. Eso podría cambiar si lo han informado de mi reciente sobredosis, pero por lo menos tengo el móvil de Rachel para probar que eso fue cosa de Matthew, no mía.

Por ahora, no quiero pensar en qué habría sido de mí si no me hubieran dado ese móvil, ni en cómo me han traicionado las dos personas a las que más quiero en este mundo. Me aterra pensar en que la pena pueda superarme de tal forma que no sea capaz de hacer lo que he resuelto a hacer, lo que estoy decidida a hacer desde que oí la voz de Matthew al otro lado del teléfono en el Spotted Cow, que es desmontar su red de engaños. No me hacía falta ir a ver a Hannah esta mañana, ni a la mujer de la empresa de seguridad, ni a la de la Boutique del Bebé, ni a Mary, porque está todo en el teléfono, pero, cuando me he despertado, aún no podía creer lo que habían hecho y, como han jugado tanto con mi cabeza durante los últimos dos meses, he empezado a preguntarme si me lo habría imaginado todo o quizá habría malinterpretado lo que había leído. No me atrevía a releer los mensajes, por si los borraba sin querer en caso de que aparecieran Rachel o Matthew de repente y me pillaran con el móvil. Mi excursión de hoy me ha permitido confirmar que efectivamente ha sido como pensaba.

También me ha hecho darme cuenta de lo fácil que se lo he puesto. Ahora me parece increíble que no cuestionara nada en absoluto, ni lo de la alarma que supuestamente había contratado, ni lo del cochecito, ni lo de la lavadora que no sabía usar. Todo lo que me ha pasado lo he atribuido a mis lapsus de memoria. Hasta lo de perder el coche en el aparcamiento.

12 ago 23.37
Hay que apostar más fuerte.

12 ago 23.39
¿Por?

12 ago 23.39
Hace un rato ha abierto una botella de champán.
Que se siente mucho mejor, habla de tener un bebé.

12 ago 23.39
Pobre... Mañana la llamo, a ver qué dice.

13 ago 09.42
La acabo de llamar, no contesta.
¿Le has hecho la llamada anónima ya?

13 ago 9.42
Aún no, iba a hacerla ahora.
A ver si vuelve adonde queremos tenerla.

13 ago 9.42
¿Paso por tu casa luego?

13 ago 9.43
Sí, pero ten cuidado.

13 ago 9.43
Como siempre.

13 ago 14.31
¿Pasa algo?

13 ago 14.32
No, está frita delante de la tele.

13 ago 14.32
Bien, eso es que mi llamada la ha acojonado.

13 ago 15.30
¿Me puedo marchar? Tengo que ir a Castle Wells.

13 ago 15.54
Perdona, reunión.
Vete, sí.
Que no te vean, que estás en Siena.

13 ago 15.54
Llevo peluca rubia y mallas de correr, ¿recuerdas?

13 ago 15.54
Me gustaría verte.

13 ago 15.54
No, no te gustaría.

13 ago 16.48
Adivina quién ha venido a Castle Wells…
Ya me iba cuando ha llegado al aparcamiento grande.
La estoy siguiendo, tengo una idea.
¿Hay llave de repuesto del coche?

13 ago 16.49
En casa, ¿por?

13 ago 16.50
Ya sabes que le da pánico perder el coche.
Se lo podíamos perder.

13 ago 16.51
¿Cómo?

13 ago 16.51
Si te puedes escapar, acércate y cámbiaselo a otra planta.
Está en la cuarta.

13 ago 16.51
Eres un genio.
Salgo ya, a ver si llego.

13 ago 16.51
Te tengo informado.

13 ago 17.47
Ya estoy, ¿y ella?

13 ago 17.47
Vagando sin rumbo.

13 ago 17.47
¿Se lo muevo?

13 ago 17.48
Sí, dudo que se quede mucho más.
Súbeselo a la última.

13 ago 17.48
Vale.

13 ago 18.04
Ya vuelve, ¿se lo has cambiado?
Se acaba de tropezar con esa compañera, Connie, creo que se llama.

13 ago 18.04
Sí, estoy en el coche, en la última planta.
Vigílala para que me pueda mover si sube.
Tenme al tanto.

13 ago 18.14
Me parto.
Lo está buscando por todos lados.
Ahora está en la quinta.
Casi me da pena.

13 ago 18.14
¿Subirá aquí?

13 ago 18.16
No, baja otra vez.

13 ago 18.19
¿Cómo va?

13 ago 18.21
En la planta baja, creo que va a ventanilla a decir que no lo encuentra.

13 ago 18.21
¿Lo llevo a la cuarta?

13 ago 18.21
¡Sí!

13 ago 18.24
¿Lo has devuelto?
Sube con el empleado, esperan el ascensor.

13 ago 18.25
Sí, no a la misma plaza, dos más allá.

13 ago 18.25
Dudo que importe.
Vete ya, anda.

13 ago 18.26
Ya me he ido.
Voy a llamarla para ver dónde está y le diré que estoy en casa.

13 ago 23.48
Bueno, ¿qué tal?

13 ago 23.49

Digamos que no va a querer descorchar champán en breve.

13 ago 23.49

☺

De pronto hambrienta, porque llevo sin comer desde ayer a mediodía, paro en una estación de servicio y me compro un sándwich y algo de beber. Como deprisa, impaciente por llegar a casa. Me incorporo de nuevo a la autovía con la intención de seguir por ella hasta casa, pero, a los cinco minutos, sin saber bien por qué, me sorprendo tomando el desvío de la izquierda y enfilando la carretera del bosque, la que me lleva a mi domicilio por Blackwater Lane. No me preocupo demasiado, decido que el destino me lleve por donde quiera. A fin de cuentas, me ha permitido encontrar el móvil. ¿Qué posibilidades había de que ese estudiante francés se lo robase a Rachel del bolso cuando esta pasó por su lado? ¿Cuántas había de que a una de sus compañeras le remordiera la conciencia y me lo trajera? Nunca me he considerado muy espiritual, pero ayer alguien, en alguna parte, estaba velando por mí.

Blackwater Lane no está en absoluto como la última vez que pasé por ahí. Los árboles que puntean la carretera son un derroche de colores otoñales y el que no haya más coches alrededor la convierte en un lugar tranquilo, no amenazador. Cuando llego al área de descanso en la que estaba estacionado el coche de Jane, aminoro la marcha y aparco. Después de apagar el motor, bajo la ventanilla y me quedo allí sentada un rato, dejando que la suave brisa inunde el coche. Y tengo la sensación de que Jane está conmigo. Aunque todavía no han atrapado a su asesino, por primera vez desde su muerte, me siento en paz.

Mi intención era volver a casa, coger el móvil de Rachel de debajo de la orquídea y llevárselo a la policía, pero si he terminado en este sitio, será por algo. Así que cierro los ojos y pienso en Jane, y en cómo Matthew y Rachel, inconscientemente, se han servido de su muerte para llegar a mí.

18 jul 15.15
¿Qué tal?

18 jul 15.16
Bien. ¿Cómo me escribes a esta hora?

18 jul 15.16
He salido. Le he dicho que iba al gimnasio.
Por mantener las apariencias.
Que no crea que ya no voy y lo vea raro.

18 jul 15.16
Ojalá fuera una excusa para venir a verme, como antes.

18 jul 15.16
Ojalá. ¿Tú sabes lo que te echo de menos?

18 jul 15.16
Me hago una idea ☺.
Y esta noche no nos vemos.

18 jul 15.16
Menos mal, porque querría besarte.
Pero ¿por qué no?

18 jul 15.17
Susie ha cancelado la fiesta.
La mujer asesinada, ¿sabes?, trabajaba en nuestra empresa.

18 jul 15.17
¿En serio?

18 jul 15.17
Se lo he dicho a C, está hecha polvo.
Comieron juntas hace poco.

18 jul 15.18
¿Qué? ¿Seguro? ¿Comió con la mujer asesinada?

18 jul 15.18
Sí. La conoció en esa fiesta donde la llevé hace un mes.
Y quedaron para comer.
Jane Walters.

18 jul 15.19
¡Me acuerdo! Fui a recogerla al restaurante.
Dijo que estaba con una amiga nueva, Jane.

18 jul 15.19
Pues esa.

18 jul 15.19
Ahora estará aún más agobiada.
La desquicia que el asesino ande suelto.

18 jul 15.20
Mejor, nos vendrá bien.

18 jul 23.33
No sabía que habías discutido con esa mujer.
Me lo ha dicho Cass.

18 jul 23.34
Me quitó la plaza de aparcamiento.

18 jul 23.34
Entonces le está bien merecido.

18 jul 23.35
¡Madre mía, eres un cabronazo sin corazón!

18 jul 23.35
Contigo, no.
Ya sabes que eres el amor de mi vida, ¿no?

18 jul 23.35
☺

24 jul 23.40
El asesinato la tiene desquiciada, no quiere quedarse sola mientras estoy de viaje.
Le he dicho que te invite a dormir en casa.

24 jul 23.40
¡Gracias!

24 jul 23.40
Tiene que parecer creíble.
Di que no puedes, claro.

24 jul 23.41
No entiendo qué la asusta tanto.

24 jul 23.41
Da igual. Nos viene bien.

28 jul 09.07
¡Buenos días!

28 jul 09.07
Te veo contento. ¿Qué pasa?

28 jul 09.08
Me acaba de llamar para saber si la había llamado.
Parecía desquiciada, le he dicho que no por divertirme.

28 jul 09.08
¿Y ya está?

28 jul 09.08
Ayer pasó lo mismo, solo que no era yo.
Le seguí la corriente, le dije que sería algún comercial.

28 jul 09.08
Sigo sin entenderlo.

28 jul 09.09
Creo que lo haré otra vez mañana. Y pasado.
Para que crea que alguien la acosa.

28 jul 09.09
¡Genial!

28 jul 09.09
Sabía que te gustaría.

05 ago 23.44
¿Has tenido un buen día?

05 ago 23.57
Perdona, estaba en la ducha.

05 ago 23.57
Bonita imagen.

05 ago 23.58
☺ No ha estado mal, ¿el tuyo?

05 ago 23.58
Nada emocionante.
Pregunta: ¿le hago la llamada mañana, que estoy en casa?

05 ago 23.58
Si no, sospechará que eres tú.

05 ago 23.59
O pensará que quien la llama la vigila y vigila la casa.

05 ago 23.59
Vale, la paranoia nos viene bien.

Cuando pienso en esos mensajes, me pongo de tan mal humor que estoy decidida a encontrar un modo de vengar a Jane. Repaso todo lo ocurrido desde esa noche fatídica. Y, de repente, sé perfectamente qué hacer.

Salgo del área de descanso y vuelvo a casa enseguida, y rezo para no encontrarme el coche de Matthew o el de Rachel aparcados delante de la puerta. No parece que haya nadie, pero, cuando bajo del mío, miro con cuidado alrededor. Entro en casa. Cuando estoy desactivando la alarma, empieza a sonar el teléfono. Veo que es Matthew, por eso lo cojo.

—¿Sí?

—¡Por fin! —Su agitación es visible—. ¿Has estado fuera?

—No, estaba en el jardín. ¿Por qué? ¿Me has estado llamando?

—Sí, he intentado localizarte unas cuantas veces.

—Perdona, me he puesto a limpiar el fondo del jardín, por donde el seto. Acabo de entrar a por una taza de té.

—No vas a salir, ¿no?

—No tenía intención de hacerlo. ¿Por qué?

—Había pensado tomarme la tarde libre, pasar un rato contigo.

Se me acelera el corazón.

—Eso sería estupendo —digo con fingida calma.

—Pues te veo en una hora.

Cuelgo, la cabeza me va a mil, y me pregunto por qué habrá decidido tomarse la tarde libre. A lo mejor Rachel o él han localizado a los estudiantes franceses del pub y ya saben que el móvil lo tengo yo. Si los chicos se alojan en el campus de Castle Wells, no será difícil encontrarlos. He tenido suerte hasta ahora, pero, pese a lo que le dije a Rachel, no puedo contar con que ya estén camino de Francia.

Salgo corriendo al jardín, confiando en que Matthew no se haya llevado el cuchillo de donde Rachel lo dejó ese día. Ya ha guardado los cojines de las sillas de jardín hasta el verano que viene, y están apilados al fondo del cobertizo. Los aparto y me encuentro de frente no con un cuchillo, sino con una cafetera. Me cuesta cinco segundos largos caer en la cuenta de que es la que solíamos tener en la cocina, esa en la que la cápsula entraba por la ranura sin necesidad de levantar ninguna palanca. Busco un poco más y, debajo de la antigua mesa de jardín, tapada con una sábana, veo una caja con una foto de un microondas en el frontal y, al abrirla, encuentro dentro nuestro antiguo microondas, el modelo anterior al que ahora tenemos en la encimera de la cocina. Siento ganas de gritar de la rabia que me da lo poco que le ha costado a Matthew engañarme, pero tengo miedo de no poder parar, de que todas las emociones que he ido guardándome desde que me dieron el teléfono de Rachel ayer por la tarde broten de pronto y ya no pueda seguir adelante. Por eso me desquito con el microondas y empiezo a darle patadas, primero con el pie derecho y luego con el izquierdo. Y, cuando la rabia desaparece y lo único que me queda es pena, lo aparto para mejor ocasión y sigo con lo que tengo que hacer.

Me lleva unos minutos más encontrar el cuchillo, metido en un tiesto al fondo del cobertizo, envuelto en un paño de cocina que sé que es de Rachel porque yo tengo uno idéntico que me trajo de un viaje a Nueva York. Puede que no sea el cuchillo con el que mataron a Jane, pero me pone mal cuerpo mirarlo. Sin tocarlo, lo vuelvo a envolver rápidamente y lo dejo donde estaba. «Esta noche todo habrá acabado —me digo—, esta noche todo habrá acabado.»

Vuelvo a entrar en casa y me quedo allí plantada un instante, preguntándome si de verdad voy a ser capaz de hacerlo. Y, como solo hay una forma de saberlo, cojo el teléfono y llamo a la policía.

—¿Podrían venir? —digo—. Vivo cerca de donde tuvo lugar el asesinato y acabo de encontrar un cuchillo carnicero escondido en el cobertizo de mi jardín.

Llegan antes que Matthew, que es lo que yo quería. Esta vez son dos: la agente Lawson, a la que ya conozco, y su compañero, el agente Thomas. Procuro parecer afectada pero no histérica. Les digo dónde está el cuchillo y el agente Thomas va derecho al cobertizo.

—No creerán que es el arma homicida que han estado buscando en relación con el asesinato de Jane Walters, ¿verdad? —le pregunto angustiada a la agente Lawson, por si no se les ha ocurrido que podría ser—. Aún no la han encontrado, ¿no?

—Me temo que no se lo puedo decir —contesta.

—Es que yo la conocía un poco.

Me mira sorprendida.

—¿Conocía a Jane Walters?

—Un poco. Empezamos a hablar en una fiesta y luego comimos juntas un día.

Saca la libreta.

—¿Cuándo fue eso?

—Déjeme pensar… Unas dos semanas antes de que muriera.

La agente Lawson frunce el ceño.

—Le pedimos a su marido una lista de sus amigos, pero su nombre no aparecía.

—Como le digo, nos acabábamos de conocer.

—¿Y cómo la vio cuando quedaron para comer?

—Bien. Normal.

Nos interrumpe el agente Thomas, que vuelve con el cuchillo, que sujeta con sumo cuidado con las manos enguantadas, aún medio envuelto en el paño de cocina.

—¿Es esto lo que ha encontrado? —pregunta.

—Sí.

—¿Podría decirnos cómo lo ha encontrado?

—Sí, claro. —Inspiro hondo—. Estaba limpiando el jardín y necesitaba unos tiestos para plantar unos bulbos. Sabía que había alguno en el cobertizo porque ahí es donde los guarda Matthew, mi marido. He cogido uno grande y, al fondo, he visto el paño de cocina y, al sacarlo, he notado que había algo dentro. He empezado a desenvolverlo y, al ver el filo dentado, he sabido que era un cuchillo y me he asustado tanto que lo he vuelto a envolver enseguida; me ha recordado al que vi en la tele cuando hablaban del asesino de Jane Walters, ya sabe. Por eso lo he dejado donde estaba y los he llamado.

—¿Le resulta familiar el paño de cocina? —me pregunta.

Asiento despacio con la cabeza.

—Me lo trajo una amiga de Nueva York.

—Pero este cuchillo no lo había visto antes...

Titubeo.

—Puede que sí —contesto.

—Aparte de en televisión —dice amablemente la agente Lawson.

No me extraña que piense que soy un poco lerda, después del fiasco de la alarma y de la taza. Y, por ahora, me conviene que lo crea porque, si se me escapa algún detalle que pueda, no sé, incriminar a Matthew, no parecerá malintencionado.

—Sí, aparte de en televisión —digo—. Fue hace un mes más o menos, un domingo. Entré en la cocina a cargar el lavaplatos antes de acostarme y estaba ahí, tirado en el suelo.

—¿Este mismo cuchillo? —pregunta el policía.

—Posiblemente. Solo lo vi un instante porque, cuando llamé a Matthew para que viniera a verlo, había desaparecido.

—¿Había desaparecido?

—Sí, ya no estaba ahí. En su lugar, había un cuchillo de cocina pequeño. Pero yo sabía que había visto uno mucho más grande y estaba verdaderamente aterrada. Quise llamarlos, pero Matthew me dijo que eran imaginaciones mías.

—¿Podría relatarnos con detalle lo que vio esa noche, señora Anderson? —dice la agente Lawson, volviendo a sus anotaciones.

Asiento.

—Como he dicho, entré en la cocina a cargar el lavaplatos y, al agacharme para meter los platos, vi un cuchillo carnicero tirado en el suelo. No lo había visto nunca, nosotros no tenemos nada parecido, y me di tal susto que lo único que se me ocurrió fue salir inmediatamente de la cocina. Fui corriendo al vestíbulo y pedí ayuda a gritos...

—¿Dónde estaba su marido en ese momento? —me interrumpe.

Me envuelvo el cuerpo con los brazos, fingiéndome nerviosa. Ella me sonríe alentadora y yo inspiro hondo.

—Se fue a la cama antes que yo, así que estaba arriba. Bajó corriendo y le dije que había un cuchillo enorme tirado en el suelo de la cocina. Vi que no me creía. Le pedí que los llamara porque yo había visto una fotografía del cuchillo usado en el asesinato y era exactamente igual, y me aterraba pensar que el asesino estuviera en el jardín o incluso dentro de casa. Pero Matthew me dijo que quería ver el cuchillo primero, así que bajó a la cocina y luego me llamó para que entrase a mirar. Y, cuando fui a mirar, el cuchillo grande ya no estaba y había uno pequeño en su lugar.

—¿Su marido entró en la cocina o se quedó en la puerta?

—No me acuerdo. Creo que se quedó en la puerta, pero no sé, yo estaba un poco histérica en esos momentos.

—¿Qué hizo su marido a continuación?

—Hizo el paripé de registrar la cocina en busca del cuchillo, pero yo sabía que lo hacía solo por complacerme. Luego, como no lo encontró, me dijo que serían imaginaciones mías.

—¿Y usted pensó que eran imaginaciones suyas?

Niego rotundamente con la cabeza.

—No.

—¿Qué creyó usted que había pasado?

—Yo pensé que el cuchillo carnicero estaba ahí, desde luego, pero que, mientras yo se lo estaba contando a Matthew, alguien entró por la puerta de atrás y lo cambió por un cuchillo de cocina. Sé que parece una tontería, pero eso es lo que pensé entonces y es lo que sigo pensando.

La agente Lawson asiente con la cabeza.

—¿Podría decirnos dónde estaban usted y su marido la noche del 17 de julio?

—Sí, era el último día de clase. Soy profesora en el instituto de Castle Wells. Fui a una vinoteca con algunos compañeros de trabajo. Esa noche hubo tormenta.

—¿Y su marido?

—Estaba aquí, en casa.

—¿Solo?

—Sí.

—¿A qué hora volvió usted?

—Serían las doce menos cuarto.

—¿Y su marido estaba aquí?

—Estaba dormido, en el cuarto de invitados. Me llamó cuando yo salía de Castle Wells para decirme que tenía jaqueca y que se iba a acostar en el cuarto de invitados para que no lo despertase al llegar.

—¿Dijo algo más?

—Que no volviera a casa por Blackwater Lane, que se avecinaba una tormenta y que tomara mejor por la carretera principal.

Intercambia una mirada con el agente Thomas.

—Entonces, cuando llegó, su marido estaba dormido en el cuarto de invitados.

—Sí. No entré a ver cómo estaba porque la puerta estaba cerrada y no quería molestarlo, pero estaría allí. —Pongo cara de perplejidad—. ¿Dónde iba a estar si no?

—¿Cómo estaba su marido al día siguiente, señora Anderson? —pregunta ahora el agente Thomas.

—Como siempre. Yo fui a hacer la compra y, cuando volví, estaba en el jardín. Había hecho una fogata.

—¿Una fogata?

—Sí, estaba quemando algo. Me dijo que eran unas ramas y a mí me pareció raro porque, con la tormenta y eso, debían de estar demasiado húmedas para arder bien, pero, según él, estaban debajo de la lona. Aunque no suele quemarlas, las guardamos para la chimenea. Pero dijo que eran de las malas.

—¿De las malas?

—Sí, de las que sueltan mucho humo o no sé qué. —Hago una pausa—. Pensé que a lo mejor por eso olía tan mal.

—¿A qué se refiere?

—No sé. No era el olor normal a leña, ya sabe, el de cuando se quema madera, pero igual era por la lluvia.

—¿Le dijo algo de Jane Walters?

—No paraba de hablar de ello —digo, y me abrazo más fuerte—. Me puso muy mal cuerpo, sobre todo porque me parecía que yo la conocía. —El agente Thomas frunce el ceño y la agente Lawson niega con la cabeza de forma casi imperceptible, una seña para que no me interrumpa—. Lo noté obsesionado. Le tuve que pedir que apagara el televisor en más de una ocasión.

—¿Conocía su marido a Jane Walters? —pregunta la agente Lawson, estudiando mi rostro; luego mira a su compañero—. La señora Anderson comió con Jane Walters dos semanas antes de que muriera —le explica.

—No, solo había oído hablar de ella, lo que yo le había contado. El día en que Jane y yo comimos juntas él vino a recogerme, pero no se conocieron. Jane lo vio por el ventanal, eso sí. Recuerdo lo mucho que se sorprendió —digo, sonriendo al recordarlo.

—¿A qué se refiere?

—Nada, que se quedó bastante asombrada. Le pasa a mucha gente porque… bueno, es bastante guapo.

—Entonces ¿su marido no conocía a Jane Walters? —dice el agente Thomas, decepcionado.

—No, pero mi amiga Rachel Baretto sí. Así fue como la conocí yo. Rachel me llevó a una fiesta de despedida de alguien que trabajaba en Finchlakers y Jane estaba allí. —Hago una pausa—. Rachel se sintió fatal cuando se enteró de lo de Jane, porque había tenido una pelea con ella el día en que murió.

—¿Una pelea? —El agente Thomas se yergue—. ¿Le dijo por qué motivo?

—Por una plaza de aparcamiento.

—¿Por una plaza de aparcamiento?

—Sí.

—Si trabajaba con Jane Walters, debieron de interrogarla —me interrumpe la agente Lawson.

—Lo hicieron —digo—. Lo recuerdo porque me dijo que la angustiaba no haberles comentado lo de la pelea. No quería que pensaran que era culpable.

—¿Culpable?

—Sí.

—¿De qué?

—Supongo que de asesinato. Yo le dije que nadie asesinaba a otra persona por una plaza de aparcamiento. —La miro nerviosa—. Salvo que la pelea no fuera por eso.

La agente Lawson saca el móvil y teclea algo en él.

—¿Por qué lo dice?

Miro por la ventana de la cocina, al jardín, bañado por el sol de final de verano.

—Bueno, si de verdad fue por una plaza de aparcamiento, ¿por qué no se lo dijo? —Niego con la cabeza—. Perdón, no debería haber dicho eso, es que no estoy muy contenta con Rachel ahora mismo.

—¿Y eso por qué?

—Porque tiene una aventura. —Me miro las manos—. Con mi marido.

Se hace un breve silencio.

—¿Desde hace cuánto? —pregunta la agente Lawson.

—No lo sé, me he enterado hace poco. Hace un par de semanas, Rachel vino a hacerme una visita inesperada y vi a

Matthew besarla en el vestíbulo —digo, satisfecha de poder utilizar uno de sus mensajes de texto en su contra, aunque eso signifique mentirle a la policía.

Los dos agentes se miran de nuevo.

—¿Habló con su marido de lo que había visto? —pregunta el agente Thomas—. ¿Le plantó cara?

—No, no me habría hecho ni caso y me habría dicho que eran imaginaciones mías, como con el cuchillo que vi en la cocina. —Titubeo un instante—. A veces me pregunto si...

Me interrumpo. No sé hasta dónde llevar mi venganza con Matthew por lo que me ha hecho.

—¿Sí? —me insta a continuar la agente Lawson.

Me viene a la cabeza una imagen muy agradable de unas esposas cerrándose en sus muñecas.

—A veces me pregunto si Jane sabría lo de su aventura —digo—. Si, cuando lo vio por el ventanal del restaurante, se asombró porque lo reconoció. No sé, a lo mejor ya los había visto juntos. —Como quiero asegurarme de que extraen la conclusión que quiero que extraigan, se lo dejo bien clarito—. Cuando he visto el cuchillo en el cobertizo hace un momento, no sabía qué pensar. Al principio, he pensado que el asesino lo escondió ahí, e iba a llamar a Matthew para preguntarle qué podía hacer. Entonces me he acordado de que no me creyó cuando le conté lo del cuchillo carnicero y he preferido llamarlos a ustedes. —Dejo que se me llenen los ojos de lágrimas—. Pero ahora no sé si he hecho bien porque imagino lo que están pensando, que Matthew es el asesino, que mató a Jane porque sabía lo suyo con Rachel y me lo iba a decir, pero no puede ser, ¡no puede ser él!

Muy oportunamente llega Matthew a casa.

—¿Qué pasa? —dice, entrando en la cocina. Mira hacia mí—. ¿Se te ha disparado otra vez la alarma? —Se vuelve hacia la agente Lawson—. Siento que los hayan hecho venir otra vez. Es muy probable que mi mujer tenga demencia precoz.

Estoy a punto de decirles que lo único que me han diagnosticado es estrés, pero no lo hago porque, en estos momentos, es irrelevante.

—No hemos venido por la alarma —le explica la agente Lawson.

Deja la bolsa en el suelo, ceñudo.

—Si no han venido por la alarma, ¿a qué se debe esta visita?

—¿Ha visto esto antes?

El agente Thomas le enseña el paño de cocina, con el cuchillo bien visible.

Todos percibimos su leve vacilación.

—No, ¿por qué?, ¿qué es?

—Es un cuchillo, señor Anderson.

—¡Madre mía! —dice Matthew, espantado—. ¿Dónde lo han encontrado?

—En su cobertizo.

—¿En el cobertizo? —Consigue parecer atónito—. ¿Y cómo ha llegado ahí?

—Eso hemos venido a averiguar. ¿Le parece que nos sentemos un momento?

—Claro, vengan por aquí.

Los sigo al salón. Matthew y yo nos sentamos en el sofá y los dos agentes se acercan unas sillas. No sé si lo hacen a propósito, pero se colocan justo delante de Matthew, cercándolo, y me dejan a mí fuera de su claustrofóbico triángulo.

—¿Puedo preguntar quién ha encontrado el cuchillo? —dice Matthew.

—Su esposa —contesta la agente Lawson.

—Necesitaba unos tiestos para plantar unos bulbos —le explico—. Estaba dentro de uno de los grandes, envuelto en ese paño de cocina.

—¿Reconoce este paño? —dice el agente Thomas, enseñándoselo a Matthew.

—No, no lo había visto antes.

Suelto una carcajada nerviosa.

—Eso demuestra lo a menudo que secas los platos —digo, como si quisiera aliviar la tensión—. Tenemos uno exactamente igual. Lo trajo Rachel de Nueva York.

—¿Y este cuchillo, señor Anderson? —pregunta de nuevo el agente Thomas—. ¿Lo ha visto antes?

—No —dice Matthew, negando rotundamente con la cabeza.

—Yo les estaba diciendo a los agentes que es idéntico al que vi tirado en el suelo de la cocina aquel domingo por la noche —le digo, muy seria.

—Ya hemos hablado de esto antes —me contesta, hastiado—. Lo que viste fue uno de nuestros cuchillos de cocina, ¿recuerdas?

—No, ni hablar, era mucho más grande.

—¿Podría decirnos dónde estaba la noche del viernes 17 de julio, señor Anderson? —le pregunta el agente Thomas.

—No sé si podré acordarme de hace tanto —contesta Matthew con una risita. Pero a nadie más le hace gracia.

—Fue la noche que yo salí con mis compañeros de trabajo —lo ayudo—. La noche de la tormenta.

—Ah, sí —asiente—. Estaba aquí, en casa.

—¿Salió de casa en algún momento?

—No, tenía jaqueca y me fui a la cama.

—¿Dónde durmió?

—En el cuarto de invitados.

—¿Por qué se acostó allí, por qué no en su cama?

—Porque no quería que Cass me despertara al volver. Oiga, ¿qué pasa? ¿Por qué me interrogan así?

La agente Lawson lo mira fijamente unos segundos.

—Solo intentamos constatar unos hechos, nada más —dice.

—¿Qué hechos?

—Se ha encontrado una posible arma homicida en su cobertizo, señor Anderson.

Matthew se queda boquiabierto.

—¿No insinuará en serio que yo tuve algo que ver con el asesinato de esa joven?

El agente Thomas lo mira pensativo.

—¿A qué joven se refiere, señor Anderson?

—¡Sabe perfectamente a quién me refiero!

Se le empieza a ver el plumero y yo lo observo desapasionadamente, preguntándome cómo he podido quererlo.

—Como ya le he dicho, intentamos constatar unos hechos. ¿Conoce usted bien a Rachel Baretto, señor Anderson?

La mención de Rachel lo sorprende. Levanta la vista, muy serio.

—No muy bien. Es amiga de mi mujer.

—Entonces no tiene una relación con ella.

—¿Qué? ¡No! ¡No la soporto!

—Pero yo te vi besarla —digo en voz baja.

—¡No seas ridícula!

—El día en que vino inesperadamente, el día en que yo no sabía usar la cafetera, te vi besarla en el vestíbulo —insisto.

—No empieces otra vez —protesta—. No puedes seguir inventándote cosas, Cass —se defiende, pero la duda ya se ha colado en su mirada.

—Creo que será preferible que sigamos hablando en comisaría —nos interrumpe el agente Thomas—. ¿Le parece bien, señor Anderson?

—¡No, ni hablar!

—Entonces, me temo que tendré que leerle sus derechos.

—¿Leerme mis derechos?

Me vuelvo hacia ellos, fingiéndome angustiada.

—No pensarán en serio que él mató a Jane Walters, ¿no?

—¿¡Qué!?

Matthew parece a punto de desmayarse.

—Es culpa mía —digo, estrujándome las manos—. ¡Me han estado haciendo preguntas y ahora tengo miedo de que puedan usar en tu contra todo lo que les he contado!

Me mira fijamente, horrorizado, mientras el agente Thomas le lee sus derechos. Cuando termina, empiezo a sollozar como si me partiera el corazón, y me doy cuenta de que ya no finjo, porque me han partido el corazón, no solo él, sino también Rachel, a la que he querido siempre como a una hermana.

Se lo llevan y, en cuanto cierro la puerta, me seco las lágrimas, porque aún no he terminado. Ahora le toca a Rachel.

Marco su número. Solo iba a hablar con ella por teléfono, pero, mientras espero a que me lo coja, decido pedirle que venga a casa porque va a ser mucho más divertido decirle a la cara lo que le tengo que decir, mucho más satisfactorio ver su reacción en persona que oírla nada más.

—Rachel, ¿podrías venir? —le pregunto, llorosa—. Necesito hablar con alguien.

—Estaba a punto de salir del trabajo —me dice—, así que puedo estar ahí en cuarenta minutos, dependiendo del tráfico.

Por primera vez, soy capaz de detectar un ápice de hastío en su voz y sé que piensa que voy a volver a darle la lata con que el asesino va a por mí.

—Gracias —digo, y me finjo aliviada—. Date prisa, por favor.

—Toda la que pueda.

Cuelga y me la imagino mandándole un mensaje a Matthew, porque ya se habrá comprado otro móvil, pero, como lo tienen bajo custodia, no le va a responder.

Llega una hora después, quizá por el tráfico, o por hacerme sufrir un poco más.

—¿Qué ha pasado, Cass? —me pregunta en cuanto le abro la puerta—. ¿Tiene que ver con Matthew?

Parece preocupada, lo que significa que yo estaba en lo cierto, que en el rato que ha pasado desde mi llamada ha estado intentando contactar con él.

—¿Cómo lo sabes? —le pregunto, haciéndome la sorprendida.

—Bueno, me has dicho que querías hablar y he supuesto que había ocurrido algo —dice, nerviosa—. Y he pensado que a lo mejor tenía que ver con Matthew.

—Pues sí, eso es —digo.

—¿Ha tenido un accidente o algo así?

No puede disimular el pánico.

—No, nada de eso. ¿Te importa que nos sentemos?

Me sigue a la cocina y se sienta enfrente de mí.

—Dime ya qué ha pasado, Cass.

—Han detenido a Matthew. Ha venido la policía y se lo ha llevado para interrogarlo. —La miro desesperada—. ¿Qué voy a hacer, Rachel?

Me mira fijamente.

—¿Detenido?

—Sí.

—Pero ¿por qué?

Me retuerzo las manos.

—Es culpa mía. Han anotado absolutamente todo lo que he dicho y ahora temo que vayan a usarlo en su contra.

Me lanza una mirada asesina.

—¿A qué te refieres?

Inspiro hondo.

—Esta tarde, mientras estaba arreglando el jardín, me he encontrado un cuchillo en el cobertizo.

—¿Un cuchillo?

—Sí —digo, feliz de verla palidecer—. Me he dado un susto tremendo, Rachel; ha sido horrible. Era exactamente igual que el de la foto, ya sabes, el que se usó para matar a Jane. No sé si te lo he contado, como tengo lapsus de memoria…, pero una noche, mientras estabas en Siena, vi un cuchillo carnicero tirado en el suelo de la cocina, pero, cuando llamé a Matthew para que viniera a verlo, ya había desaparecido. Así que, al verlo en el cobertizo, he pensado que tal vez el asesino lo había escondido ahí, por eso he llamado a la policía…

—¿Y por qué no has llamado a Matthew? —me interrumpe.

—Porque la otra vez no me creyó y me preocupaba que tampoco me creyera ahora. De todas formas, él ya venía para casa.

—¿Y qué ha pasado luego? ¿Por qué lo han detenido?

—Bueno, ha venido la policía y ha empezado a hacerme todo tipo de preguntas, sobre dónde estaba él la noche del asesinato…

La veo aterrada de pronto.

—¿No me estás diciendo en serio que lo creen culpable del asesinato de Jane?

—Lo sé, es un disparate, ¿verdad? El caso es que no tiene coartada para esa noche. Yo estaba en Castle Wells, porque era la cena de fin de curso, y él estaba aquí solo. Así que podría haber salido. Al menos eso piensa la policía.

—Pero estaba aquí cuando volviste, ¿no?

—Sí, pero no lo vi. Tenía jaqueca y se acostó en el cuarto de invitados para que no lo molestara al llegar. Pero, escucha, Rachel, una cosa que te quería preguntar… ¿Sabes ese trapo de cocina que me trajiste de Nueva York, el que tiene la imagen de la Estatua de la Libertad? Dijiste que te habías comprado tú uno también. —Asiente con la cabeza—. ¿A quién más le trajiste uno?

—A nadie más —contesta.

—Tuviste que hacerlo —insisto—. Es importantísimo que te acuerdes, porque demostrará la inocencia de Matthew.

—¿Qué quieres decir?

Inspiro hondo.

—El cuchillo que me he encontrado esta tarde estaba envuelto en un paño de la Estatua de la Libertad y, cuando la policía me ha preguntado si me resultaba familiar, he tenido que decir que sí, que era nuestro. Me he sentido fatal porque ha hecho que Matthew pareciera aún más culpable. Pero, cuando se ha ido la policía, he encontrado mi paño en el armario, lo que significa que quien mató a Jane es alguien que tiene el mismo paño. Así que piensa, Rachel, porque demostrará que Matthew es inocente.

Veo que le está dando vueltas a lo que le he dicho, buscando una escapatoria.

—No me acuerdo —masculla.

—Tú te compraste uno, ¿no? ¿Seguro que no se lo regalaste a alguien?

—No me acuerdo —repite.

Suspiro.

—A la policía le vendría de perlas que te acordaras, pero, tranquila, ya lo descubrirán ellos. Van a analizar las huellas y el ADN del cuchillo; me han dicho que seguro que encontrarán restos. Así que a Matthew lo soltarán porque no habrá huellas ni ADN suyos. Aunque puede que les lleve un par de días y, por lo visto, lo pueden retener veinticuatro horas, más si sospechan que pudo tener algo que ver con el asesinato de Jane. —Dejo que se me llenen los ojos de lágrimas—. No soporto imaginarlo sentado en una celda, recibiendo el mismo trato que un delincuente.

Se saca las llaves del coche del bolsillo.

—Más vale que me vaya.

Estudio su cara.

—¿No te quedas a tomar un té?

—No, no puedo.

La acompaño a la puerta.

—Por cierto, ¿encontraste el móvil de tu amigo? Ya sabes, el que perdiste en el Spotted Cow...

—No —dice, nerviosa.

—Bueno, nunca se sabe, igual aparece. A estas alturas, puede que alguien se lo haya llevado a la policía.

—Mira, me tengo que ir, de verdad. Adiós, Cass.

Corre a su coche y se sube. Espero a que haya arrancado el motor, luego me acerco y golpeo con los nudillos la ventanilla. La baja.

—Se me olvidaba decirte que la policía me ha preguntado si conocía a Jane y les he dicho que la conocí en esa fiesta a la que me llevaste. Luego me han preguntado si la conocías tú y les he dicho que no, que tuviste una discusión con ella por una plaza de aparcamiento el día en que murió, pero nada más, aunque no parecen creerse que fue por eso. Así que intenta acordarte de a quién le diste otro trapo, ¿vale? Cuando los he llamado antes para decirles que había encontrado el mío en el armario, con lo que no podía ser el que envolvía el cuchillo, les he comentado que solo sabía de la existencia de otro: el tuyo. —Hago una pausa de efecto—. Ya sabes cómo son: si pueden, usarán todo lo que tengan en tu contra.

Es agradable verla mirar desesperada alrededor en busca de un sitio adonde huir. Pone el coche en marcha y sale disparada por la cancela.

—Adiós, Rachel —digo en voz baja mientras el coche se pierde en el horizonte.

De nuevo dentro, llamo a la policía para decirles que el paño de cocina en el que iba envuelto el cuchillo no es mío, porque acabo de encontrar el mío en el armario. Les recuerdo que fue Rachel quien me lo regaló y que se compró otro para ella. Pregunto por Matthew y me finjo angustiada cuando me dicen que va a pasar la noche en comisaría. Después de colgar, voy a la nevera, saco la botella de champán que siempre tenemos ahí por si viene alguien sin avisar y me sirvo una copa.

Y luego me tomo otra.

Jueves 1 de octubre

A la mañana siguiente, cuando veo que es 1 de octubre, me parece un buen augurio, el día perfecto para empezar de cero. Lo primero que hago es poner las noticias y, al oír que un hombre y una mujer están ayudando a la policía en la investigación del asesinato de Jane Walters, no puedo evitar sentir una triste satisfacción de que hayan detenido también a Rachel.

Nunca me he considerado una persona vengativa, pero espero que haya pasado unas cuantas horas aterradoras mientras la policía la freía a preguntas sobre su relación con Matthew, sobre la discusión que tuvo con Jane y sobre el paño de cocina que envolvía el cuchillo. Debe de estar angustiada pensando en que puedan encontrar sus huellas en el cuchillo. Como es lógico, cuando entregue a la policía su móvil secreto, los soltarán a los dos porque la policía se dará cuenta de que ni Matthew ni ella mataron a Jane, que el cuchillo lo compró Rachel en Londres para asustarme y que no es el arma homicida. ¿Y luego qué? ¿Vivirán felices y comerán perdices? No me parece bien y, desde luego, no me parece justo.

Tengo muchísimas cosas que hacer hoy, pero primero desayuno tranquilamente, maravillada de lo bien que estoy sin la amenaza de una llamada anónima pendiente sobre mí. Quiero conseguir una orden judicial para evitar que Matthew y Rachel se acerquen a mí cuando los suelten, así que busco

en el ordenador y veo que puedo solicitar una orden de aleja-
miento. Como sé que voy a necesitar asesoramiento legal en
algún momento, llamo a mi abogado y quedo con él a última
hora de la mañana. Luego llamo a un cerrajero y pido que me
cambien todas las cerraduras.

Mientras el cerrajero cambia las cerraduras, meto todas
las cosas de Matthew en bolsas de basura sin pensar demasiado en lo que estoy haciendo, en lo que significa. Pero, aun así,
me resulta doloroso. A las doce, voy a Castle Wells con el telefonito negro de Rachel en el bolso y paso hora y media con
mi abogado, que me dice algo en lo que yo no había caído:
que, gracias a los mensajes de texto, pueden culpar a Matthew
de mi "sobredosis". Cuando me marcho, voy a casa de Rachel y le dejo las bolsas de basura con la ropa de Matthew
tiradas delante de la puerta. Luego voy a comisaría y pido
hablar con la agente Lawson. No está disponible, pero el
agente Thomas sí, por lo que le entrego a él el móvil de Rachel y le digo lo mismo que le he dicho a mi abogado: que me
lo he encontrado en mi coche esta mañana.

Agotada, física y mentalmente, subo de nuevo al coche y
vuelvo a casa. Asombrosamente, tengo mucha hambre, así
que cojo una lata de sopa de tomate que encuentro por ahí y
me la tomo con un poco de pan tostado. Luego me paseo sin
rumbo por la casa, sintiéndome perdida, preguntándome
cómo voy a poder seguir adelante ahora que he perdido a mi
marido y a mi mejor amiga. Estoy tan triste, tan deprimida,
que la tentación de tirarme al suelo de rodillas y llorar hasta
el agotamiento es casi irresistible. Pero no caigo en ella.

Enciendo la tele para ver las noticias de las seis. No dicen
nada de que hayan soltado a Matthew ni a Rachel, pero, cuando empieza a sonar el teléfono poco después, me doy cuenta de
que nada ha cambiado, de que sigo sintiendo el mismo miedo
paralizador. Mientras me dirijo al vestíbulo, me recuerdo que

no puede ser una llamada anónima, pero, cuando cojo el teléfono y veo que es un número oculto, me parece tan increíble que me quedo bloqueada.

Toqueteo torpemente el aparato para aceptar la llamada.

—¿Cass? Soy Alex.

—¿Alex? —Siento un tremendo alivio—. ¡Qué susto me has dado! ¿Sabías que tienes el número oculto?

—Ah, ¿sí? Perdona, lo ignoraba. Oye, espero que no te importe que te llame. Tenía tu número en la tarjeta que me enviaste después de la muerte de Jane. Es que me acaba de llamar la policía. Tienen al asesino de Jane bajo custodia. Se acabó, Cass, por fin se ha terminado todo —me dice, emocionado.

Busco las palabras adecuadas, pero la sorpresa me tiene la cabeza a mil.

—Eso es maravilloso, Alex, me alegro mucho por ti.

—Lo sé, casi no me lo creo. Cuando me enteré ayer de que dos personas estaban ayudando a la policía con la investigación, no quise albergar muchas esperanzas.

—Entonces, ¿es una de esas dos personas? —pregunto, a sabiendas de que no puede ser.

—No lo sé, la policía no me lo ha dicho. Va a venir alguien a verme. Seguramente no debería comentárselo a nadie, pero quería que lo supieras. Después de lo que me contaste el lunes, he pensado que te tranquilizaría.

—Gracias, Alex, son muy buenas noticias, de verdad. Ya me contarás qué pasa.

—Claro. Bueno, adiós, Cass. Espero que esta noche duermas más tranquila.

—Y tú.

Cuelgo, atónita ante lo que me acaba de decir. Si la policía tiene al asesino de Jane bajo custodia, habrán soltado a Matthew y a Rachel. ¿Y quién ha confesado? ¿Habrá tenido el culpable remordimientos al saber que habían detenido a dos personas? A lo mejor alguien lo estaba encubriendo —su madre, su novia…— y ha decidido delatarlo. Parece la explicación más lógica.

Estoy tan nerviosa que no puedo quedarme quieta. ¿Dónde están Matthew y Rachel? ¿Habrán vuelto al piso de Rachel, habrán encontrado las bolsas de basura con la ropa de Matthew dentro? ¿O vendrán para aquí a recoger el resto de sus cosas? Su portátil, la bolsa del trabajo, el cepillo de dientes, la maquinilla de afeitar… todo eso sigue aquí. Contenta de tener algo que hacer, voy recorriendo la casa, reuniéndolo todo y metiéndolo en una caja para tenerlo listo por si vienen, porque no quiero tener que dejarlos entrar.

Se hace de noche, pero no me voy a la cama. Ojalá Alex hubiera vuelto a llamar para decirme quién mató a Jane. A estas alturas, ya lo sabrá. Debería sentirme más segura ahora que han detenido al asesino, pero me enturbian el pensamiento demasiadas dudas. La inquietud se palpa en el aire. Encoge las paredes de la casa, que se cierran a mi alrededor y me roban el aliento.

Viernes 2 de octubre

Al despertar, veo que estoy en el sofá, con las luces aún encendidas, porque no quería quedarme a oscuras. Me doy una ducha rápida, intranquila por lo que me pueda deparar el día. Suena el timbre de la puerta y me sobresalta. Lo primero que pienso es que es Matthew, así que dejo la cadena nueva puesta cuando abro la puerta. Cuando me encuentro a la agente Lawson allí plantada, me siento como si viera a una vieja amiga.

—¿Puedo pasar? —me pregunta.

Vamos a la cocina y le ofrezco un té. Supongo que ha venido a advertirme de que han soltado a Matthew y a Rachel, o a interrogarme sobre cómo me hice con el móvil secreto de Rachel. O a confirmarme lo que me dijo Alex anoche: que ya tienen al asesino de Jane.

—He venido a ponerla al día —dice, mientras saco unas tazas del armario—. Y a darle las gracias. Sin su ayuda, jamás habríamos resuelto el caso tan deprisa.

Estoy demasiado ocupada haciéndome la sorprendida para entender lo que dice.

—¿Saben quién mató a Jane? —digo, volviéndome hacia ella.

—Sí, tenemos una confesión.

—¡Eso es estupendo!

—Y la hemos conseguido gracias a usted —dice—. Se lo agradecemos mucho.

La miro confundida.

—No lo entiendo.

—Era como usted decía.

«¿Como yo decía?» Aturdida, me acerco a la mesa y me dejo caer en una silla. «¿Matthew asesinó a Jane?» Me da un ataque de pánico.

—No, no es posible —digo cuando por fin puedo hablar—. Ayer llevé un móvil a comisaría. Me lo encontré en el coche cuando iba a ver a mi abogado y, al abrirlo, vi que era un teléfono que Rachel estaba usando para comunicarse con Matthew. Si lee los mensajes que se mandaban…

—Lo he hecho —me interrumpe—. Los he leído todos.

La veo meter las bolsitas de té en las tazas que yo he abandonado. Si los ha leído, sabrá que Matthew es inocente. Pero me acaba de decir que «era como yo decía». Se me revuelve el estómago de pensar que voy a tener que contarle la verdad: que he implicado a Matthew en el asesinato de Jane para vengarme por todo lo que me ha hecho. Tendré que retractarme de todo lo que he dicho y me acusarán de obstrucción a la justicia. Aunque ¿de qué voy a retractarme? En realidad, no he mentido. No vi a Matthew cuando llegué a casa, así que puede que no estuviera en el cuarto de invitados. Pero ¿cómo iba a salir a matar a Jane? Él no la conocía. ¿Por qué iba a confesar haberla matado si no lo ha hecho? Y entonces recuerdo la cara de Jane cuando lo vio por el ventanal del restaurante. Yo estaba en lo cierto: puso cara de haberlo reconocido. Sí que conocía a Jane.

—No me lo puedo creer —digo, sin energías—. No puedo creer que Matthew matara a Jane.

La agente Lawson frunce el ceño.

—¿Matthew? No, Matthew no es nuestro asesino.

Me da vueltas la cabeza.

—¿No es Matthew? Entonces ¿quién?

—La señorita Baretto. Rachel lo ha confesado todo.

Me quedo sin respiración y la habitación empieza a moverse delante de mis ojos. Siento que se me va la sangre de la cabeza, luego noto las manos de la agente Lawson en la nuca, empujándola con cuidado hacia la mesa.

—Tranquila —me dice, serena—. Respire hondo un par de veces y se le pasará.

Me recorre un escalofrío de sorpresa.

—¿Rachel? —digo con voz ronca—. ¿Rachel mató a Jane?

—Sí.

El pánico se apodera de mí. Aunque ya sé de lo que es capaz, me cuesta creerlo. Sé que le he dicho a la policía cosas para implicarla, igual que he hecho con Matthew, pero solo quería asustarla.

—No, Rachel no, no puede ser. Ella no haría algo así, no es de esas, ¡ella no mataría a nadie! Se han equivocado, tiene que ser un...

A pesar de lo mucho que la odio, por todo lo que me ha hecho, estoy tan asustada que no puedo seguir hablando.

—Me temo que ha confesado —dice la agente Lawson, acercándome una taza. Sumisa, bebo un sorbo de té, caliente y dulce; me tiemblan tanto las manos que vierto un poco por el borde y me escaldo—. Cuando la interrogamos anoche, se derrumbó. Fue increíble: no sé bien por qué, pensaba que sospechábamos de ella. Tenía usted razón cuando nos dijo que su discusión con Jane no había sido por una plaza de aparcamiento. Como es lógico, en el cuchillo, aparecerá el ADN de las dos, el suyo y el de Jane...

Me siento como atrapada en una pesadilla.

—¿Qué...?, ¿que el cuchillo que encontré en el cobertizo es el arma homicida?

—Lo limpió, claro, pero se han encontrado restos de sangre en las estrías del mango. Lo hemos enviado a la Científica, pero estamos convencidos de que la sangre es de Jane.

—Pero... —Me cuesta seguirla—. Si en los mensajes dice que lo compró en Londres...

—Probablemente lo hizo, pero antes del asesinato, no después. No iba a decirle a Matthew que ya tenía un cuchillo, así que le hizo creer que lo había comprado para asustarla a usted. Dejarlo después en su cobertizo era una forma de esconderlo.

—No lo entiendo. —Me castañetean los dientes de la conmoción, así que envuelvo la taza con los dedos para calentarme un poco—. Pero ¿por qué? ¿Por qué iba a hacer una cosa así? Si, en realidad, no conocía a Jane.

—La conocía mejor de lo que usted piensa. —La agente se sienta a mi lado—. ¿Rachel le habló alguna vez de su vida privada, le presentó a sus parejas?

—No, la verdad es que no. He conocido a uno o dos a lo largo de los años, pero nunca parecían durarle mucho. Siempre decía que no es de las que se casan.

—Hemos tenido que hacer un esfuerzo sobrehumano para reunir todas las piezas —dice Lawson—. Algunas cosas ya las sabíamos de cuando interrogamos a los compañeros de Jane en Finchlakers y, con la confesión de Rachel, hemos conseguido el resto. La historia es un poco sórdida, me temo. —Me mira, como para saber si puede continuar, y yo asiento, porque ¿cómo me voy a sobreponer a esto si no sé por qué lo hizo?—. Muy bien, se lo cuento. Hace unos años, Rachel tuvo una aventura con un compañero de trabajo. Él estaba casado y tenía tres niños pequeños. Terminó dejando a su mujer por ella, pero, cuando lo hizo, a Rachel dejó de interesarle. Entonces él volvió con su mujer y Rachel volvió a liarse con él. Él dejo a su mujer por segunda vez y fue una catástrofe para la familia. —Hace una pausa—. La aventura se terminó otra vez, pero la mujer no quiso volver ya con él. Para ella fue especialmente difícil porque también trabajaba en Finchlakers y lo veía todos los días, así que cayó en una depresión.

—Pero ¿qué tiene que ver todo esto con Jane? —pregunto, intentando encajar mentalmente las piezas del puzle.

—Era la mejor amiga de Jane, así que Jane se vio envuelta en todo el asunto. Como es lógico, odiaba a Rachel con toda su alma por destrozar la familia de su amiga, no una vez, sino dos.

—Es comprensible.

—Bastante. Aunque, como trabajaban en departamentos distintos, tampoco se veían tanto. Pero su opinión de Rachel empeoró aún más cuando la sorprendió montándoselo con alguien en el despacho a última hora de la tarde. Al día siguiente, le plantó cara, básicamente para decirle que se fuera a un hotel la próxima vez si no quería que diera parte de su comportamiento.

—¿No me diga que por eso la mató? —pregunto con una carcajada falsa—. Porque tenía miedo de que diera parte de su comportamiento.

—No, lo que pasa es que a Rachel se le complicaron las cosas cuando Jane cayó en la cuenta de que el hombre con el que la había visto en la oficina era Matthew. Lo siento —dice al verme la cara—. Si quiere que pare, dígamelo.

Niego con la cabeza.

—Tranquila, necesito saberlo.

—Si está segura… ¿Recuerda que nos dijo que le parecía que Jane había reconocido a Matthew por el ventanal del restaurante? Pues tenía razón: lo reconoció.

Se me hace incomprensible que algo que me he inventado sea verdad. Resulta tan absurdo que me dan ganas de reír.

—Es fácil imaginar cómo debió de sentirse Jane al darse cuenta de que el hombre con el que había visto a Rachel era el marido de su nueva amiga —prosigue la agente Lawson—. Indignada por usted, le envió un correo electrónico a Rachel, que, por entonces, estaba en Nueva York. Le recordó que ya había destrozado un matrimonio y le dijo que no iba a permitir que le hiciera lo mismo a usted, sobre todo si supuestamente era su mejor amiga. Rachel le dijo que se metiera en sus asuntos, pero, cuando volvía al trabajo después de su viaje a Nueva York, Jane se enfrentó a ella en el aparcamiento. La amenazó con contarle a usted lo de su aventura si no cortaba con Matthew inmediatamente. Rachel le prometió que rompería con él esa noche. Pero Jane no se fiaba de ella y, cuando volvió al restaurante, después de la despedida de soltera de su amiga, para usar el teléfono de allí, no solo llamó a su marido, sino también a Rachel. Al plantarle cara en el aparcamiento ese día, le había pedido a Rachel una tarjeta de visita y había anotado su móvil por detrás. Encontramos montones de tarjetas de visita en el bolso de Jane, casi todas de compañeros de trabajo, así que la de Rachel no nos llamó la atención. El caso es que Jane llamó a Rachel y le preguntó si había roto con Matthew y, cuando esta reconoció que no y le dijo que necesitaba más tiempo, Jane le dijo que, como iba a pasar por Nook's Corner de camino a su casa, pararía para contarle a usted que tenía una aventura con su marido.

—¿A las once de la noche? —digo—. Dudo que lo hubiera hecho.

—Exacto. Probablemente solo lo dijo para presionarla. El caso es que Rachel se agobió. Le dijo a Jane que, antes de decirle nada a usted, tuviese en cuenta algunas cosas, como su frágil estabilidad emocional, insinuando que no se lo podía decir bruscamente. Le propuso que quedaran en el área de descanso y que, cuando Jane la hubiera escuchado, si aún quería ir a contárselo a usted, irían juntas. Jane accedió a oír lo que tuviera que contarle, así que Rachel condujo hasta una pista de tierra próxima a Blackwater Lane y fue corriendo al área de descanso. Y, bueno, todos sabemos lo que pasó. Jane no se tragó lo que Rachel le contó de sus problemas psicológicos y empezaron a discutir. Rachel sostiene que no tenía intención de matarla, que solo cogió el cuchillo para asustarla.

Poco a poco, todo empieza a encajar. Cuando paré en el área de descanso la noche de la tormenta, Jane no necesitaba ayuda porque estaba esperando a que llegara Rachel. No sabía que era yo la del coche; de haberlo sabido, habría venido corriendo hasta mi coche en medio de la lluvia, se habría subido, se habría sentado a mi lado y me habría contado que, casualmente, iba camino de mi casa para verme. Y, una vez en el coche, me habría dicho que Rachel y Matthew tenían una aventura. ¿Habría ido yo directamente a casa a plantarle cara a Matthew, pasando por delante del coche de Rachel de camino? ¿O habría llegado Rachel mientras yo intentaba sobreponerme a la demoledora noticia y nos habría matado a las dos? Es algo que nunca sabré.

—No me lo puedo creer —mascullo aturdida—. Sigo sin poder digerir que Rachel hiciera una cosa así. Aunque Jane me hubiera contado su secreto, ¿y qué? La aventura habría quedado al descubierto y Rachel habría tenido lo que quería: a Matthew.

La agente Lawson niega con la cabeza.

—Como ya sabe por los mensajes de texto, todo esto no era solo por Matthew, sino también por dinero. El que usted tiene. Ella estaba convencida de que su padre debía haberle dejado algo en su testamento. No paraba de decir que los padres de usted siempre la habían considerado su segunda hija. Así que se sintió engañada cuando, al morir su padre, se lo dejó todo a usted.

—Yo no sabía nada del dinero, no lo supe hasta que falleció mi madre.

—Sí, nos lo ha contado Rachel. Y, mientras usted estuvo soltera, ella pensó que le tocaría algo de la herencia. Pero, cuando usted se casó y ella vio que ya no era su máxima prioridad, aumentó su resentimiento hacia usted y decidió que la única forma de hacerse con lo que creía que le correspondía era Matthew. Me temo que buscó deliberadamente el modo de liarse con su marido y, cuando él se enamoró de ella, entre los dos maquinaron el modo de conseguir su incapacitación por desequilibrio mental para que Matthew pudiese hacerse con el control de su dinero. El día en que Jane se enfrentó a ella estaban a punto de iniciar su campaña contra usted. Fue mala puntería, si quiere. Si Jane hubiera llegado a decirle lo de Matthew y Rachel, todos sus planes cuidadosamente urdidos se habrían ido al garete.

Me echo a llorar.

—Le compré una casa en Francia. Ella se enamoró de esa casita y yo se la compré. Se la iba a regalar cuando cumpliera los cuarenta; iba a ser una sorpresa. No se lo dije a Matthew porque pensé que no le parecería bien. Rachel no le caía bien, o eso pensaba yo entonces. Si hubiera esperado un poco… Su cumpleaños es a final de mes.

Me siento fatal. Debí haber entendido lo destrozada que se quedó Rachel al ver que papá la había excluido del testamento. ¿Cómo he podido ser tan insensible? Sí, yo le compré la casita, pero solo porque estaba presente cuando se enamoró de ella. ¿Se me habría ocurrido darle parte del dinero si ella no hubiera visto aquella casa? A lo mejor. Quiero pensar que sí.

¿Y por qué no le di la casa directamente, en cuanto la compré, en lugar de guardarla para su cumpleaños para que pareciera un gran gesto? Esa casita lleva dieciocho meses vacía, inhabitada. Si se la hubiera dado, se habría puesto contentísima. Yo aún tendría a Matthew y Jane estaría viva. Como poco, tendría que habérselo contado a Matthew. Si lo hubiera hecho, y si ellos ya se veían, él se lo habría dicho. Entonces ella habría esperado pacientemente a su cuadragésimo cumpleaños y, en cuanto hubiera tenido la casa, Matthew se habría divorciado de mí y, muy probablemente, habría intentado sacarme una pensión. Lo habría perdido, pero Jane seguiría viva.

Ignoro qué fue lo que me hizo tropezar sin quererlo con la verdad sobre el asesinato de Jane. Quizá fuera mi subconsciente. Quizá la cara de sorpresa de Jane al ver a Matthew por el ventanal del restaurante ese día quedó registrada en mi cerebro como la que uno pone cuando reconoce a alguien. Quizá su invitación a tomar café en su casa me sonó a algo más que una propuesta desenfadada de volver a vernos. Quizá, en el fondo, yo sabía que Matthew y Rachel tenían una aventura; quizá, en el fondo, sabía que Jane iba a decírmelo. O tal vez fue solo suerte pura y dura. O quizá, cuando estuve sentada en el área de descanso ayer y sentí la presencia de Jane, ella me condujo a la verdad.

Pasa casi otra hora más hasta que la agente Lawson se levanta para marcharse.

—¿Lo sabe Matthew? —pregunto mientras nos dirigimos juntas a la puerta—. ¿Lo de Rachel?

—No, aún no. Pero pronto lo sabrá. —Se vuelve al salir—. ¿Se encuentra bien?

—Sí, gracias, muy bien.

En cuanto cierro la puerta, sé que no es verdad, todavía. Pero lo será, algún día. A diferencia de Jane, me queda toda la vida por delante.

Agradecimientos

Mi eterna gratitud a mi maravillosa agente, Camilla Wray, que ha hecho posibles tantas cosas, y al resto del equipo de Darley Anderson, porque es una verdadera delicia trabajar con ellos. Y también por su experiencia: sin ellos, no estaría donde estoy.

Muchísimas gracias a mi increíble editora, Sally Williamson, por sus consejos y su apoyo, ambos valiosísimos, y por estar siempre al otro lado del teléfono. Gracias también al resto del equipo de HQ por su entusiasmo y su profesionalidad. ¡Sois los mejores! Y, en Estados Unidos, a Jennifer Weis, Lisa Senz, Jessica Preeg y todo el personal de St Martin's Press por su fe constante en mí.

Por último, aunque, desde luego, no menos importante, gracias en especial, como siempre, a mi familia —mis hijas, mi marido, mis padres, mis hermanos—, por estar siempre interesados en lo que escribo. Y a mis queridos amigos, tanto de Inglaterra como de Francia, que están tan entusiasmados como yo con mi nueva profesión.